W0289360

KURT LEHMKUHL

Weißgott

TOD AUF DEM OP-TISCH Vor rund 30 Jahren rettete der Arzt Dr. Gottfried Weiß der Lebensgefährtin des pensionierten Kommissars Rudolf-Günther Böhnke das Leben. Böhnke gab ihm aus Dankbarkeit das Versprechen, jederzeit für ihn da zu sein. Jetzt fordert der Arzt das Einlösen des Versprechens: Er hat eine marode Klinik gekauft, in der es bei Operationen vermehrt zu Todesfällen kam, für die ihm nun der Strafprozess gemacht wird. Böhnke gerät in eine Zwickmühle: Wegen des Versprechens sieht er sich gezwungen, Weiß' Unschuld zu beweisen. Allerdings soll er für seinen Freund, den Rechtsanwalt Tobias Grundler, Beweise für Weiß' Schuld finden. Grundler vertritt die Familie eines Verstorbenen als Nebenkläger im Strafprozess. Böhnkes Recherche in der Klinik führt zu erstaunlichen Ergebnissen. Als Böhnke schon glaubt, den Fall gelöst zu haben, nimmt dieser eine verblüffende Wendung mit dramatischen Folgen …

Kurt Lehmkuhl, 1952 in der Nähe von Aachen an einem Sonntag geboren, war mehr als 30 Jahren als Redakteur im Zeitungsverlag Aachen tätig. Durch die Beschäftigung mit dem Strafrecht im Rahmen des Jurastudiums in Bonn hat er schon früh damit angefangen, Kriminalromane zu schreiben, zunächst nur gedacht als Geschenke für Freunde. Zur ersten Veröffentlichung kam es 1996, als er von einem Verlag darauf angesprochen wurde.

Bisherige Veröffentlichungen im Gmeiner-Verlag:
Mörderisches Aachen(2017)
Kofferjäger, E-Book only (2016)
Mallorquinische Träume, E-Book only (2016)
Tödliches Roulette, E-Book only (2016)
Vertrauen bis in den Tod, E-Book only (2016)
Spritzen für die Ewigkeit, E-Book only (2016)
Aachener Grenzgänger, E-Book only (2016)
Die Aachen-Mallorca-Connection, E-Book only (2016)
Ein CHIO ohne Rasputin, E-Book only (2016)
Tödliche Annakirmes, E-Book only (2016)
Tödliche Recherche, E-Book only (2016)
Kohlegier (2016)
Fundsachen (2015)
Blut klebt am Karlspreis, E-Book only (2015)
Ein Sarg für Lennet Kann, E-Book only (2015)
Mörderische Kaiser-Route, E-Book only (2015)
Tore, Tote, Tivoli, E-Book only (2014)
Printenprinz (2013)
Begraben in Garzweiler II, E-Book only (2013)
Kardinalspoker (2012)
Dreiländermord (2010)
Nürburghölle (2009)
Raffgier (2008)

KURT LEHMKUHL
Weißgott
Kriminalroman

GMEINER SPANNUNG

Besuchen Sie uns im Internet:
www.gmeiner-verlag.de

© 2017 – Gmeiner-Verlag GmbH
Im Ehnried 5, 88605 Meßkirch
Telefon 07575/2095-0
info@gmeiner-verlag.de
Alle Rechte vorbehalten
1. Auflage 2017

Lektorat: Claudia Senghaas, Kirchardt
Herstellung: Mirjam Hecht
Umschlaggestaltung: U.O.R.G. Lutz Eberle, Stuttgart
unter Verwendung eines Fotos von: © xy / fotolia.com
Druck: CPI books GmbH, Leck
Printed in Germany
ISBN 978-3-8392-2139-6

Personen und Handlung sind frei erfunden.
Ähnlichkeiten mit lebenden oder toten Personen
sind rein zufällig und nicht beabsichtigt.

1. KAPITEL

»Mach, dass du wegkommst!«, fauchte er den Kollegen an. Energisch stieß er ihn zur Seite. Der Mundschutz hatte der Schärfe und der Lautstärke seiner Anordnung nur wenig Wucht genommen. »Du bringst sie um.«

Niemand außer ihm hatte den Fehler bemerkt, der zur tödlichen Katastrophe werden konnte. Die Umstehenden hatten nur die Wirkung, aber nicht die Ursache des fatalen Fehlschnitts erkennen können, als das Blut in einem gewaltigen Schwall aus der Bauchhöhle quoll.

Konzentriert beugte er sich über die Frau auf dem Operationstisch und gab knappe, präzise Anweisungen. Es schien ihm zu lange, bis endlich der Blutfluss versiegte.

»Das war knapp.« Er pustete erleichtert durch, während er beobachtete, wie eine OP-Schwester die Bluttransfusion mit einem weiteren Beutel fortsetzte. Der Blick auf die unbestechlichen Kontrollmonitore und das angedeutete Kopfnicken eines Assistenten gaben ihm die Zuversicht, dass die Frau den Operationssaal lebend verlassen würde.

Souverän erledigte er die erforderlichen Arbeitsschritte. Er sah seinem Kollegen nach, der mit verkniffener Miene neben der Schleusentür gestanden hatte und nun geradezu fluchtartig den Raum verließ.

Wie erwartet, fand er ihn im Arztzimmer. Am Schreibtisch sitzend, gedankenversunken in der Kaffeetasse rührend, die Zigarette im Aschenbecher abstreifend. Es war nicht der erste Lungentorpedo, wie er an den zahlreichen Kippen erkannte.

»Schwein gehabt«, sagte er. »Da wäre deine Karriere bald schon wieder vorbei gewesen, bevor sie richtig begonnen hat. Ein Exitus während einer OP macht sich nicht gut in den Bewerbungsunterlagen.« Vor allem dann nicht, wenn es sich um einen Eingriff handelt, den selbst sie als Anfänger problemlos vornehmen konnten. Es durfte einfach nicht passieren, dass der Schnitt mit dem Skalpell falsch angesetzt wurde, mit beinahe tödlichen Folgen für die Patientin. »Du hast echt Scheiße gebaut. Der OP sieht aus wie bei einem Metzger, dem das angestochene Schwein von der Schlachtbank gehüpft ist.«

Die Operation würde sicherlich bei der nächsten Besprechung im Kollegium thematisiert werden. Der Vorfall ließ sich nicht verschweigen, zumal durch die Bluttransfusionen und seine Rettungsaktion Mehrkosten angefallen waren, die die Fallpauschale bei Weitem überstiegen. Da würden Erklärungen verlangt und Verantwortliche gesucht werden. Aber müsste man dann von einem missratenen Eingriff sprechen?

»Ich weiß, ich habe Scheiße gebaut.« Der Kollege, der auch sein Freund war, gab sein Versagen unumwunden zu. »Du hast mir den Arsch gerettet. Ohne dich …«, er beendete den Satz nicht. Beide wussten, was gemeint war.

Gemeinsam formulierten sie einen zweiten Bericht über den medizinischen Eingriff. Den ersten Bericht, den sein Freund schon geschrieben hatte, wollte er nicht unterzeichnen. Darin hatte dieser seinen Fehler zugegeben und ihn als Retter dargestellt.

Es war ein akuter Notfall gewesen, der ihnen am Sonntagnachmittag auf den Tisch gelegt worden war, so lautete die Version, auf die sie sich einigten. Der Notarzt hatte sich nur zu einer vagen Diagnose durchringen können. Er wollte wohl nicht verantwortlich gemacht werden, wenn er sich irrtümlich auf eine Ursache festgelegt hatte, die sich während des Eingriffs dann als falsch erwiesen hätte. Ihre Vermutung, es handele sich um einen Blinddarmdurchbruch, hatte sich während der Operation als zutreffend erwiesen. Insofern hatten sie alles richtig gemacht und wahrscheinlich auch das Leben der Patientin gerettet.

Wenn da nicht der fatale Schnitt gewesen wäre, der der Frau doch noch beinahe das Leben gekostet hätte.

Die beiden Freunde brauchten lange, bis sie die Formulierung gefunden hatten, die den Fehler verschwieg und die zugleich die zusätzlichen Maßnahmen rechtfertigte. Sie waren sich schließlich einig geworden, den Wechsel in der OP-Führung unter den Tisch fallen zu lassen. Der hätte nur zu den unangenehmen Nachfragen geführt, die sie vermeiden wollten. So würde das Versagen des Kollegen nicht auffallen und in Vergessenheit geraten.

Er hatte kein Problem mit dieser Verfälschung der Tatsachen, die für das Ergebnis der Operation keine Auswirkung hatte und die den Freund vor Schwierigkeiten bewahrten. Sie handelten so, wie sie es schon zu Studienzeiten immer gemacht hatten: Der eine war für den anderen da. So war es und so würde es immer sein, wenn sie planmäßig in ein paar Jahren ihre Gemeinschaftspraxis eröffneten.

Die Frau, der sie im Prinzip das Leben gerettet hatten, würde es ihnen nicht nachtragen, wenn sie von den Komplikationen erfahren sollte. Oder sollten sie sie über die Dramatik der OP überhaupt aufklären? Wäre es nicht besser, darüber gänzlich zu schweigen?

Er fühlte sich zu müde, um sich über die Fragen Gedanken zu machen. Gähnend legte er die Patientenakte auf den Stapel.

Er war sich absolut sicher: Lieselotte Kleinereich aus Aachen würde das Krankenhaus auf eigenen Beinen verlassen.

2. KAPITEL

Die Entscheidung fiel denkbar knapp aus. Mit acht gegen sieben Stimmen beschloss der Stadtrat beim letzten Tagesordnungspunkt seiner nicht öffentlichen Sitzung den Verkauf der Städtischen Krankenhaus GmbH St. Raphael. Schlussendlich hatte das Votum des Bürgermeisters den Ausschlag gegeben.

Nicht nur in der Diskussion vor der Abstimmung war es turbulent zugegangen. Schon in den letzten Wochen und Monaten war der von der Stadt angestrebte Verkauf der Klinik das beherrschende Thema auf den Straßen, in den Familien und bei Veranstaltungen von Parteien, Kirchen und Verbänden gewesen. Die hitzige Auseinandersetzung würde in den nächsten Tagen weitergehen, auch wenn der Beschluss unveränderbar war: Das Krankenhaus St. Raphael würde aus dem Eigentum der Stadt in die Hände eines Privatmannes wechseln. In der mehr als 100-jährigen Geschichte des Hauses musste ein neues Kapitel aufgeschlagen werden. Ehemals von Nonnen gegründet und danach von der Kirche betrieben, war das Krankenhaus Anfang der 50er-Jahre von der Stadt übernommen worden. Stets waren die Inhaberwechsel zum Wohle des Hauses und der Einwohner gewesen. Jedes Mal hatte es umfangreiche Erneuerungen am Gebäude und der Einrichtung gegeben.

Und jetzt? Was hatten die Bürger nach dem Verkauf zu erwarten? Würde das St. Raphael als ihr Krankenhaus erhalten bleiben? Würde es geschlossen und zu einem Seniorenwohnheim mit Altenpflegestätte werden? Oder würde der neue Eigentümer daraus eine Privatklinik machen, in der er Scheichs und andere Neureiche behandelte, wie auf den Straßen gemunkelt wurde?

»Es ging nicht anders«, raunte der Bürgermeister seinem Beigeordneten zu, während er seine Unterlagen zusammenräumte. Er hatte die Sitzung beendet und die Ratsmitglieder zum Aufbruch gebeten. »Das weißt du auch.«

Wütende Buh-Rufe, gellende Pfiffe und ohrenbetäubende Trillerpfeifen empfingen die Teilnehmer der Versammlung, als sie die Tür zum Flur öffneten.

Dicht gedrängt hatten dort die Menschen ausgeharrt und auf die Abstimmung gewartet. Was sie von dem Ergebnis hielten, war unverkennbar. »Totengräber«, »Volksverräter«, schallte den Stadtverordneten und den Verwaltungsmitarbeitern entgegen. Das Votum hatte sich in Windeseile herumgesprochen und fand keine Zustimmung. Nur einige Politiker durften sich über anerkennende Schulterklopfer freuen; diejenigen, die vor wenigen Minuten gegen den Verkauf gestimmt hatten. Ob sie aus Überzeugung oder Opportunismus gehandelt hatten, das spielte für die erzürnte Menge keine Rolle. Sie waren die sieben Aufrechten, die acht anderen Schurken.

Der Bürgermeister hatte mit dem Verkauf des Krankenhauses das aus seiner Sicht Richtige getan. Die Stadt hätte die GmbH nicht mehr halten können. Die Insolvenz der hochverschuldeten Gesellschaft war nur noch eine Frage von Wochen und Monaten gewesen. Die Stadt als Eigentümerin hatte weder das Geld, um die aufgelaufenen Schulden zahlen zu können, noch besaß sie die Finanzmittel, um die unaufschiebbare Sanierung und Erweiterung der Klinik durchführen zu können. Mit seinen 100 Betten war das Krankenhaus im Wettbewerb der Kliniken einfach zu klein. Nur mit einer Chirurgie, einer Station für Innere Medizin, einer kleinen Abteilung für Urologie, die geschichtlich bedingt, aber im Prinzip überflüssig war, und einer Aufnahme für Unfallopfer und Notfälle war das Haus nicht zu halten, zumal es diese Disziplinen, ebenso wie andere, auch in der unmittelbaren Nachbarschaft der Großstadt gab. Beim geringsten Zweifel ließen sich die Kranken in eine Klinik in der Großstadt einweisen. Dort waren die Zimmer geräumiger, die Versorgung umfangreicher und, und das war das ausschlaggebende Argument, die medizinische Behandlung dank der modernsten Geräte und der Vielzahl der Spezialisten besser. In der ständigen landespolitischen Diskussion über den Abbau der Bettenberge in den Krankenhäusern war das St. Raphael immer wieder genannt worden, wenn über ein Streichkonzert nachgedacht wurde. Die letzten Signale aus der Kreisverwaltung und aus dem Landtag sprachen nicht dafür, dass dem St. Raphael noch viele Jahre blieben. Das Defizit wurde nicht geringer; schlimmer noch, das Raphael hatte durch die negativen Geschäftsergebnisse und die letzte Sanierung vor 15 Jahren maßgeblich dazu beigetragen, dass die Stadt mehr und mehr in eine finanzielle Schieflage geraten war. Die Stadt war nicht weniger pleite als ihre Krankenhaus GmbH. Und es war auch hier nur eine Frage der Zeit, bis man dem Bürgermeister und dem Stadtrat das Heft des Handelns aus der Hand nahm und der Kreis und das Land mittels eines Haushaltssicherungskonzeptes und eines Sparkommissars bestimmen würden, was vor Ort zu tun und zu lassen sei.

Die Schließung der Klinik schien unvermeidlich. Da war das Kaufangebot des Arztes wie ein Sonnenstrahl, der die dunkle Wolkendecke durchbrach. Es deutete zumindest eine Option für eine Zukunft des Hauses an.

Im Prinzip wussten es alle Beteiligten, die Geschäftsführung des Krankenhauses ebenso wie die Gesellschafter der GmbH, die Mitarbeiter ebenso wie die Ratsvertreter: Der Verkauf konnte eine Alternative zur Schließung sein. Vielleicht war so das Haus doch noch zu retten – in welcher Form auch immer.

»Da stimme ich dir vollkommen zu. Es ging nicht anders«, flüsterte der Beigeordnete, zugleich Geschäftsführer des Krankenhauses, dem Bürgermeister, zugleich Vorsitzender der Gesellschafter, zu. Über eine zweite Verkaufsoption hatte er den Rat nicht informiert. Eine Aktiengesellschaft, die ihre Geschäfte mit dem Betrieb von Kliniken und Sanatorien machte, hatte ihm in einer privaten Anfrage ihr Interesse signalisiert. Der Investor erwartete allerdings, von der Stadt Geld für eine Übernahme zu erhalten. Da waren die internen Verhandlungen schon im frühen Stadium abgebrochen worden, ohne dass die Politik überhaupt davon Wind bekommen hatte. Beide Parteien hatten Stillschweigen über diesen schon im Ansatz gescheiterten Annäherungsversuch vereinbart; was gab es auch zu sagen über etwas, das nicht infrage kam? Das hätte nur für unnötige Unruhe gesorgt. Nein, zum Verkauf an den Arzt gab es keine Alternative. Das wusste Bürgermeister Gerhard Kohl ebenso wie seine rechte Hand, der Beigeordnete Helmut Schröder, die im Rathaus wohlwollend »Kanzler-Zwillinge« oder despektierlich »Kanzler-Bande« genannt wurden.

Die beiden wurden gestoßen und geschubst, als sie sich einen Weg durch die schimpfende Menge bahnten. Mancher Wutbürger glaubte, seine Meinung mit Spucke betonen zu müssen. Die Lust auf einen Absacker in einer Kneipe, wie sonst nach einer Sitzung üblich, war ihnen vergangen. Sie wollten nur noch nach Hause nach dieser nervenden Auseinandersetzung in der Ratssitzung und den Pöbeleien danach.

Der Bürgermeister spürte sofort nach dem Anlassen seines Dienstwagens, dass etwas nicht stimmte. Was ihn beunruhigte, stellte er bei einem Rundgang um das Auto fest. Sämtliche vier Reifen waren zerstochen worden.

3. KAPITEL

Seine beiden Verfolger gaben sich keinerlei Mühe, ihre Anwesenheit zu verbergen. Kaum hatte er das Haus verlassen, hatten sie sich an seine Fersen geheftet und beobachteten ihn auf Schritt und Tritt. Schnell hatten sie bemerkt, dass ihr Zielobjekt nicht von seiner alltäglichen Routine abwich. Der Beobachtete hatte einen Weg talwärts eingeschlagen, der nur zu einem Ziel führen konnte, nämlich zur Ansiedlung auf der anderen Seite, die nur über die kleine Serpentinenstraße zu erreichen war. Gelegentlich schlugen sich die Verfolger in die Büsche, um an anderer Stelle wieder in sein Blickfeld zu geraten.

Die eignen sich überhaupt nicht für eine Observation verdächtiger Personen, schmunzelte der pensionierte Kriminalhauptkommissar. Er sah keine Veranlassung, seine beiden Verfolger über ihr stümperhaftes Verhalten aufzuklären. Es hätte auch keinen Zweck gehabt.

Die beiden jungen Bernhardiner Helma und Selma hatten vor seinem Haus darauf gewartet, den Ruheständler bei seinem regelmäßigen Spaziergang zu begleiten. Heute stand der Einkaufsgang nach Simmerath auf dem Programm. Von Huppenbroich durchs Tiefenbachtal in den zentralen Ort der Gemeinde führte sein Weg, immer aufmerksam beobachtet von den tierischen Begleitern. Helma und Selma, die auf einem Bauernhof eine ursprünglich nur vorübergehende Bleibe gefunden hatten, waren ihm ans Herz gewachsen. Sie streunten oft durch das kleine Dorf in der Nordeifel, kannten wohl mittlerweile jeden der rund 400 Einwohner und hatten wahrscheinlich jede der zigtausend Buchen beschnüffelt, die im Dorf und in den Wäldern rundherum wuchsen. Von Leinenzwang oder gar Maulkorb war keine Rede.

Helma und Selma gehörten inzwischen zu Huppenbroich wie Rudolf-Günther Böhnke. Der ehemalige Leiter der Abteilung für Tötungsdelikte im Polizeipräsidium Aachen hatte nach dem krankheitsbedingten Ausscheiden aus dem Dienst seinen Wohnsitz in diesen Ort verlegt. Hier fand er die Ruhe und die Natur, die er in der Kaiserstadt erst nach langer Suche finden konnte, hier gab es mit dem Rursee in der Nähe das Wasser, auf das er im Aachener Talkessel verzichten musste, hier konnte er unbeschwert und unbesorgt durch die Wiesen und Felder streifen, ohne von Straßenlärm oder abgashaltiger Luft gestört zu werden.

Lediglich seine Hoffnung, in dieser Abgeschiedenheit nicht mehr an seinen Beruf erinnert zu werden und von Verbrechen verschont zu bleiben, die hatte sich nicht erfüllt. Wahrscheinlich würde sich daran auch nichts ändern, bis er einmal das Zeitliche gesegnet hatte. Das konnte schnell und jederzeit passieren. Seine Krankheit, für die es weder eine richtige Therapie noch passende Medikamente gab, konnte sein Dasein abrupt beenden. Mit diesem Wissen lebte er schon seit einigen Jahren; mehr zur Verwunderung der Ärzte als zu seiner eigenen. Für ihn war das Glas halb voll und nicht halb leer. So ging er das Leben an, und er würde sein Leben beenden, wenn er es für richtig hielt. Den Zeitpunkt seines Todes wollte er selbst bestimmen und damit der Krankheit ein Schnippchen schlagen.

So hatte er es für sich beschlossen, aber niemandem gesagt, selbst seiner Liebsten Lieselotte nicht.

Helma und Selma stand der Sinn nach Stöckchenwerfen. Auffordernd liefen sie ihm mit kleinen Ästen in den Mäulern entgegen.

»Ihr seid ja saudoof«, sagte Böhnke fast liebevoll. Mit den Plastiktüten vom Einkauf in den Händen stapfte er auf der steilen Straße die Kurven hinauf. Er war ins Schwitzen geraten, hatte sich mal wieder viel zu warm angezogen für den goldenen Oktober. Eine Winterjacke war für einen Einkaufsbummel einfach zu dick, aber er hatte ja auf seine Lebensgefährtin nicht hören wollen, die ihm eine Jacke für den Übergang aufschwatzen wollte. Was sollte das? Es gab Frühling, Sommer, Herbst und Winter, und sie sprach von Übergang. Nein, so eine Jacke brauchte er nicht. Da schwitzte er lieber.

Dabei musste er sich im Prinzip an die eigene Nase packen, statt zu nörgeln. Er hätte ja eine Alternative für seinen Großeinkauf gehabt, sagte er sich, wenn er ein paar Tage gewartet hätte. Die Fahrt mit dem Auto nach Simmerath wäre bequemer gewesen als der kilometerlange Fußmarsch über Berg und Tal. Das Verstauen der Einkäufe im Kofferraum wäre bei Weitem nicht so beschwerlich gewesen wie das Schleppen der Tüten, bei dem immer die Gefahr des Reißens bestand und die Tragegriffe schmerzhaft in die Finger schnitten.

Aber er hatte sich gegen das Auto und für den Spaziergang entschieden. Nicht wegen Helma und Selma, über deren Begleitung er sich durchaus freute. Der Brief des Autohändlers aus Imgenbroich war der Anlass gewesen, den Wagen vor dem Haus stehen zu lassen. Darin war von einer Rückrufaktion die Rede. Der Airbag auf der Beifahrerseite könnte unter Umständen defekt sein. Es sei nicht mit absoluter Sicherheit auszuschließen, dass er sich aus Versehen ohne erkennbaren Anlass aufblase oder bei einem Unfall oder einem starken Aufprall nicht auslöse. Deshalb müsste er ausgetauscht werden.

Und das bei einem Polo, den Lieselotte erst vor ein paar Wochen gebraucht gekauft hatte!

Der Aufforderung, die Werkstatt aufzusuchen, war er im Auftrag seiner Lebensgefährtin sofort nachgekommen. Dort war aber nicht der Airbag ausgetauscht, sondern nur dessen elektronische Auslösung abgeschaltet worden. Man werde ihn informieren, sobald der Ersatz geliefert sei. Der Wagen könne in der Zwischenzeit unbedenklich genutzt werden, immerhin würden die Sicherheitsgurte eine große Sicherheit gewährleisten, und der Airbag sei eine zusätzliche Sicherheitsmaßnahme, wurde ihm versichert.

Vielleicht war er zu vorsichtig, wenn er auf eine Autofahrt verzichtete. Da war seine Partnerin anders gestrickt. Sie hatte sich kurzerhand ihren Wagen geschnappt und war damit zur Arbeit gefahren, schlussendlich mit dem Argument, der Beifahrer sei bei einem Unfall betroffen, nicht aber sie, wenn sie hinter dem Lenkrad sitze.

Sie hatte ihn ausgelacht, als er zu bedenken gab, möglicherweise könnte sich der defekte Airbag ja auch ohne Grund auslösen oder sie hätte als Beifahrerin keinen Schutz bei einem Unfall. Ohnehin war sie leichtfertiger als er. Oft genug musste er sie ermahnen, sich anzuschnallen, wenn sie auf Tour gingen.

»Commissario, wir haben schon so viele gefährliche Situationen überlebt, da werde ich auch bei einer Autofahrt mit dir nicht sterben, selbst wenn ich für ein paar Tage auf einen Airbag verzichten muss«, sagte Lieselotte Kleinereich unbekümmert.

4. KAPITEL

Zufrieden pfiff er vor sich hin. Eine Melodie, die eigentlich gar keine war, sondern eine zufällige Aufeinanderfolge von gepfiffenen Tönen. Aber ihn störte die fehlende Harmonie nicht, und Zuhörer hatte er nicht in der Garage. Rücklings lag er auf einem hölzernen Rollbrett unter dem aufgebockten Oldtimer, den er vor ein paar Wochen von einem Landwirt für einen lächerlichen Preis erworben hatte. In einer Scheune hatte der verrostete und verdreckte Käfer aus der ersten Nachkriegsserie von Volkswagen ein unbeachtetes Dasein in einer dunklen Ecke gefristet. Durch den Tipp seines Freundes, der die Frau des Landwirts medizinisch betreut hatte, war er auf die fahruntüchtige Rostlaube aufmerksam geworden. Die 50 Euro als Kaufpreis waren eher eine Entsorgungsgebühr gewesen als ein tatsächlicher Gegenwert für diesen Haufen Altmetall mit Stoffbeilage.

Aber er liebte das, was nicht nur seine Frau als Schrottberg bezeichnete. Er hatte immer schon den Käfer geliebt, der auch das Auto seines Vaters gewesen war, und er genoss es, dieses vergessene Vehikel aus den 50er-Jahren wieder fit für die Straße zu machen. Dieser Käfer würde das Dutzend in seiner Sammlung vollmachen.

Die frühe Liebe zum Käfer war auch der Grund gewesen, weshalb er nach dem qualifizierten Hauptschulabschluss nach der zehnten Klasse eine Lehre in der örtlichen Kfz-Werkstatt begonnen hatte. Eine Alternative zu einer Lehre besaß er eh nicht in der Abgeschiedenheit des Westerwalds. Gerne wäre er auf ein Gymnasium gewechselt, doch hatte es ihm der Vater strikt untersagt. Zu weit weg, zu teuer, nichts für einen Sohn aus einer Arbeiterfamilie. Das Übliche halt: Er sollte schnell Geld verdienen und damit auch der Familie helfen. Ein Moped mit 16, das war das Höchste der Gefühle, was ihm der Vater erlaubte. Er gehorchte und schwieg, bastelte mit wachsender Begeisterung in der Autowerkstatt an den Käfern herum und ging insgeheim doch seinen eigenen Weg, den ihm sein Vater vorenthalten hatte. In der Abendschule lernte er parallel zur Lehre fürs Abitur. Beides absolvierte er mit Bravour, die Ausbildung zum Kfz-Mechaniker ebenso wie die Reifeprüfung. Sein Vater war aufgebracht, nachdem er mit dem Gesellenbrief in der Hand verkündete, er würde das Dorf verlassen und nach Aachen ziehen, um dort Physik zu studieren.

Nach dem Fortzug hatte er kein Wort mehr mit den Eltern gewechselt, sich auch nicht mehr um einen Kontakt bemüht. Ihm war es egal, ob sie noch lebten oder schon gestorben waren. Er war stolz auf sich und seine Leistung. Er studierte und arbeitete zugleich bei einem VW-Händler. Ein Studienwechsel zu den Maschinenbauern hatte er nur kurz erwogen, er entschied sich dagegen. Er würde das Physikstudium durchziehen, in der Mindeststudienzeit und mit einem sehr guten Abschluss.

Nach einem vergnügten Abend mit vier Freunden in Monschau hatte ihr Fahrer bei schlechter Sicht und mit Alkohol im Blut die Kontrolle über ihren Kleinwagen verloren. Nachdem das Auto gegen einen Baum geprallt war, schleuderte es in den Straßengraben, in dem es auf dem Dach liegen blieb. Ihm gelang es, aus dem Wrack zu klettern, bevor es in Flammen aufging. Neben sich liegend fand er seine Freundin, stark blutend, schwer atmend. Er war hilflos, wusste nichts zu tun, und musste mit ansehen, wie sie starb. Sein Entschluss stand fest nach dem Tod seiner vier Begleiter: Er würde nie mehr tatenlos zusehen müssen, wenn es um Leben oder Tod ging. Als Diplomphysiker begann er ein Medizinstudium in Mainz.

»Herr Doktor, dein Typ wird verlangt.« Die Stimme seiner Frau riss ihn aus der Konzentration. »Telefon.«

»Wer denn?«, fragte er, während er unter dem Wagen hervorkrabbelte.

»Wer schon?«, antwortete sie lächelnd. »Jemand, mit dem ich nie im Leben mithalten kann.«

Unsinn, mit seiner Frau konnte niemand mithalten. Sie war die fürsorgliche Mutter seiner beiden Söhne, eine tolle Familienmanagerin und seine willige Gespielin mit einer Traumfigur. Eine Frau, die er nie für sich hätte gewinnen können, wenn er als Kfz-Mechaniker im Westerwald geblieben wäre.

5. KAPITEL

»Raphael zum Spottpreis verscherbelt«. Die Überschrift in der Tageszeitung bestätigte die Meinung der weitaus meisten Bürger. Der Redakteur gab sich keine Mühe, in der Berichterstattung objektiv zu bleiben. Er schrieb das, was fast alle meinten, und verschwieg, was niemand glauben oder zur Kenntnis nehmen wollte.

Das Krankenhaus, in dem schon seit Generationen geboren und gestorben wurde, in dem Krankheiten behandelt wurden und Unfallopfer Erste Hilfe erfuhren, »ihr« Krankenhaus stand vor einer ungewissen Zukunft. Die Schließung als öffentliches Krankenhaus und die Nutzung als Privatklinik für Betuchte geisterte durch die Köpfe und festigte sich als Tatsache. Niemand fragte nach, ob diese Ansicht zutraf.

Damit war die Gesundheitsversorgung der Bevölkerung bedroht. Schlichtweg nicht bedacht wurde der Umstand, dass die Ärzte des Raphael-Krankenhauses in den letzten Jahren immer schon Patienten in die Kliniken der Nachbarstadt verlegt hatten, wenn sie Zweifel bei einer Diagnose hegten oder heikle Operationen zum Wohle ihrer Patienten scheuten. Aber das zählte nicht mehr in der Diskussion. Immer wieder hieß es nur in Leserbriefen, Diskussionsrunden und an Stammtischen: Der neue Eigentümer baut das Raphael zur Bonzenklinik um.

Die Stadt half ihm dabei sogar noch, so die allgemeine Überzeugung. Zwar hatte niemand den Kaufvertrag gesehen, aber alle wussten, dass der Neue die Krankenhaus

GmbH für einen Euro erworben hatte. Der Erwerber, den niemand kannte, war von vornherein der Bösewicht, der Totengräber der Gesundheitsvorsorge, der Verräter an den Einwohnern dieser Stadt. Seine Helfershelfer waren keinen Deut besser. Allen voran die Kanzlerbande und die Ratsmehrheit, die dem Verrat der bürgerlichen Interessen zugestimmt hatten.

Hatte es überhaupt Zweck, sich gegen die aufgestaute Bürgerwut und die meinungsbildenden Populisten zu stemmen? Was sollte er gegen eine Zeitung tun, die unter Berufung auf einen nicht genannten Makler behauptete, der Wert des Krankenhauses liege bei fünf Millionen Euro für Grundstück und Gebäude?

In einer solchen Zeit der aufgestauten Emotionen Bürgermeister zu sein, war nicht leicht. Kohl konnte sich denken, wer hinter den Informationen steckte, die aus den nicht öffentlichen Sitzungen und den geheimen Gesprächen an die Medien und an die Mitarbeiter des Krankenhauses gelangten. Es lag auf der Hand, dass ein isolierter Ratsherr der Freien Wähler, den niemand ernst nahm, diese Informationen weitergab, immerhin war seine Schwester Betriebsratsvorsitzende im Raphael. Sie war die Erste gewesen, die von einem vermeintlichen Verkauf geredet hatte und von den Nachteilen für die Belegschaft und die Einwohner der Stadt. Es gab fast keinen Zeitungsartikel, in dem sie nicht zu Wort kam. Sie drohte keifend jedem mit Verleumdung, der auch nur die Vermutung äußerte, sie könnte ihr Wissen von ihrem Bruder haben.

Selbstverständlich war der Kaufpreis von einem Euro nur ein symbolischer. Der Wert der Immobilie lag nach den Berechnungen des städtischen Bauamtes und eines unabhängigen Gutachters bei rund drei Millionen Euro. Er deckte damit nicht einmal die Schulden, die das Krankenhaus in den letzten Jahren erwirtschaftet hatte. Das Raphael war für die städtischen Finanzen längst zu einem Fass mit einem löchrigen Boden geworden, der Jahr für Jahr durchlässiger wurde. Der millionenschwere Umbau zu einem Altersheim war für die Stadt ebenso wenig zu stemmen wie die unabdingbare Sanierung. Schon seit Jahren war sie überfällig, ebenso wie schon seit Jahren die Erneuerung der beiden Operationssäle und der medizinischen Apparaturen. Es war schlichtweg kein Geld im Stadtsäckel, zumal es auch bei Schulen, Kindergärten, Sporthallen und sogar beim Rathaus einen Sanierungsstau gab. Seine Vorgänger in Rat und Verwaltung hatten die Stadt munter abgewirtschaftet, den Finanzkollaps heraufbeschworen und an ihre Wähler Wahlgeschenke in Form von Freikarten fürs Schwimmbad, subventionierten Theaterabonnements und unangemessen günstigen Müllgebühren verteilt, statt die Finanzschrauben anzudrehen, Gebühren zu erhöhen und Leistungen einzustellen.

Da kam das Angebot des Mediziners wie vom Himmel gesandt.

Er wollte sämtliche Schulden bezahlen, in einer Fünf-Jahres-Planung die Sanierung betreiben und das Krankenhaus in einer geeigneten Form fortführen. An diesem Begriff der geeigneten Form schieden sich auch im Stadtrat die Geister.

Er werde, so hatte er versichert, alles dafür tun, um das Raphael als Allgemeinkrankenhaus zu erhalten. Aber er könne den Erhalt nicht garantieren, hatte er in den Verhandlungen frank und frei erklärt. Erst als er einem Passus im Kaufvertrag zustimmte, in dem die Schließung des

Krankenhauses ausgeschlossen und der Erhalt als öffentliches Krankenhaus mindestens für den Zeitraum der Sanierung festgeschrieben wurde, war die Ratsmehrheit einverstanden.

Davon stand nichts in den Zeitungsberichten, davon sprach keiner der Kritiker, die gegen den Verkauf des Raphaels wetterten. Es war immer nur von dem Spottpreis von einem Euro die Rede und von der Absicht, das Raphael zu schließen.

Ob bei der Betriebsversammlung und der anschließenden Pressekonferenz der neue Eigentümer Gehör und seine Argumente Zustimmung finden würden, darüber war der Bürgermeister im Zweifel. Es gab viele Bedenkenträger und viele, die es nicht gutheißen konnten, dass das Krankenhaus einen neuen Eigentümer bekam.

Bürgermeister Kohl hatte andere Probleme. Was war von der feigen Drohung zu halten, die ihm anonym per Kurznachricht zugestellt worden war? Wer so leichtfertig die Gesundheit der Bevölkerung aufs Spiel setzt, sollte sich einmal ernsthaft Gedanken über sein eigenes Leben machen, hatte er lesen müssen. Vielleicht gab es, so befürchtete es der Bürgermeister, nicht nur für ihn zu viele Feinde, sondern auch für den neuen Klinik-Chef, für Privatdozent Dr. med. Gottfried Weiß.

6. KAPITEL

Helma und Selma hatten die Begleitung des pensionierten Kommissars längst aufgegeben. Sie hatten die Kaltblüter des ehemaligen Gastwirtes entdeckt, die wohl zum letzten Mal in diesem Jahr auf einer Weide grasten, und machten sich einen Spaß daraus, sie kläffend zu umtänzeln. Da war der spielunwillige Zweibeiner uninteressant geworden und verdiente keine Aufmerksamkeit mehr.

Böhnke schlurfte schwitzend und schwer atmend am ehemaligen Löschteich entlang, als ihm der gelbe Wagen des Paketzustelldienstes entgegenkam. Das dauernde Aufleuchten der Lichthupe machte ihm deutlich, dass der Fahrer ihn ansprechen wollte.

Immer, wenn man ihn brauche, sei er nicht da, scherzte der Zusteller. Er habe ein dickes Päckchen für ihn und brauche eine Unterschrift.

»Du kannst mich mal«, knurrte Böhnke. War der Typ so blind oder folgte er nur bürokratischen Gepflogenheiten? »Siehst du nicht, dass ich beladen bin wie ein Packesel?«

»Und ich habe meine Vorschriften. Ohne Unterschrift keine Zustellung.«

Er möge sich seine Zustellung sonst wohin schieben, entgegnete Böhnke. Er erwartete kein Paket, und auch Lieselotte hatte nichts von einer Bestellung oder Lieferung gesagt. Dennoch konnte er seine Neugier nicht verbergen: »Von wem ist denn das Paket?«

»Postgeheimnis. Kannst du selber lesen, wenn du den Empfang quittiert hast.«

»Dann bring mir mal dein Postgeheimnis nach Hause«, sagte Böhnke und schlurfte weiter. Das hätte ihm noch gefehlt, dass ihm der Mann das Päckchen aufgedrückt hätte. Er hatte bloß zwei Hände. Ein Rucksack, wie Lieselotte ihm wiederholt empfohlen hatte, war vielleicht doch nicht die schlechteste Idee, sagte er sich. Aber diese Idee brachte ihn momentan auch nicht weiter.

»Mach deine Runde durchs Dorf. Du musst ja eh wieder bei mir vorbei«, schlug er dem Zusteller vor. Bisweilen war es von Vorteil, wenn es nur eine Zufahrtsstraße nach Huppenbroich gab und auf der Verbindung durchs Tiefenbachtal nach Simmerath in den meisten Monaten des Jahres ein Durchfahrtsverbot herrschte. Die zwar kurze, aber kurvenreiche Strecke stellte, vor allem bei Nässe, Glatteis oder Schnee, den unerfahrenen Autofahrer vor Probleme. Es war schon richtig, um Schwierigkeiten und Unfälle zu vermeiden, durch Verbotsschilder die Durchfahrt auf dieser Straße in den Wintermonaten zu untersagen – und der Winter kam in der Nordeifel erfahrungsgemäß immer ein paar Wochen früher als wenige Kilometer weiter nördlich im Aachener Talkessel. Dort hatte Böhnke jahrelang gearbeitet, dort arbeitete Lieselotte immer noch. Dauerhaft würden sie ihre gemeinsame Wohnung in Huppenbroich wohl erst mit dem Abschied aus ihrer Apotheke beziehen.

»Wir sehen uns also gleich im Hühnerstall«, bestätigte der Zusteller versöhnlich. Es war ja nicht das erste Mal, dass er Böhnke nicht in dessen Haus antraf, das eigentlich ein geräumiges Ferienhaus in einem ehemals in der Nachkriegszeit als Hühnerstall genutzten Backsteinbau war. Häufig war Böhnke im Dorf als Spaziergänger unterwegs oder als ehrenamtlicher Geschäftsführer zweier Stiftungen in Billas Haus, fast schon sein Zweitwohnsitz in dem Dorf, beschäftigt. Ihn wegen eines Einschreibens oder einer Quittung zu Hause anzutreffen, war da schon Glückssache. Insofern war auch diese Zustellung nicht außergewöhnlich.

Außergewöhnlich war eher der Absender des Päckchens. Böhnke kannte keinen Patrick Oebels von der Euskirchener Straße in Köln. Warum dieser Mann ihm etwas in einer stabilen, gelben Verpackung zukommen ließ, war ihm schleierhaft.

»Wird schon keine Paketbombe sein«, hatte der Zusteller schmunzelnd gemeint.

Und wenn doch? Böhnke schwieg und verzog sich mit dem Paket ins Haus.

Warum hatte er gute Beziehungen ins Kölner Rathaus, wenn er sie nicht nutzte? Kurzerhand rief Böhnke den Kölner Oberbürgermeister an, der mit ihm in einem der Stiftungsräte saß.

Der kurze Dienstweg ist der schnellste. Diese Erfahrungen aus seinem früheren ständigen Kampf mit der Bürokratie bestätigte sich auch dieses Mal.

Es dauerte nur wenige Minuten, bis Werner Müller zurückrief. Seine Auskunft war nicht dazu angetan, Böhnkes Begeisterung über das nicht bestellte und nicht erwartete Päckchen zu wecken. Der Absender des Päckchens war ein 96-jähriger, ehemaliger Autoverkäufer.

»Kenn ich nicht. Habe ich nie was mit zu tun gehabt«, kommentierte Böhnke die Mitteilung.

»Den werden Sie auch nicht kennenlernen«, entgegnete Müller trocken. Er hatte wie selbstverständlich Böhnkes Wunsch erfüllt, sich über den Mann kundig zu machen.

Böhnke hatte so viel für ihn getan, dass er noch einiges bei ihm gut hatte – und eine kurze Personenklärung gehörte zu den leichtesten Dingen, selbst in der Kölner Stadtverwaltung. »Patrick Oebels ist nämlich tot. Laut Sterbeurkunde vor vier Tagen in einem Hospiz gestorben. Unverheiratet, keine Kinder, keine weiteren Verwandten.«

Paketpost von einem Verblichenen. Was sollte das? Das Päckchen war nachweislich in einem Kölner Postamt aufgegeben worden, als der vermeintliche Absender nicht mehr lebte. War da ein Witzbold am Werk, der auf diese Weise seine tote Katze entsorgen wollte? Oder ein Verwirrter, der sich nur geirrt hatte? Oder jemand, der ihm tatsächlich Böses wollte?

Hatte er jemals in einem Ermittlungsverfahren mit einem Patrick Oebels zu tun gehabt? Er konnte sich nicht erinnern.

Kurz entschlossen griff Böhnke zum Telefon. Die Verbindung zu seinem ehemaligen Kollegen Palmen im Polizeipräsidium war schnell hergestellt. Er konnte warten, bis er die Erkenntnisse erhielt, die in den Dateien der Behörden gesammelt waren. Doch weiter brachten ihn diese nicht.

»Chef, der Patrick Oebels war an keinem Verfahren beteiligt, das irgendwo in Deutschland registriert ist, weder als Beschuldigter noch als Opfer oder Zeuge oder als Anzeigenerstatter«, berichtete Palmen fast schon bedauernd. »Der Mann ist wie ein unbeschriebenes weißes Blatt.«

Geboren, um zu leben und zu sterben, dachte sich Böhnke. Ein Zeitgenosse, der keine Spuren in der Weltgeschichte hinterlassen hatte; bis auf die, dass ein Unbekannter Oebels Namen für das Versenden eines Päckchens missbraucht hatte. Wahrscheinlich hatte der Versender den Namen einer Todesanzeige des Hospizes entnommen, vermutete Böhnke.

»Wird schon keine Paketbombe sein«, hatte der Zusteller gesagt.

»Dann will ich ihm glauben, immerhin ist das Versenden explosiver Güter auf dem Postweg verboten«, sagte Böhnke laut zu sich und schnitt entschlossen das Klebeband auf.

Vom Inhalt des Päckchens war er beim ersten Anblick enttäuscht. Er hielt einen gut gefüllten, schwarzen Aktenordner mit einem unbeschrifteten Rücken in der Hand. Nachdenklich öffnete er ihn. Sein Blick fiel auf das erste Blatt, auf dem in Maschinenschrift nur ein Satz zu lesen war: »Sie müssen dem Mann helfen!«

7. KAPITEL

Die Zeit, in der die Kollegen die Nase rümpften, wenn er noch in Arbeitsmontur zu einer Notoperation in die Klinik gekommen war, war längst vorbei. Inzwischen meldete sich fast jeder bei ihm, wenn er technische Probleme mit seinem Fahrzeug hatte. Sein Rat war gefragt, nicht nur als Arzt, sondern auch als Kfz-Mechaniker.

Auch sein Freund verließ sich voll und ganz auf ihn, wenn er auf Autosuche ging. Doch jetzt hatte der Freund andere Sorgen. Die komplizierte Operation des Unfallopfers war ihm aus den Fingern geglitten, der langjährige Kumpel war die letzte Rettung. Sein Hilferuf ging selbstverständlich nicht ins Leere. Er wusste, der Kumpel würde sofort das Werkzeug aus der Hand legen und sich in den Passat Kombi setzen, um in die Klinik zu kommen. Er musste nur den Zustand der Patientin stabilisieren und hoffen, dass die Hilfe nicht zu spät kam.

Beim Medizinstudium in Mainz hatten sie sich kennengelernt; er, der es langsam anging und sich mehr schlecht als recht durch die Prüfungen schlängelte, und sein Kumpel, der zielgerichtet und konzentriert auf einen sehr guten Abschluss hinarbeitete. Das war schon ein komischer Vogel gewesen, dieser Diplomphysiker, der Chirurg werden wollte. Wenn er ehrlich zu sich selbst war, musste er sich eingestehen, dass er ohne diesen komischen Vogel niemals zu einem erfolgreichen Ende seiner Ausbildung gekommen wäre. Er hatte sich an den fünf Jahre älteren Kumpel angehängt, dessen Lernmethoden übernommen, mit ihm gepaukt, ihm bei praktischen Übungen in der Pathologie über die Schulter geblickt und sich von ihm einige Tricks abgeschaut, wie man einen Eingriff schnell und sicher vornahm. Es mache keinen großen Unterschied, ob man einen Motor auseinandernehme und wieder zusammensetze oder ob man eine Operation am offenen Herzen vornehme, hatte der Kumpel gesagt, in beiden Fällen müsse man konzentriert und fehlerfrei arbeiten, sonst sei das Ende tödlich, für den Patienten oder für den Autofahrer, wenn ihm der Motor um die Ohren fliege.

Ihre Freundschaft wurde nur einmal auf die Probe gestellt. Das war, als ihm der Kumpel die schärfste Krankenschwester ausspannte, mit der er selbst in ihrem Praktischen Jahr ein Verhältnis begonnen hatte. Mittlerweile hatte sein Freund mit der Frau zwei Söhne, aber die Niederlage von damals nagte immer noch an ihm, Frank Petersmann, auch wenn er längst selbst Familienvater war. Doch hatte der Alltag die vorübergehende private Unstimmigkeit schnell verdrängt. Als der Kumpel ihm bei einer Operation geholfen hatte, die durch seinen Fehlgriff beinahe gescheitert wäre, war die Dankbarkeit größer als der Ärger. Mehr noch, die gegenseitige Unterstützung im Operationssaal stärkte ihre Freundschaft. Petersmann konnte, wie der Kumpel unumwunden einräumte, schneller und sicherer in Zweifelsfällen zutreffende Diagnosen stellen. Der Kumpel war der bessere Handwerker, wenn das Skalpell benötigt wurde. Dessen gelegentliche, unerklärliche Ausrutscher konnten sie meistens gemeinsam beheben. Wenn sie darüber schwiegen, hatte das auch noch einen anderen Grund. Petersmann durfte sich nur deshalb Dr. med. nennen, weil ihm der Kumpel dazu verholfen hatte. Er selbst war viel zu bequem, wegen der Promotion noch länger zu lernen und zu forschen. An ihrer gemeinsamen Fallstudie über die Auswirkungen eines neuen Medikamentes auf Männer und Frauen hatte Petersmann fast keinen Anteil. Sein Kumpel hatte seinen Part, nämlich die Auswirkungen auf das weibliche Geschlecht, mit übernommen. Er brauchte sich im Prinzip nur noch als Autor des Textes auszugeben.

Sein Part während ihrer gemeinsamen Studienzeit hatte vornehmlich darin bestanden, für Unterhaltung und Geselligkeit zu sorgen und dem Kumpel bei alltäglichen Schwierigkeiten zu helfen, wenn etwa ein Protokoll wegen Falschparkens bezahlt werden musste oder er ihm Geld für die Miete vorstrecken musste, weil der Kumpel wie fast immer in Finanznöten steckte.

Endlich bog der Passat auf den Klinikparkplatz ein. Er eilte dem Freund entgegen und informierte ihn während der Vorbereitung auf den Einsatz im Operationssaal über die Situation auf dem OP-Tisch.

»Das kriegen wir schon hin«, sagte der Mann mit der ihm eigenen Selbstsicherheit, die er so bewunderte. Der Typ, der so unscheinbar aussah, mit dem Diplom in Physik in der Tasche, figürlich klein und rundlich und mit schon beginnendem Haarausfall, strahlte eine Sicherheit aus, die sich auf seine Umgebung übertrug. Man hing an seinen Lippen, wenn er sprach, man tat, was er anordnete, man sah fasziniert zu, wenn er operierte, kurzum, man bewunderte ihn.

Und der Mann wusste, wie man die Menschen für sich einnahm.

»Das kriegen wir schon hin«, wiederholte er.

Er hatte nicht zu viel versprochen. Die Operation gelang, die Patientin würde leben.

Petersmann pustete durch, als sie sich nach der Arbeit umkleideten: »Weiß Gott, wie die Geschichte ohne dich ausgegangen wäre.«

8. KAPITEL

In einer gemeinsamen Presseerklärung wollten sie an die Öffentlichkeit treten. So hatten es der neue Klinikchef und der Bürgermeister verabredet. Unmittelbar im Anschluss an eine Personalversammlung im Raphael sollte der Text den Medien zugestellt werden. Zu der internen Versammlung war den Pressevertretern kein Zutritt gewährt worden. Zu gegebener Zeit würde eine Pressekonferenz stattfinden, in der gerne alle Fragen gestellt werden könnten und selbstverständlich auch beantwortet würden.

»Also nie«, wie der Vertreter einer privaten Rundfunkanstalt verärgert kommentierte, als er wie alle anderen Journalisten unter Berufung auf das Hausrecht des Klinikgeländes verwiesen wurde.

Die Verärgerung bei den Medienvertretern wuchs, als sie endlich per Mail die angekündigte Pressemitteilung, versandt aus dem Rathaus, erhielten. Gerne hätten sie mehr erfahren als den inzwischen im Städtchen längst bekannten Kaufpreis von einem Euro, die Zusicherung des neuen Eigentümers, das Haus mit einem Millionenaufwand zu sanieren, und die Absicht, das Raphael als öffentliches Krankenhaus zu erhalten. Die Eigentumsübergabe sei bereits erfolgt, die notariellen Beurkundungen seien erledigt, die Verträge juristisch überprüft und von den Aufsichtsbehörden genehmigt worden.

Rücksprachen mit dem neuen Eigentümer seien derzeit nicht möglich, da er sich auf seine neue und schwierige Aufgabe zum Wohle des Krankenhauses und der Stadt konzentriere. Die Stadt selbst sei nicht mehr zu Auskünften berechtigt, die Medien mögen daher von Nachfragen absehen, schrieb der Bürgermeister abschließend.

Der Artikel, der am nächsten Tag in der Zeitung zu lesen war, hatte nur wenig Ähnlichkeit mit der offiziellen Pressemitteilung.

»Wie viele Mitarbeiter müssen gehen? Welche Ärzte bleiben? Was hat Weiß vor?« So lauteten die Fragen, die der Journalist an den Anfang seiner Berichterstattung gestellt hatte. Wie er schrieb, habe der Bürgermeister zu Beginn der Personalversammlung den Mitarbeitern des Krankenhauses noch einmal erklärt, warum der Verkauf zwingend erforderlich war. Der städtische Beigeordnete hatte in seiner Eigenschaft als nunmehr ehemaliger Geschäftsführer und kaufmännischer Leiter der Krankenhaus GmbH die Finanzlage dargestellt, von der katastrophalen Auslastung des Hauses, die unter 50 Prozent liege, gesprochen und von der Unmöglichkeit der Stadt, das Krankenhaus weiterzubetreiben. Zum Verkauf hätte es keine Alternative gegeben. Ohne Verkauf wäre es zu einer Schließung gekommen und damit zum Verlust aller Arbeitsplätze. Ärzte, Pflegepersonal, Verwaltungspersonal, technische Mitarbeiter, die Küchenbelegschaft, das Reinigungspersonal; alle Angestellten und Arbeiter wären arbeitslos geworden. Allerdings, das räumte der Geschäftsführer ein, werde der Wechsel nicht gänzlich ohne Personalabbau vonstattengehen können. Er sei der Erste, der seinen Platz hätte räumen müssen, sagte Schröder mit dem Versuch, witzig zu sein.

Bedauern konnte ihn deswegen keiner der Mitarbeiter. Witzig hatte es niemand bei der Personalversammlung gefunden, dass der Mann in einer Doppelfunktion als Beigeordneter der Stadt und als Geschäftsführer der GmbH Gehälter bezog, obwohl er seine Arbeit nur vom Rathaus aus machte und das Krankenhaus eigentlich zum üblichen Tätigkeitsbereich des Beigeordneten gehörte. Warum Schröder ein zweites Gehalt neben seinem üppigen Beamtensold bezog, wusste niemand und konnte auch niemand erklären. Das war wohl ein Ergebnis langjähriger Seilschaften, das auch zur finanziellen Schieflage des Krankenhauses beitrug. Viele Mitarbeiter aus dem Rathaus hatten noch eine zusätzliche, gut dotierte Tätigkeit in der Verwaltung der Krankenhaus GmbH. Das Raphael war im Prinzip ein Selbstbedienungsladen für die Rathaus-Beschäftigten gewesen; aber alle hatten geschwiegen, weil alle in irgendeiner Weise davon profitierten. Dazu gehörte bislang auch der Redakteur der lokalen Zeitung, der sich für seine journalistische Arbeit im Rathaus und im Krankenhaus beim Erstellen von Werbebroschüren und Hauszeitungen über eine stattlich bezahlte Nebeneinnahme freuen konnte. Damit war es durch den Eigentümerwechsel vorbei. Und so verwunderte es den Bürgermeister nicht, dass der Journalist nicht mehr die Rücksicht auf das Raphael nahm, die er bisher hatte walten lassen.

Der neue Chef regiert mit strenger Hand und kehrt mit eisernem Besen, zitierte der Journalist einen Teilnehmer der Personalversammlung. Er habe davon gesprochen, dass er nach einem ersten Überblick Streichungen vornehmen und durch Veränderungen im Betriebsablauf mit weniger Personal auskommen werde. Der aktuelle Mitarbeiterstamm könne nur gehalten werden, wenn es zu einer mindestens 90-prozentigen Auslastung des Krankenhauses käme.

Dieses Ziel sei unmöglich zu erreichen, ließ der Journalist ein nicht genanntes Betriebsratsmitglied zu Wort kommen. Er wusste auch schon von den ersten beiden Personalentscheidungen zu berichten. Die bisherigen Chefärzte der Chirurgie und der Inneren Medizin würden mit sofortiger Wirkung ihre Ämter aufgeben und das Raphael verlassen.

Kein Wort verlor der Journalist darüber, dass beide Mediziner schon längst das Rentenalter erreicht hatten und nicht die Arbeitsleistung erbrachten, die man von Chefärzten erwarten konnte. Sie kassierten das Gehalt und spielten lieber mit ihrem Chefkollegen aus der Urologie Golf, als am OP-Tisch zu stehen. Das wusste jeder im Krankenhaus, das wusste auch der Journalist, doch der Bürgermeister sah keine Veranlassung, ihn deswegen zu rügen.

Interessanter als die Personalie fand Kohl die Mitteilung, der neue Eigentümer würde seinen Stellvertreter mitbringen, der die Innere Abteilung leiten werde. Er selbst werde die Verwaltung führen und Chefarzt der Chirurgie werden. Wenn er einen Überblick gewonnen habe, würde er über die Sanierung und Erweiterung des Krankenhauses entscheiden. Ausschlaggebend sei allerdings die Auslastung. Mindestens 90 von 100 Betten müssten permanent belegt sein, sonst seien langfristig umfangreiche Entlassungen unvermeidlich und die Erneuerung der Klinik würde sich verzögern.

»Wir haben jetzt einen richtigen Gott in Weiß, der alles besser kann und alles besser weiß«, zitierte der Journalist erneut seine Quelle aus der Versammlung, und er fügte lakonisch hinzu: »Ist ja auch kein Wunder. Der neue Eigentümer der Städtischen Krankenhaus GmbH St. Raphael heißt Privatdozent Dr. med. Gottfried Weiß.«

9. KAPITEL

Auf eine andere Pressemitteilung schaute Böhnke, der am Küchentisch sitzend den Aktenordner beäugte. »Sie müssen dem Mann helfen«, hatte er auf dem ersten Blatt lesen müssen. Nach dem Umblättern lag die vom Pressesprecher formulierte Pressemitteilung des Landgerichts Koblenz vor ihm.

»Betreff: Hauptverfahren gegen Dr. Gottfried W. (Raphael-Klinik). Das Schwurgericht des Landgerichts hat die Anklagen der Staatsanwaltschaft Koblenz gegen den ehemaligen Leiter des Krankenhauses St. Raphael, Dr. Gottfried W., und sieben weitere Krankenhausärzte zur Hauptversammlung zugelassen. Gegen zwei weitere Ärzte wurde das Verfahren gegen Geldauflagen eingestellt. Die Staatsanwaltschaft wirft dem Hauptangeklagten Dr. Gottfried W. Körperverletzung mit Todesfolge (3 Einzelfälle), schwere Körperverletzung (1 Einzelfall), gefährliche (24 Einzelfälle), einfache (31 Einzelfälle) und fahrlässige (5 Einzelfälle) Körperverletzung, fahrlässige Tötung (4 Einzelfälle) und unterlassene Hilfeleistung (1 Einzelfall) vor. In einem weiteren Fall soll er die Heilkunde ausgeübt haben, obwohl das Ruhen der Approbation angeordnet war. Die mitangeklagten Krankenhausärzte waren nach der Feststellung der Staatsanwaltschaft in unterschiedlicher Beteiligung an den vorstehenden Taten des Hauptangeklagten (es geht hier um 1 bis 14 Einzelfälle) beteiligt.

Der Hauptangeklagte Dr. Gottfried W., der das St.-Raphael-Krankenhaus von der Stadt erworben hat, unterwarf nach den Feststellungen der Staatsanwaltschaft sämtliche Abteilungen der Klinik von Anfang an einem strengen Wirtschaftlichkeitsgebot. Dies galt insbesondere für die Gabe von Blutkonserven und teuren Medikamenten (insbesondere zur Prophylaxe, z. B. bei Antibiotika und Heparin). Ferner ordnete er in zahlreichen Fällen an, dass zur Wunddesinfektion statt einer (teuren) sterilen Lösung frisch gepresster Zitronensaft verwendet wurde. Des Weiteren führte er eine Vielzahl von Operationen durch, für die keine medizinische Indikation bestand. Insbesondere kam es zum Teil zu völlig überflüssigen Darm(teil)resektionen sowie zu unnötigen Gallenblase-, Nieren-, Blinddarm- und Brustfellentfernungen. Bei der Behandlung einiger Patienten maßte sich der Hauptangeklagte Dr. Gottfried W. überdies eine medizinische Fachkompetenz an, über die er nicht verfügte. Auf diese Weise kam es zu weiteren folgenreichen medizinischen Fehlentscheidungen, die in insgesamt sieben Fällen den Tod der Patienten nach sich zogen.«

Böhnke pustete durch. Das war starker Tobak.

Aber was sollte er damit? Was sollte es heißen: »Sie müssen dem Mann helfen!«

Sollte er etwa einem Mann helfen, dem unter anderem sieben Todesfälle vorgeworfen wurden? Und warum eigentlich? Böhnke rieb sich die Augen, bevor er erneut zu dem Ordner griff. Er schaute auf die erste der über 380 Seiten der Anklageschrift und las den vollständigen Namen des Hauptangeklagten.

»Ach, du Scheiße«, sagte er laut in den Raum hinein und machte sich auf die Suche nach dem Telefon.

10. KAPITEL

Er hatte keine Sekunde gezögert, als Gottfried ihn fragte, ob er mit zum St. Raphael wechseln würde. Frank Petersmann war immer gut damit gefahren, im Kielwasser seines Freundes mitgezogen zu werden. Studium, Promotion, Einstieg in das Leben als Krankenhausarzt, wenn er ehrlich zu sich selbst war, musste er sich eingestehen, dass er seine Karriere ohne die uneigennützige Hilfe von Gottfried niemals geschafft hätte. Gottfried war unbestritten der bessere Arzt, der fast zwangsläufig schneller die Karriereleiter hinaufkletterte, die Facharztausbildung souverän bewältigte, während er immer zauderte und zögerte, welche Richtung er einschlagen sollte. Die Idee einer Gemeinschaftspraxis hatten sie inzwischen verworfen. Es wäre Gottfrieds Praxis geworden, in der er auch arbeiten würde, zwar gleichberechtigt, aber nicht gleichwertig, weil ihm einfach die Qualität seines Freundes fehlte. Gottfried hätte damit kein Problem gehabt, aber Petersmann sah es als unfair an, quasi auf Gottfrieds Kosten mitzugleiten. Sicherlich hatte es auch Situationen gegeben, in denen er Gottfried geholfen hatte, wenn dieser bei einer Operation zu zuversichtlich gewesen war und mehr Schaden anrichtete, als Erfolg zu bewirken. Da musste er als medizinischer Handwerker einschreiten und die technischen Fehler seines Freundes beheben. Das hatte Gottfried aber nicht davon abgehalten, sich immer wieder an komplizierte Operationen heranzuwagen und medizinische Methoden und Instrumente zu entwickeln, die ihm und allen Kollegen das Operieren erleichterten. Inzwischen besaß Gottfried einige Patente auf medizinisches Gerät, und er verschaffte sich dadurch ein Vermögen, von dem Petersmann nicht wusste, wie groß es tatsächlich war. Gottfried hatte nie darüber gesprochen. Als Privatdozent an der Uni in Mainz lehrte Weiß seine Operationsmethoden, aber er würde nie gänzlich in den Lehrbetrieb umsteigen. Das Verfassen von fachspezifischen Artikeln, das Ausarbeiten von Vorlesungen oder gar das Verfassen eines eigenen Lehrbuchs, das war nicht seine Welt. Er werkelte lieber an seinen alten VWs herum und war als Chefarzt der Chirurgie tätig, mit Petersmann als Oberarzt im Schlepptau.

»Gottfried, was willst du am St. Raphael?«, hatte er nur gefragt.

»Kaufen«, war die knappe Antwort gewesen. Sie würden zunächst ein halbes Jahr dort als angestellte Ärzte arbeiten, um die Situation kennenzulernen, ohne Hinweis auf die eigentliche Absicht, danach würde er das Krankenhaus kaufen. So hatte es Weiß mit dem Bürgermeister im vertraulichen Gespräch abgesprochen. »Jetzt sind es drei Menschen, die davon wissen. Einer davon bist du.« Der Freund hatte ihm den Wechsel auch dadurch schmackhaft gemacht, dass er ihm eine Stelle als Chefarzt der Inneren in Aussicht stellte. »Ich brauche da Leute, auf die ich mich verlassen kann.«

Eine eigene Klinik war schon immer Gottfrieds Traum gewesen, wie Petersmann wusste. Dort konnte ihm niemand dazwischenreden, dort brauchte er keine Rücksicht zu nehmen auf Trägergesellschaften oder Eigentümer, dort war er Herr im eigenen Hause.

»Gottfried, ich bin dabei, was auch immer geschieht.«

Was tatsächlich auf sie zukam, hatten sie nicht erwartet. Das St. Raphael war heruntergewirtschaftet, in den OPs herrschte die Technik, die vor zehn bis 15 Jahren modern war, zum Röntgen mussten Patienten in die Nachbarklinik geschickt werden. Die Krankenzimmer waren seit 20 Jahren nicht mehr mit neuem Mobiliar ausgestattet worden. Die Sanitäranlagen auf dem Flur waren nicht unbedingt ein Pluspunkt für einen krankheitsbedingten Aufenthalt. Die Gemeinschaftsräume für das Personal waren klein, dunkel und stickig, die Verwaltung war in das Dachgeschoss abgeschoben worden. Die Aufzuganlage hatte eine TÜV-Abnahme nur unter Auflagen erhalten und musste erneuert werden. Die Cafeteria und die Krankenhausküche hätten gut als Museumsstücke aus dem letzten Jahrtausend dienen können. Modern und praktisch war anders.

Die wenig einladende Umgebung wirkte sich nicht positiv auf die Atmosphäre im Krankenhaus und auf das Betriebsklima aus. Man arbeitete hier, weil man einen Job hatte, man arbeitete nicht aus Überzeugung für das Krankenhaus und zum Wohle der Patienten. In Anbetracht der hohen Schulden war nicht damit zu rechnen, dass es moderner, attraktiver und einladender würde. Im Gegenteil, es war davon auszugehen, dass die Zahl der Abteilungen sinken würde. Das Angebot mit einer Chirurgie, einer Inneren Abteilung, der Urologie und der Unfallstation war auf Dauer nicht aufrechtzuerhalten.

»Kein Wunder, dass die hier eine Belegung von nicht einmal 50 Prozent haben«, sagte Gottfried bei Betrachtung der Zahlen. »Da kommt viel Arbeit auf uns zu, mein Freund.«

»Wer soll das bezahlen?«

Gottfried schaute ihn aufmunternd an. »Das lass mal meine Sorge sein. Das kriegen wir hin.« Er grinste. »Wir sanieren die Hütte, und in ein paar Jahren machen wir eine schöne Privatklinik für Scheichs und andere Reiche auf. Die können dann zu uns kommen. Dann brauche ich nicht mehr in die Emirate zu fliegen.« Weiß hatte sich, wie Petersmann wusste, in den letzten Jahren einen guten Ruf bei den Saudis erarbeitet. Sie ließen ihn einfliegen, um sich von ihm untersuchen zu lassen, und sie ließen ihn operieren, wenn es sein musste. »Die kommen dann zu uns, und wir scheffeln mehr Geld, als du dir je vorstellen kannst.«

Aber zunächst ging es darum, Erfahrungen zu sammeln mit dem Raphael, dem Personal, den Patienten und der Stadt. Dabei stand für Weiß das Urteil schon nach wenigen Tagen fest: »Die ticken nicht sauber. Die sind hinterfotzig.«

11. KAPITEL

Lieselotte wusste auf Anhieb, wen Böhnke meinte, als er fragte, ob sie Dr. Gottfried Weiß kennen würde. »Klar doch. Ohne den hätten wir keine Silberhochzeit feiern können, wenn wir denn damals hätten heiraten wollen.

Wenn der nicht wäre, wäre deine Braut noch vor deiner Hochzeit abgenibbelt.« Warum er ausgerechnet jetzt von diesem Mann spreche, war die Frage, auf die Böhnke gewartet hatte. Mit seiner Bemerkung: »Das ist eine lange und spannende Geschichte«, erreichte er, was er erreichen wollte.

»Dafür habe ich jetzt keine Zeit. Der Laden brummt. Wenn du willst, kannst du sie mir nach Dienstschluss erzählen. Und wenn du willst, komme ich dafür sogar nach Huppenbroich«, sagte Lieselotte schnell.

Er stimmte sofort zu. »Ich sorge dafür, dass du heute Abend ein Spiegelei mit Bratkartoffeln bekommst, und du sorgst dafür, dass jeder in deiner Apotheke seine richtigen Tabletten bekommt.«

Seine langjährige Lebensgefährtin hatte nicht nur das typische Aachener Wetter, nämlich den Regen, mit in die Nordeifel gebracht, sondern auch eine fast schon vergilbte Kopie des Arztberichts, den sie nach ihrer Entlassung aus dem Krankenhaus erhalten hatte, unterzeichnet von Dr. Gottfried Weiß, nicht aber das damals beigefügte OP-Protokoll. »Der Bericht reicht für den Anfang«, hatte sie gemeint, und Böhnke wusste nicht, warum er anderer Meinung sein sollte.

Die Erinnerung an das dramatische Geschehen vor fast drei Jahrzehnten flammte in einer Deutlichkeit auf, die sich weder Lieselotte noch Böhnke hätten vorstellen können.

»Mir kommt es so vor, als sei es gestern gewesen«, sagte Lieselotte, nachdem sie sich das damalige Geschehen wieder ins Gedächtnis geholt hatten. Sie hatte gerade ihre Ausbildung zur Apothekerin beendet, er war gerade gut als Kriminalkommissar im Aachener Polizeipräsidium angekommen. Der Kurzurlaub an der Mosel war ein spontaner Ausbruch aus dem arbeitsreichen Alltag gewesen. Ein paar Tage nur, fast ein verlängertes Wochenende, aber raus aus dem Arbeitstrott, rein in die ungetrübte und vor allem ungestörte Zweisamkeit. Die leichten Bauchschmerzen, die sich bei Lieselotte beim Frühstück bemerkbar gemacht hatten, verschlimmerten sich urplötzlich, als sie gerade den von ihrer Pension entferntesten Punkt ihrer Rotweinwanderung erreicht hatten. Böhnke trug Lieselotte mehr zu einem entlegenen Gehöft, als dass sich die von Fieberschüben geschüttelte und von Schweißausbrüchen geplagte Frau vorwärtsschleppte. Der sofort alarmierte Notarzt forderte einen Krankenwagen an, der Lieselotte sofort ins Krankenhaus brachte. Dort diagnostizierte der junge Arzt einen akuten Blinddarmdurchbruch und trat damit, wie Böhnke mitbekam, in Widerspruch zum zweifelnden Notarzt. Der hatte von einer Magenverstimmung nach einer Lebensmittelunverträglichkeit gesprochen. Wollte er etwa damit andeuten, Lieselotte habe am Vorabend zu viel Wein getrunken?, wollte Böhnke sich aufbrausend in das Gespräch einmischen. Doch achtete der junge Mediziner, bei dem es sich, wie Böhnke später erfuhr, um Weiß handelte, überhaupt nicht auf ihn. Der entscheidungsfreudige Arzt forderte die unverzügliche Verlegung von Lieselotte in den OP-Saal und legte dem erregten Mann nahe, er möge sich im Wartezimmer gedulden.

Böhnkes Geduld wurde auf eine lange Probe gestellt. Er kannte inzwischen sämtliche Zeitschriften im Wartebereich auswendig, hatte mitbekommen, wie der Krankenhaus-Kiosk am späten Nachmittag schloss, hatte die Brotschnitten abgelehnt, die ihm eine Krankenschwester anbot, und hoffte nur darauf, endlich eine Nachricht aus dem OP zu erhalten.

Es war fast Mitternacht, als sich Weiß zu ihm gesellte. Der Mann im weißen Kittel sah zwar erschöpft, aber zufrieden aus, was Böhnke mit Erleichterung feststellte.

»Ihre Frau hat Glück gehabt. Der Blinddarmdurchbruch war noch das kleinere Übel. Es hat unvorhersehbare Komplikationen gegeben, die immer wieder einmal bei derartigen Operationen vorkommen können. Vielleicht bei zwei von 100. Aber sie sind nicht auszuschließen.« Weiß lächelte Böhnke gewinnend an. »Wie dem auch sei. Ihre Frau ist außer Lebensgefahr. Sie wird wieder gesund und keine bleibenden Schäden zurückbehalten.« Er reichte Böhnke gähnend die Hand. »Bis auf eine Narbe werden Sie bald nichts mehr sehen. Und so eine Narbe kann ja auch ganz niedlich sein.«

Der Arztbericht enthielt in seiner Mischung aus medizinischem Fachchinesisch und verklausulierten Floskeln wahrscheinlich die Information, die ihm Weiß schon nach der OP gegeben hatte, dachte sich Böhnke, als er Lieselotte aus dem Krankenhaus abholte. Weiß hatte ihr den Bericht in die Hand gedrückt und schüttelte auch Böhnke herzlich die Hand. »Jetzt kann ich es Ihnen ja sagen, die Lage Ihrer Frau war eigentlich hoffnungslos. Statistisch gesehen hatte sie null Chance. Wir haben sie retten können.«

Konnte er seine unendliche Dankbarkeit in Worte fassen? Böhnke wusste nicht, was er sagen sollte. »Ich kann Ihnen nur eines versprechen, Herr Doktor. Wenn Sie sich mal in einer ähnlichen hoffnungslosen Lage befinden sollten, helfen wir Ihnen, was immer auch geschieht.«

Weiß hatte ihn stumm angelächelt und das Zimmer verlassen.

»Die Vergangenheit fordert ihre Zinsen ein«, sagte Lieselotte nachdenklich. Ihre gemeinsamen Anfangsjahre kamen ihr in den Sinn. Sie mit langen, braunen Haaren und sportlicher Figur, er groß und schlank, immer schon besonnen und das aufbrausende Temperament unter Kontrolle haltend. Und jetzt hatte er die 60 erreicht, immer noch groß und schlank, aber mit kurzem, grauem Haar, und sie eine angesehene Apothekerin, die ihre attraktive Figur behalten hatte und Böhnke zuliebe ihr ergrautes Haar ebenfalls sehr kurz hielt. Wenn seine verflixte Krankheit nicht wäre, dann hätten sie noch einige unbekümmerte Jahre oder sogar Jahrzehnte vor sich. Aber so? Sie verhielten sich in stillschweigender Übereinstimmung so, als gäbe es die Krankheit nicht. Ändern konnten sie eh nichts daran.

Sie hatte durch den Aktenordner geblättert und blieb wieder bei dem ersten Blatt hängen.

»Spielt es eigentlich eine Rolle, dass dir jemand unter falschem Namen die Anklageschrift zugeschickt hat?« Sie schüttelte verneinend den Kopf. Das sei zwar merkwürdig, aber ändere nichts an der Ausgangslage. Sie sah ihren Partner liebevoll an, der den alten Arztbericht in den Händen drehte. »Rudolf-Günther, du musst Weiß helfen, du hast es ihm versprochen. Wie immer auch deine Hilfe aussehen mag und was immer deine Hilfe bewirken kann.«

12. KAPITEL

Wahrscheinlich waren die Verantwortlichen der Stadt als Trägerin der Krankenhaus GmbH heilfroh, die Chefarztstelle in der Chirurgie im St. Raphael mit ihm besetzen zu können. So kam es jedenfalls Weiß vor. Ein Kollege hatte ihm bei einem Kongress den Hinweis auf das Krankenhaus gegeben. Sein Bewerbungsgespräch war eine Farce gewesen. Da mit dem zu erwartenden Ausscheiden seines Vorgängers kein ärztlicher Leiter vorhanden war, hatten der Bürgermeister und der kaufmännische Geschäftsführer mit ihm gesprochen. Die Kanzler-Zwillinge wussten nicht, welche Verdienste er längst erworben hatte, für sie war er ein Chirurg, der sich aus einem Teil Deutschlands in einen anderen Teil verändern wollte. Seine Bedingung, er wolle als zukünftiger Chefarzt der Chirurgie einen eigenen Oberarzt mitbringen, akzeptierten sie ebenso anstandslos wie seine Gehaltsvorstellung und seine Forderung, jederzeit Fachvorträge halten zu können. Dass er darunter auch Reisen in die Vereinigten Arabischen Emirate verstand, verschwieg er ihnen. Er hatte die beiden Vertreter von Stadt und Klinik dank seiner Ausstrahlung schnell für sich gewinnen können. Sie waren redseliger, als sie eigentlich sein sollten, wussten wahrscheinlich sogar schlechter als er von der akuten Bedrohung für den Fortbestand des kleinen Krankenhauses. Er hatte sich informiert, er wusste Bescheid, dass bei der nächsten Fortschreibung des Krankenhausbedarfsplans die Klinik ihre Zulassung verlieren könnte. Doch diese Zukunft störte ihn nicht, im Gegenteil, sie spielte ihm in die Karten seines eigenen Spiels.

Gespielt beiläufig brachte er beim späteren Gespräch mit dem Bürgermeister das Thema auf einen möglichen Verkauf des Krankenhauses und triumphierte innerlich, als der Bürgermeister einräumte, die finanzielle Situation könnte dazu führen, dass die Stadt darüber nachdenken müsste. Da wusste er, dass das Krankenhaus seines werden würde.

Das erste halbe Jahr im St. Raphael hielt sich Weiß zurück, er beobachtete und diskutierte mit seinem Kumpel die Lage. Sie war schlichtweg hoffnungslos. Normalerweise hätten er und Petersmann noch vor Ablauf der Probezeit die Koffer gepackt und das Weite gesucht. Die Kollegen im Ärzteteam arbeiteten mehr nebeneinander als miteinander. Jeder versuchte unbeschadet für die Patienten und den eigenen Ruf die Zeit zu überstehen. Beim kleinsten Zweifel gab es die Überweisung in die Fachklinik; kein Wunder, dass die Belegzahlen in den Keller rauschten.

Da war Aufräumen angesagt, nahm sich Weiß vor und schmiedete mit Petersmann den Plan, den er konsequent umsetzte. Die Kollegen, das Personal, die wenigen Bürokräfte, aber auch die Patienten schienen überrascht, wenn nicht sogar entsetzt, als sie vor die vollendete Tatsache gestellt wurden, dass Weiß das Krankenhaus übernommen hatte und gleichzeitig ärztlicher und kaufmännischer Leiter wurde.

Die Empörung über das sofortige Ausscheiden der Chefärzte der Chirurgie, der Inneren Abteilung und der Urologie hielt sich in Grenzen, war zum Teil sogar geheuchelt. Auf eine Verabschiedung verzichteten die beiden, wissend, dass Weiß dazu nicht gekommen wäre. Er hatte ihnen deutlich genug gesagt, dass sie der Verbesserung ihres Handicaps beim Golf offenbar Vorrang gaben vor einer qualitativ guten Behandlung der Patienten und was er davon hielt: nämlich nichts. Morgens teilte er ihnen vor der versammelten Belegschaft von Ärzten und leitenden Pflegekräften mit, dass er sie am Mittag nicht mehr im Hause sehen wollte. Bis dahin hätten sie Zeit, ihre Angelegenheiten in den Büros und in der Verwaltung zu regeln und die Arbeitsabläufe mit den Oberärzten zu besprechen.

Weiß übernahm die Leitung der Urologie zusätzlich zu seinen beiden anderen Führungsaufgaben. Diese Entscheidung sorgte beim Stellvertreter des entlassenen Chefs der Inneren nicht gerade für Begeisterung. Er kündigte am nächsten Tag, weil seine Hoffnung auf den Chefarztsessel zerstoben war. Und dafür habe er sich den Arsch für den Chef aufgerissen, schimpfte er zu seinem Kollegen, dem es auch nicht besser ergangen war. Statt seiner wurde der Kumpel von Weiß Chefarzt der Inneren. Auch er hatte erwartet, vom Oberarzt zum Chefarzt aufzusteigen, und stand jetzt vor dem Affront, übergangen zu werden. Seine Kündigung erfolgte zwangsläufig und war von Weiß ebenso erwartet worden wie die vom Oberarzt in der Urologie. »Wenn die noch ein paar Eier in der Hose haben, machen die den Abflug«, hatte er zu seinem Kumpel gesagt, als er ihn in seine Planung eingeweiht hatte.

Bedenken hatte er nur wegen der wesentlich jüngeren Ehefrau des bisherigen Chefs der Inneren, die als Leiterin des Pflegedienstes und als Vorsitzende des Betriebsrates über fast alle Ereignisse im Krankenhaus informiert war und bei fast allen Dingen, ob Personal oder Anschaffungen, mitreden konnte und durfte.

»Die sieht nicht nur scheiße aus, die hat auch Haare auf den Zähnen«, urteilte Weiß über sie. Dass mit ihr nicht gut Kirschen essen war, hatte auch schon sein Kumpel erleben müssen. Als Petersmann von ihr einige Informationen über die Ärzte erhalten wollte, mit denen er zusammenarbeiten würde, hatte sie ihm schnippisch gesagt, sie würde nicht für ihn als Spitzel arbeiten. Falls er Kolleginnen anders einsetzen wolle, als sie es im Dienstplan verzeichnet hätte, würde sie sich über ihn beschweren. Er hätte ihr und den anderen nichts zu sagen.

»Die ist gefährlich«, hatte Petersmann entgegnet und Weiß warnend belehrt, der die Frau am liebsten mit ihrem Ehemann entsorgt hätte. »Die hat als Betriebsratsvorsitzende besondere Rechte. Der kannst du nicht ohne Weiteres kündigen.«

Wenige Patienten, weniger Personal. Auf diese Formel brachte Weiß seine Strategie. Neue Oberärzte sah sein Stellenplan nicht vor, solange die Belegquote nicht in einen Bereich stieg, der die Wirtschaftlichkeit des Krankenhauses gewährleistete. Einigen Pflegekräften legte er die Kündigung nahe, anderen drohte er, er würde nur ihr nächstes Fehlverhalten oder ihre nächste Krankheit abwarten, um sie loszuwerden.

Die meisten der bequem gewordenen Ärzte wollten sich dem neuen Stil nicht anpassen, sie kündigten in der Gewissheit einer adäquaten Beschäftigung in einem anderen Krankenhaus. Weiß ersetzte sie durch junge, unverbrauchte Ärzte, die ihm empfohlen worden waren und die vielleicht sogar Stolz empfanden, an seiner Seite arbeiten zu dürfen, bei ihm, der in Fachkreisen respektvoll oder lästernd »Weißgott« genannt wurde.

Aus den sechs Zweibettzimmern der Urologie machte Weiß kurzerhand vier Dreibettzimmer. »Das spart Energiekosten und Reinigungspersonal«, sagte er pragmatisch, als es Beschwerden gab. Die Zeit sei vorbei, dass im Prinzip jeder Patient allein ein Zweibettzimmer belege. Er sagte nicht, dass er die beiden frei gewordenen Zimmer zu eleganten Einbettzimmern für Privatpatienten umbauen würde.

13. KAPITEL

Die Menschen sind hinterfotzig. So hatte Weiß seine neue Umgebung bezeichnet. Unehrlich, trickreich, verschlagen, auf den eigenen Vorteil bedacht, rücksichtslos.

Jetzt war Weiß selbst hinterfotzig geworden, sagte sich sein Kumpel. Entweder hatte er sich und seine Fähigkeiten überschätzt, oder er wurde von seinen Mitarbeitern im Stich gelassen, oder es waren zu viele Aufgaben, die er gar nicht gleichzeitig bewältigen konnte, obwohl er glaubte, es zu können. Petersmann hätte viele Möglichkeiten aufzählen können, die nicht nur zu einem immer schlechter werdenden Betriebsklima im St. Raphael führten, sondern die auch ihre Freundschaft zerstörten. Petersmann ahnte, er musste die Reißleine ziehen, um nicht in den verhängnisvollen Strudel hineinzugeraten, in dem Weiß zu versinken drohte. Er hatte ihn mehrfach gemahnt, Verbesserungsvorschläge gemacht, Versäumnisse von Weiß behoben und ihn vertreten, wo er nur konnte. Aber die Baustellen wurden immer mehr, und die fatalen Fehler von Weiß immer häufiger.

Der entscheidende Zeitpunkt für Petersmann war gekommen, als ihm Weiß nach einem halben Jahr eröffnete, er könne nicht Chefarzt der Inneren werden, weil ihm einfach die Fähigkeiten fehlten. Weiß selbst wollte die Leitung dieser Abteilung zusätzlich übernehmen. Da packte er seine Sachen und ging, nicht ohne seinem bisherigen Freund ironisch alles Gute und viel Erfolg zu wünschen. Und er ging nicht, ohne sich umfangreiche Notizen über ihre gemeinsame Zeit am St. Raphael zu machen.

Petersmann war froh, dass er seine Oberarztstelle am vorherigen Krankenhaus wieder einnehmen konnte. Dass er seinen kommissarisch bekleideten Chefarztposten am Raphael räumen musste, nahm er nicht tragisch, zumal er jetzt wieder bei seiner Frau im eigenen Haus wohnte. Sie hatte verständnislos mit dem Kopf geschüttelt, wenn er von seinen Erfahrungen am St. Raphael berichtete. Er wusste gar nicht, wo er beginnen sollte bei der Vielfalt der Unzulänglichkeiten und Fehleinschätzungen. Über die Defizite hätte er vielleicht noch hinwegsehen können, aber die Ereignisse im Operationssaal waren schlichtweg nicht hinnehmbar. Er berichtete nur von den gravierendsten Ereignissen, von den Patienten, die sterben mussten, weil die Operation fehlerhaft war, oder weil sie nicht in der Verfassung waren, um einen schweren, stundenlangen Eingriff zu überleben. Doch ließ sich Weiß nicht hineinreden, wenn er die Entscheidung zu einer Operation getroffen hatte. Ärzten, die ihn kritisierten oder sich weigerten, legte er ein Verlassen der Klinik nahe. Nachfolger rekrutierte er aus dem Stamm junger Mediziner, die ihre Ausbildung beendet hatten und stolz waren, in einer Klinik zu arbeiten, dessen Leiter einen guten Ruf in der Fachwelt hatte. Sie schwiegen und staunten, wenn Weiß zu Methoden griff, die nicht üblich waren und die in keinem medizinischen Handbuch standen.

Einige Pfleger und Krankenschwestern, deren Beschwerden Weiß rüde zurückgewiesen hatte, hatten von sich aus das Raphael verlassen. Ganz im Sinne von Weiß, dem der Personalabbau und die Senkung der Personalkosten nicht schnell genug gehen konnte. Offenbar hatte er sich doch übernommen, mutmaßte sein langjähriger Weggefährte. Die Kalkulation von Weiß ging anscheinend nicht auf. Die Schulden in Millionenhöhe, die Erfüllung von Auflagen, die die Bezirksregierung aufgestellt hatte, die Umgestaltung der Krankenzimmer und die angestrebte Sanierung des Krankenhauses verschlangen mehr Geld, als Weiß gedacht hatte. Typisch für ihn, dachte sich sein Kumpel, alle Ratschläge in den Wind geschrieben, alle Finanzberater zurückgewiesen, es galt nur ein Wort, das Wort von Gottfried. Weiß Gott, wie das noch enden wird, dachte sich sein Kumpel.

Verwundert war Petersmann auch über die Arbeitsweise der Verwaltung gewesen. Informationen über Vorräte gab es fast keine, Bestellungen wurden nur schleppend ausgeführt. Das Inventarverzeichnis war überholt, viele medizinische Geräte, die benötigt wurden, waren nicht vorhanden. Selbst bei Verbandsmaterial oder Spritzen gab es einen

Mangel, den die Bürokräfte mehr verwalteten als behoben. Bisweilen war Improvisationskunst gefragt, und darin war Weiß unbestritten ein Meister seines Faches. Das abgelaufene Verfallsdatum eines in Folie verschweißten Behandlungsbestecks, das notgedrungen genutzt werden musste, bereitete ihm dabei noch die geringsten Sorgen.

Es gelang Weiß tatsächlich, die Belegzahlen zu steigern, obwohl die Presse, die Kommunalpolitik und selbst die Mitarbeiter des Krankenhauses ihn nicht unterstützten, zum Teil gegen ihn arbeiteten und zum Teil tatenlos zuschauten. Die Patienten blieben länger als geplant, weil er bei ihnen Krankheitsbilder fand, die bei der Einweisung nicht genannt worden waren oder weil er Unfallopfer mehrfach operierte, obwohl es vielleicht auch mit einer Operation getan gewesen wäre. Und dann kam ihm auch noch ein Krankenhausstreik zugute. Aus Protest gegen eine Neuerung in der Gesundheitspolitik weigerten sich die Nachbarkliniken, Notfälle oder Akutfälle aufzunehmen, und verwiesen sie an das St. Raphael.

Mehr Patienten, mehr Personal. Wer so gedacht hatte, hatte nicht die Rechnung mit Weiß gemacht. Erst Schuldenabbau, dann Investitionen, dann Personalaufstockung, so lautete die neue Regel, die er aufstellte. Da konnte die Betriebsratsvorsitzende wettern, so viel sie wollte.

Mehr Patienten bedeuteten auch mehr Todesfälle. Das wird ein böses Ende nehmen, schwante dem Kumpel. Hoffentlich hatte er zeitig genug den Abflug geschafft.

Die Hoffnung trog. Als Petersmann über eine Strafanzeige gegen ihn unterrichtet wurde und die Vorladung zu einer Anhörung der Staatsanwaltschaft erhielt, wusste er, dass er sich zu spät aus dem kriminellen Treiben rund um das St. Raphael verabschiedet hatte.

14. KAPITEL

An einer Tätigkeit als verdeckte Ermittler hatten sie an diesem Tag kein Interesse. Bellend liefen Helma und Selma Böhnke entgegen, als er das Haus verlassen hatte und auf die Kapellenstraße getreten war. In Erwartung eines längeren Spaziergangs tollten die beiden Hunde um ihn herum. Wenn es nach ihrem Willen gegangen wäre, hätten sie am Löschteich den Weg talwärts eingeschlagen. Doch hatte ihr Begleiter einen anderen Plan. Er wollte ans andere Ende des Dorfes, zu Billas Haus. Als Helma und Selma erkannten, dass er ins Haus der Stiftungen eintreten wollte, trabten sie davon. Wenn Böhnke da hineinging, dauerte es oft Stunden, bis er wieder vor die Tür trat. So lange würden sie nicht auf ihn warten, es gab ausreichend Abwechslung in Huppenbroich, da waren sie nicht auf diesen Menschen angewiesen. Helma und Selma hatten Kinder entdeckt, die mit einem Ball in der Hand zum Sportplatz liefen; und sie liefen hinterher.

Zwei Stiftungen, für die Böhnke wie auch die anderen Mitglieder ehrenamtlich tätig waren, hatten im ehemaligen Haus von Schmitze Billa ihre Heimat. Da er als Einziger dauerhaft in Huppenbroich wohnte, war es seine Aufgabe, sich um die Post zu kümmern. Heute war der Briefkasten leer geblieben, sodass er sich um sein Anliegen kümmern konnte. Das uralte Gemäuer ließ kleine, dunkle Zimmer vermuten. Das Gegenteil war der Fall. Seit dem Umbau zum Haus der Stiftungen waren die Räume hell und groß und beherbergten neben einigen Schlafräumen auch ein großes Büro mit modernster Ausrüstung; mit genau dem Rechner, den Böhnke für seine Recherchezwecke brauchte. »Da werde ich auf meine alten Tage noch zum Computerfreak«, brummte er vor sich hin, während der Rechner hochfuhr.

Seine Eintragung in einer Suchmaschine brachte eine schier endlose Liste von Dateien über Dr. med. Gottfried Weiß. Die tue ich mir nicht alle an, sagte sich Böhnke und klickte auf den Link, der ihn zur Homepage des Mediziners leiten sollte. Doch fand er nur eine leere Seite vor mit dem Hinweis, diese Seite werde zurzeit erneuert.

Wer wusste das meiste? Wer tratschte am häufigsten über Weiß? Natürlich die Medien.

Der Tenor war einhellig. Ob Nachrichtenmagazine, Tageszeitungen, Boulevardpresse; alle waren sich einig. Am St.-Raphael-Krankenhaus hat es den größten Klinikskandal der Nachkriegszeit in Deutschland gegeben, größer noch als der vor einem Jahrzehnt in einem Krankenhaus am Niederrhein. Verantwortlich dafür war ein einziger Mann, der in den meisten Veröffentlichungen ungeniert mit dem vollständigen Namen genannt wurde: Dr. med. Gottfried Weiß war die Wurzel allen Übels. Großmannssucht wurde dem Herrgott in Weiß unterstellt, andere Journalisten sprachen von einer Gier nach dem schnellen Geld, wieder andere nannten sein Scheitern schlichtweg Unvermögen, gepaart mit Uneinsichtigkeit. Seinetwegen mussten Menschen sterben, weil sie falsch, fehlerhaft oder zu spät behandelt worden waren. In unterschiedlichen Blättern wurden unterschiedliche Todesfälle beschrieben. Ob diese Fälle mit denen in der Anklageschrift übereinstimmten, vermochte Böhnke nach der Lektüre der zahlreichen Artikel nicht zu sagen. Es gab Verwandte, die sich in Berichten detailliert über die Umstände äußerten, die ihrer Meinung nach zum Tod des Vaters, der Mutter oder des Sohnes geführt hatten. Andere Zeitungsberichte gaben Insider oder Experten als Quellen an.

Was tatsächlich mit der maßgeblichen Anklageschrift übereinstimmte und was hinzugedichtet worden war, war für Böhnke nicht entscheidend. Er hielt für sich fest, dass Weiß verdammt tief in der Scheiße steckte und wahrscheinlich darin ertrinken würde.

Obwohl die Zeitungen ausführlich und schon monatelang über diesen Skandal informierten, hatte Böhnke bislang nichts darüber in seiner Zeitung gelesen, oder er hatte es übersehen.

Das Ergebnis aller Berichterstatter war eindeutig: Weiß hatte Menschen getötet, er musste für alle Zeiten ins Gefängnis.

Böhnke wunderte sich, dass fast nichts über das Krankenhaus selbst und über die Zustände dort geschrieben wurde. In den meisten Fällen wurde das St. Raphael nur erwähnt, wenn die Betriebsratsvorsitzende eine Antwort zulasten von Weiß gab oder wenn sich ungenannte, »ehemalige Ärzte des kleinen, aber feinen Krankenhauses« kritisch und abfällig über »die unfähige und unseriöse Klinikleitung« äußerten, wie Böhnke lesen musste.

Vergeblich suchte er nach dem Termin, an dem der Prozess gegen Weiß beginnen sollte. Aus dem Fehlen der Information schloss er, dass das Datum vom Gericht noch nicht festgelegt worden war.

Mindestens genauso viel Platz wie für die Todesfälle nahm in den Medienberichten die Behandlungsmethode von Weiß ein, der Zitronensaft zu Desinfektionszwecken eingesetzt hatte. »Sauer und tödlich« oder »Gar nicht lustig« waren noch die harmlosesten Überschriften im Boulevard. »Aus der Saftpresse aufs nackte Fleisch«, las Böhnke ebenso wie: »Geizhals Weiß handelt mit Zitronen«. Da konnte sich jeder Leser empören und jeder Leserbriefschreiber seine Meinung kundtun. Wie häufig Weiß Zitronensaft verwendet hatte, war nirgendwo zu lesen, wohl aber, dass er brutal, rücksichtslos und unverantwortlich mit ihm wehrlos ausgelieferten Patienten umgegangen sei. »Zitronensaft gehört in den Tee, aber nicht auf eine blutende Wunde«, schrieb ein empörter Leser seiner Zeitung und traf damit den Kern der Volksstimme.

»Gottfried Weiß, dir ist nicht zu helfen«, sagte sich Böhnke. Gähnend schaltete er den Rechner aus und klaubte die ausgedruckten Zeitungsartikel zusammen. Sein knurrender Magen wies ihn darauf hin, dass er eine Mahlzeit ausgelassen hatte.

Tatsächlich war es schon spät am Nachmittag. Zu spät für einen ausgiebigen Spaziergang. Die Dunkelheit würde schnell kommen, auch wenn es bis zum sinnlosen Umstellen der Uhren auf die Winterzeit noch ein paar Tage hin war. Er konnte keinen klaren Gedanken fassen, während er langsam durch den Ort schlich. Es waren zu viele Eindrücke in den Berichten gewesen, die auf ihn eingeprasselt waren. Er musste sie erst sacken lassen, dann konnte er filtern und sich auf die Fakten konzentrieren, die haften geblieben waren.

Der Zitronensaft ließ ihn nicht los. Ging das überhaupt, Zitronensaft bei einer Operation? Er würde am Abend seine Fachfrau Lieselotte fragen.

Endlich verstand er, warum er bei seinem kleinen Fußmarsch allein geblieben war. In der Einfahrt zu einem Bauernhof erblickte er den neuen Stromer von Susanne Brettschneider, die Geländelimousine Tesla X. Dafür hatte ihr mächtiger Audi-Diesel den Platz in der Garage räumen müssen. Da war ihm klar, dass er auf Helma und Selma verzichten musste. Wenn die junge Frau aus Aachen, und mit ihr vermutlich auch Konrad, der Sohn des Landwirts, nach Huppenbroich kam, galt die Aufmerksamkeit der Bernhardiner nur den beiden. Noch waren die Tiere die Ersatzkinder, aber nur noch einige Monate. Dann würde es Zuwachs geben bei Konrad und Susanne. »Und unser Sohn heißt Rudolf-Günther«, hatte ihm die Frau versprochen.

Böhnke wusste nicht, ob er sich über diese lieb gemeinte Würdigung freuen sollte, hieß es doch, einer muss die Welt verlassen, wenn ein anderer kommt.

15. KAPITEL

Das Kontrastprogramm zum strombetriebenen Tesla erlebte Böhnke unmittelbar vor seiner Haustür. Den Weg versperrend stand dort ein pechschwarzer Porsche, alles andere als eine Familienkutsche, eher ein Sportgerät für einen ambitionierten Autofahrer. Der Mann, der dem Edelflitzer entstieg, entsprach allerdings gar nicht den Vorstellungen eines Rennfahrers. Zwar durchaus dynamisch, aber nach der Klischeevorstellung für einen Porsche-Fahrer unangemessen schlicht mit Bluejeans und grauem Sweatshirt gekleidet, schwang sich ein großer, schlanker Mann Anfang 40 aus dem Fahrzeug und schritt freudestrahlend auf Böhnke zu.

»Gut siehst du aus«, sagte er, und Böhnke reagierte prompt mit seiner Standarderwiderung: »Tobias, du bist und bleibst ein Heuchler.«

Tobias Grundler, Rechtsanwalt aus Aachen, war sein einziger Freund, jedenfalls wenn man Freundschaft so definierte wie Böhnke. Ehrlich, verlässlich, helfend und verschwiegen. Grundler hätte sein Sohn sein können, wenn er denn je Kinder gehabt hätte. Aber zuerst war Liesellotte, dann die Zeit, die Natur und zuletzt die Vernunft dagegen gewesen.

»Du kommst doch nicht ohne Grund in die Wildnis«, meinte Böhnke argwöhnisch. Wenn sich sein Freund unangemeldet auf den Weg zu ihm machte, musste es dringend sein. Er ahnte, was Grundler sagen würde, und lag richtig.

»Ich brauche deine Hilfe, und es eilt.«

Wenn's weiter nichts war. In aller Seelenruhe öffnete Böhnke die Tür zu seiner Wohnung, ließ Grundler eintreten und machte sich in der Küche an der Kochzeile zu schaffen, derweil sich sein Besucher auf der Eckbank niederließ.

»Erst essen, dann reden«, meinte Böhnke. »Ich habe Hunger.«

»Du isst, ich rede«, hielt Grundler dagegen. »Mit vollem Mund kannst du mir wenigstens nicht ins Wort fallen.«

Böhnke nickte grinsend. »Also, was ist so eilig?« Sprach es und biss genüsslich in sein Brot.

Weniger wegen des zu großen Happens als vielmehr wegen der Erwiderung verschluckte er sich heftig.

»Du musst mir in einem Prozess gegen den Arzt Dr. Gottfried Weiß helfen«, antwortete Grundler.

Nach dem Hustenanfall war Böhnke nicht in der Lage zu sprechen, Sein Krächzen blieb verständnislos. »Was willst du denn mit dem?«, hatte er fragen wollen.

Ein Kollege habe ihn gebeten, eine Nebenklägerin, die in Aachen wohne, in dem Strafverfahren zu vertreten. Ihr Vater gehöre zu den Todesopfern von Weiß. »Der hat alles versaut, was man nur versauen kann«, sagte Grundler zwar drastisch, aber wenig konkret. »Kannst du haarklein in der Anklageschrift lesen. Ich habe sie im Auto.«

»Nicht nötig«, hätte Böhnke beinahe spontan gesagt, doch versagte seine Stimme immer noch. Er hustete und räusperte sich, bis endlich der Hals frei war.

»Und warum so eilig?«, fragte er.

»Weil in genau zwei Wochen der Prozess beginnt. Bis dahin brauche ich alle Informationen.«

»Worüber?«

»Über Weiß, sein Krankenhaus, seine Kollegen, sein Umfeld, sein Privatleben, eben alles, was du herausfinden kannst. Vor allem seine finanzielle Situation.«

»Mit welchem Ziel?«

»Weiß fertigzumachen. Der soll bluten, im Knast verrecken und sein Vermögen verlieren.« Grundler klopfte mit der Hand auf die Tischplatte. »Wenn du die Anklage liest, dann verstehst du, warum ich so radikal bin. Das ist ein Schlächter, aber kein Arzt. Und wenn ich daran denke, dass der mir Zitronensaft in den Bauch kippt, dann fällt mir gar nichts mehr ein. Hinzu kommt, dass der Tote ein früherer Freund meines Vaters war.«

»Seit wann glaubst du denn alles, was die Staatsanwaltschaft schreibt?« Grundler handelte nach Böhnkes Auffassung gegen sein eigenes Naturell. Der Anwalt hatte es fast schon zu seinem Hobby gemacht, Anklageschriften zu zerpflücken und Angeklagte aus vermeintlich hoffnungslosen Situationen herauszupauken. Oft genug hatten er und Böhnke Verbrechen aufgeklärt, bei denen die von der Polizei überführten und von der Staatsanwaltschaft angeklagten Menschen trotz schier erdrückender Beweislage unschuldig waren.

»Und jetzt glaubst du auf einmal der Anklage bedenkenlos?«

Grundler nickte bestätigend. »Die Anklage ist so wasserdicht, da kann nichts anderes als ein Urteil gegen Weiß rauskommen. Da gibt es keine Zweifel. Die Frage ist nur noch, wie viele Jahre der Kerl in den Bau wandert.« Es sei geradezu ein Skandal, dass dieser Typ noch auf freiem Fuß sei. »Der hätte schon längst in U-Haft gehört.«

»Und wo ist er jetzt? Ist er abgehauen?«, wollte Böhnke wissen.

»Nein. Der hat sich in seinem Krankenhaus eingenistet, gibt keine Interviews und spricht mit niemandem außer seinen Anwälten.« Grundler grinste hämisch. »Vielleicht hast du ja mehr Glück als die anderen. Du brauchst dich nur ins Auto zu setzen. Ich besorge dir ein Hotelzimmer direkt neben dem St. Raphael.«

»Soll ich das gut finden?« Böhnke hatte die Frage eher sich als Grundler gestellt. Er hatte nicht nur wegen des beachtlichen Umfangs seiner möglichen Ermittlungen Bedenken. Konnte er überhaupt auf eigene Faust Untersuchungen zulasten von Weiß anstellen?

»Du wirst das gut finden«, antwortete ihm Grundler.

»Du bist unauffällig, hast keine eigenen Interessen und verstehst es, Leute auszufragen. Du bist genau der richtige Mann für mich, um Weiß noch mehr in die Scheiße zu drücken.«

War er wirklich der richtige Mann? Böhnke zweifelte, während er auf Grundler wartete, der die Anklageschrift holte. War es nicht seine Aufgabe oder sogar seine Pflicht, Weiß zu helfen, wie auch immer? Er hatte dem Arzt sein Wort gegeben als Dank für das Leben von Lieselotte.

»Du wirst mich nicht enttäuschen«, sagte Grundler, als er ihm einen beschrifteten Aktenordner in die Hand drückte. »Das ist die richtige Abendlektüre für einen Einsiedler in Huppenbroich. Für uns steht Fall 17 im Mittelpunkt, Körperverletzung mit Todesfolge zum Nachteil von Konrad Ammery, denn das ist meiner.«

Böhnke blieb stumm. Er fühlte sich schäbig.

16. KAPITEL

Lesen bildet. Nichtleser bleiben unwissend. Eine Erkenntnis, die auch auf Böhnke zutraf. Selbstverständlich habe es in der Aachener Zeitung einen Artikel über den Medizinskandal am St.-Raphael-Krankenhaus gegeben, belehrte ihn Lieselotte beim allabendlichen Telefonat, das zu ihrem

Ritual geworden war, wenn sie wegen der Tätigkeit in ihrer Apotheke in Aachen bleiben musste und er alleine in der Eifel nächtigte. Vor ein paar Wochen habe es einen kleinen Bericht darüber gegeben. »Da standen aber keine Namen drin, sondern nur, dass es in einer Klinik etliche Todesfälle gegeben hat, weswegen die Staatsanwaltschaft ermittelt.« Weil der Vorfall jenseits von Aachen und der Eifel stattgefunden hatte, war er nicht so bedeutsam gewesen, um größer zu berichten, vermutete Lieselotte. »Wir haben unsere eigenen Problemchen, wie etwa an Bagger angekettete Aktivisten, die gegen die Braunkohletagebaue kämpfen.«

Oder Fußballer bei der Alemannia, die wie Profis bezahlt würden, aber wie Amateure spielten, ergänzte Böhnke in Anspielung auf die ständige Berichterstattung im Sportteil der Zeitung, die einfach nur unangemessen und belanglos war. Übrigens, er könne ihr umfangreiches Informationsmaterial über den mutmaßlichen Skandal am St. Raphael liefern, erklärte er. »Wenn du willst, kannst du eine komplette Anklageschrift der Staatsanwaltschaft gegen deinen Lebensretter lesen. Über 300 Seiten. Ich habe gleich zwei Exemplare.« Lieselotte sollte mit in seinem Boot sitzen, wenn er sich tatsächlich auf diese heikle Fahrt begab, bei der er zum einen für und zum anderen gegen Weiß tätig werden sollte.

»Wieso?«, fragte sie neugierig, wie von Böhnke nicht anders erwartet.

Ausführlich berichtete er über seine momentane Lage und die Umstände, die ihn dazu geführt hatten. »Konnte ich wissen, dass ausgerechnet Tobias im Prozess gegen Weiß mitmischt?«, fragte er schließlich, ohne eine Antwort zu erwarten.

»Wir stehen im Wort, Rudolf-Günther.«

»Und Tobias ist mein Freund, der mich um Unterstützung gebeten hat. Wie sieht das denn aus, wenn ich in seinem Namen im Krankenhaus herumschnüffele und ich gleichzeitig für Weiß Entlastungsmaterial oder Ähnliches suchen muss, ohne dass es Tobias weiß?« Böhnke atmete tief durch. »Das ist für mich ein Ding der Unmöglichkeit.«

»Dann lehne deine Mitarbeit ab und sage ihm, dass du auf der Seite von Weiß stehen musst. Er wird es verstehen.« Lieselotte schien ihren Worten selbst nicht zu trauen. »Oder auch nicht«, schob sie hinterher.

Oder auch nicht. So wird es wohl sein, sagte sich Böhnke. Er werde mit Tobias reden, versprach er sich und ihr.

»Du hättest ja auch ohne den Auftrag von Tobias zum Krankenhaus fahren müssen. Wie willst du denn sonst rauskriegen, was nicht in der Anklageschrift oder in den Zeitungsartikeln steht? Wir sind es Weiß schuldig, uns ernsthaft mit seiner Situation zu beschäftigten«, sagte Lieselotte bedächtig. »Und je nachdem, wie deine Ermittlung vor Ort ausfällt, kannst du ja immer noch entscheiden, ob du für oder gegen Weiß bist. Aber es ist das Mindeste, was wir machen müssen: dass wir Weiß wenigstens die Chance geben, auf deine Hilfe rechnen zu können.«

Seine Liebste hätte Diplomatin werden sollen, schmunzelte Böhnke. »Und ich werde Tobias dennoch informieren«, sagte er.

»Kannst du und sollst du. Nur über den Zeitpunkt musst du dir noch klar werden.« Für Lieselotte stand fest: Böhnke würde sich im Krankenhaus umsehen und dann entscheiden, auf wessen Seite er sich schlagen würde. »Anders geht es nicht. Auch wenn es dir sauer aufstößt, in diese Zitrone musst du beißen, Commissario.«

Zitrone. Das war das Stichwort für einen Themenwechsel, bevor sie in einen unergiebigen Diskussionskreislauf gerieten. Ob sie wisse, dass Weiß mit Zitronensaft bei Operationen herumgedoktert habe, fragte Böhnke und erhielt wieder ein erstauntes »Wieso?« zur Antwort.

Schaudernd berichtete er von dem Einsatz der Zitrusfrucht zu Desinfektionszwecken. »Das ist doch wohl das Allerletzte«, empörte er sich.

Lieselottes Zustimmung blieb aus. »Wieso?«, fragte sie zum dritten Mal. Was sei denn daran so schlimm?

»Äh«, Böhnke musste eine Antwort schuldig bleiben. Was ist daran so schlimm, Zitronensaft bei einer Operation zu benutzen? Blöde Frage. Allein die Vorstellung ließ den Einsatz von Zitronensaft als unmöglich erscheinen. Sauer, Zitronensäure, nass, ätzend, so würde er die Folgen beschreiben.

Lieselotte musste lachen. »Zitronensaft ist bekanntlich Bestandteil in vielen Reinigungsmitteln. Nicht ohne Grund gilt Zitronenduft als angenehm und verspricht Natürlichkeit. Ich verkaufe mehr Bonbons mit Zitronengeschmack als mit Pfefferminzgeschmack. Also, was ich damit sagen will, Zitrone ist natürlich, gesund und hat eine reinigende Wirkung. Insofern kann ich mir nicht vorstellen, dass der Einsatz von Zitronensaft eine Verletzung darstellt. Die Vorstellung mag unangenehm sein, weil sie nicht in den Alltag passt, aber einen Schaden verursacht Zitronensaft meines Erachtens nicht.« Lieselotte atmete kurz. »In größerer Menge reinigt und desinfiziert Zitronensaft. Das ist ein natürlicher Prozess.« Sie musste unwillkürlich lachen. »Insofern hat Weiß zu einem Naturheilmittel gegriffen.«

Sie wurde wieder ernst. »Wenn du mal deine Horrorvorstellungen Beiseiteschiebst – kannst du mir verraten, wie oft Weiß bei Operationen mit Zitronensaft behandelt hat?«

Vermutlich nicht oft, antwortete Böhnke nachdenklich.

»Und das ist dann der Klinikskandal? Der harmlose Einsatz eines Naturproduktes erregt die Nation? Ein Skandal ist, dass sich eine Schar von Journalisten darauf stürzt und nicht auf eine andere Frage.«

»Moment.« Böhnke unterbrach den Redefluss seiner Partnerin. »Die Todesfälle und die nicht vorhandene Qualifikation von Weiß und die anderen Dinge werden doch auch thematisiert.« Er glaubte, damit Lieselottes nicht gestellte Frage beantwortet zu haben.

»Das meine ich nicht«, hielt sie dagegen. »Mich interessiert es, zu erfahren, warum Weiß überhaupt Zitronensaft zu Desinfektionszwecken eingesetzt hat.«

17. KAPITEL

Das Wetter spielte ihm in die Karten. Beim stürmischen Wind und peitschenden Regen waren Helma und Selma bestimmt nicht vor die Tür gejagt worden und warteten nicht auf ihn für einen Spaziergang durch das leere Huppenbroich oder über die durchnässten Wiesen. Böhnke brauchte sich nicht zu rechtfertigen für seinen Verbleib in der warmen Stube und konnte sich in aller Ruhe der Anklageschrift gegen Weiß widmen.

Der Inhalt der beiden Ordner war identisch, sah er einmal von der Pressemitteilung des Landgerichts ab, die bei Grundlers Kopien fehlte. So viel hatte er noch erkennen können, bevor ihm Lieselotte am Frühstückstisch den unter falschem Namen zugestellten Ordner wegnahm. Nicht wegen der Sehnsucht nach ihm, sondern wegen ihrer Neugier hatte sie sich schon am frühen Morgen von Aachen auf den Weg gemacht, um sich ihre Lektüre zu holen. »Da habe ich wenigsten etwas, an das ich mich klammern kann, wenn du mich schon so schmählich abends alleine lässt«, hatte sie gesagt und sich nach ihrem kurzen Intermezzo wieder mit einem saftigen Kuss von ihm verabschiedet.

Sollte sie ruhig, sagte er sich. Es konnte bestimmt nicht von Nachteil sein, wenn sie mitlas. Grundler konnte ihm auch nicht vorwerfen, er hätte unzulässig gehandelt, wenn er ihr den zweiten Ordner zur Verfügung stellte. Dennoch würde er, so beschloss er für sich, seinen Freund auch darüber informieren.

Wie schon bei der ersten Lektüre des umfangreichen Materials in Billas Haus verlor er schnell den Überblick. Es gab zu viele Fälle mit zu vielen Sachverhalten und zu vielen unterschiedlichen Tatbeteiligten. Die medizinischen Fachbegriffe hätte er mit Unterstützung eines Fachbuches verstehen können. Da war ihm vielleicht Lieselotte eine Hilfe. Nur ein Merkmal war in allen Fällen gleich: Immer beteiligt war Weiß. Ob es sich um eine fahrlässige Körperverletzung, eine fahrlässige Tötung, eine schwere oder gefährliche Körperverletzung oder eine Verletzung mit Todesfolge handelte, der Mann wurde immer als Erster mehrerer Tatbeteiligter genannt.

Die Medien waren sehr unterschiedlich an die Aufarbeitung der einzelnen Fälle herangegangen. Erstaunlich war in Böhnkes Augen nur die Unverfrorenheit, Weiß ständig bei vollem Namen zu nennen. Mutmaßliche Pädophile oder Mörder wurden in ihrer Persönlichkeit mehr geschützt als dieser Arzt. Bei den Namen der Opfer waren die Medien zurückhaltender. Sie hatten beileibe nicht alle Fälle in ihrer Berichterstattung aufgegriffen. Den Fall, an dem Grundler mitarbeitete, fand er nirgendwo. Was Dichtung und Wahrheit war, erschloss sich Böhnke in einigen Berichten nicht. Entweder war durch Angehörige einiges zum Sachverhalt hinzugedichtet worden oder die Fantasie hatte überhandgenommen. Es fiel ihm auf, als er nach Fällen suchte, in denen angeblich oder tatsächlich Zitronensaft zum Einsatz gekommen war. In der Anklageschrift fand er zwei, den Medien nach musste es sich um eine Vielzahl gehandelt haben. Mal ohne Beleg, mal aufgrund einer Aussage eines Angehörigen wurde darauf hingewiesen, dass Weiß zu Zitronensaft als Desinfektionsmittel gegriffen hatte.

Eine Berichterstattung fand Böhnke besonders dreist, und es war noch nicht einmal die in einer Boulevardzeitung. Den Boulevard hatte er von vornherein aus seiner Lektüre ausgeklammert. Halbwissen und Fehlinformation gepaart mit kleinen Texten und gewaltigen Überschriften waren für sein Informationsbedürfnis zu wenig. In dem Bericht einer sogenannten seriösen Tageszeitung wurde das Schicksal einer Patientin beschrieben, die wegen mehrmaligen blutigen Stuhls ins St. Raphael eingeliefert worden war. Eine Darmspiegelung, eine Entfernung eines auffälligen Hämmorrhoidalknotens brachten keinen Erfolg, Weiß diagnostizierte daraufhin einen Tumor im Anfangsteil des Dickdarms, der allerdings gar nicht vorgelegen hatte, wie Voruntersuchungen ergeben hatten, von denen Weiß hätte wissen müssen. »Ohne Einwilligung der Patientin und in diesem Rahmen auch völlig unvorbereitet erfolgte sodann unter Öffnung des Bauchraumes eine Darmresektion, das heißt die Entfernung von drei Darmstücken«, las Böhnke in der Anklageschrift und wortwörtlich auch in der Berichterstattung. In der Folgezeit hatte Weiß gegenüber der Patientin und in einem Arztbrief behauptet, er habe einen Darmtumor entfernt. Zwei Wochen später starb die Patientin, nachdem sie mit Verdacht auf Lungenembolie auf die Intensivstation verlegt werden musste. Hier wurden ihr laut Anklageschrift unzureichende Medikamente verabreicht. Man habe zu einem untauglichen Hausmittel gegriffen statt zu einem wirksamen, aber sehr teuren Medikament. Für den Berichterstatter und die von ihm befragten Familienmitglieder war klar: Der Tod der Frau ist Weiß zuzuschreiben. Er ist wegen schwerer und gefährlicher Körperverletzung mit Todesfolge wenn nicht sogar wegen Totschlags anzuklagen. Da würde jeder Leser zustimmen, sagte sich Böhnke. Nur er nicht, denn er kannte die Anklageschrift, in der unzweifelhaft abschließend zu lesen war: »Die eingetretenen Komplikationen, die schließlich zum Tode der Patientin (Lungenembolie) führten, sind dem Angeschuldigten trotz einer überdies von ihm zu verantwortenden unzureichenden Thromboseprophylaxe, nicht sicher zuzurechnen.« Insofern hatte die Staatsanwaltschaft auch auf vorsätzliche Körperverletzung in zwei Fällen plädiert.

Aber das scherte die Zeitung nicht. Und auch nicht den Boulevard. Zufällig war er darin auf einen Bericht gestoßen, den er erst gar nicht lesen wollte, ihn dann aber als einen über die Patientin erkannte. Der Boulevard machte es sich einfach, er berief sich auf die Tageszeitung und bezeichnete Weiß als Schlächter und mutmaßlichen Totschläger.

Was lehrt mich diese Geschichte, fragte sich Böhnke, und er gab sich die Antwort selbst. Nichts glauben, was in den Medien steht, im Einzelnen nicht, wie bei diesem bedauerlichen Tod der Patientin, und im Allgemeinen nicht, wenn er die Hysterie um den Zitronensaft bedachte. Vielleicht hatte Lieselotte ja doch recht und vielleicht stand es um Weiß doch nicht so schlecht, wie es nach der Anklageschrift und noch mehr nach dem Mediengetöse den Anschein hatte.

Aber retten würde er Weiß mit diesem Wissen nicht. Das war Böhnke klar. Er reckte und streckte sich. Das lange Sitzen auf der Holzbank in der Essecke der Küche bereitete ihm muskuläre Schmerzen. Er entschloss sich zum Umzug ins Wohnzimmer. Dort fläzte er sich auf die neue Couch, auf der er sich endlich lang legen konnte, ohne auf abgeknickte Unterschenkel achten zu müssen. Erst jetzt vernahm er den Regen, der laut gegen die Glasfront des Wohnzimmers prasselte, und erkannte die vielen herumfliegenden Blätter, die der erste Herbststurm des Jahres von den Buchen gewirbelt hatte. Bevor er sich von der aufkommenden Kühle im Raum stören ließ, erhob er sich lieber aus seiner bequemen Lage und befeuerte den großen Kachelofen; natürlich mit selbst geschlagenen Scheiten aus sorgfältig abgelagertem Buchenholz. Inzwischen hatte er etliche Raummeter in gut durchlüfteter und zugleich trockener Lage geschichtet, sodass er mindestens für die nächsten fünf Jahre ausreichend Brennstoff auf Lager hatte. Und was dann war, wusste niemand. Vielleicht befand er sich dann ja dort, wo sich jetzt schon Konrad Ammery befand.

Auf der Suche nach dessen Fallakte stieß Böhnke endlich auf die Notiz, die er schon lange vermisste.

Unter den »Wesentlichen Ergebnissen der Ermittlungen« fand er zunächst Informationen zu den angeschuldigten Personen. Danach war Weiß verheiratet und hatte zwei erwachsene Söhne Mitte 20. Zum beruflichen Werdegang verwies die Staatsanwaltschaft auf die Handakte, in der die Ergebnisse der polizeilichen Ermittlungen aufgeführt waren. Aber darum brauchte sich Böhnke nicht mehr zu kümmern. Das Leben von Weiß war in den Medien ausführlich, wenn auch wahrscheinlich nicht immer wahrheitsgetreu, dargelegt worden. Kfz-Lehre im Westerwald, Physikstudium in Aachen, Medizinstudium in Mainz, Stationen an mehreren Krankenhäusern und nunmehr kaufmännischer und medizinischer Leiter des Krankenhauses St. Raphael.

Wie alle anderen Angeschuldigten hatte Weiß keine Voreintragungen im Bundeszentralregister.

»Vor der Übernahme des Krankenhauses durch den Angeschuldigten Weiß stand an der Spitze des Gemeinde-Krankenhauses als Geschäftsführer der Rechtsanwalt und Beigeordnete der Stadt, Helmut Schröder. Dieser war für alle finanziellen Angelegenheiten zuständig«, las Böhnke weiter. Verantwortlich für alle ärztlichen Angelegenheiten war der ärztliche Leiter, der gleichberechtigt neben dem Geschäftsführer an der Spitze des Krankenhauses stand. Dieses Amt wurde wechselweise im Einvernehmen vom

Leiter der Chirurgie, der Inneren Medizin und vom Leiter der Urologie besetzt. Weiß sei zunächst in einer beratenden Form der Geschäftsführung und als Arzt an das Krankenhaus gekommen. In der Folge sei eine Vielzahl von Mitarbeitern entlassen worden. »Im weiteren Verlauf erwarb der Angeschuldigte Weiß das Krankenhaus und übernahm die Funktionen des Geschäftsführers, des ärztlichen Leiters und des Chefarztes der Chirurgie sowie der Urologie.«

Böhnke überflog die nächsten Seiten. Eher zufällig blieb sein Blick an einigen Stellen hängen. So hatte ein Sachverständiger eine Todesrate von 27 Prozent bei den Patienten des Krankenhauses festgestellt, die er als auffällig hoch bewertete. Viele Eingriffe seien unsachgemäß vorgenommen worden, bei vielen Eingriffen seien Operateure genannt worden, die nicht von der Gesellschaft angestellt waren. Oft lückenhafte Eintragungen im OP-Buch erschwerten die statistische Erhebung, monierte der Sachverständige, der zu der Beurteilung kam, es habe zu viele Todesfälle und zu viele Komplikationen im Krankenhaus gegeben, seit Weiß dort das Sagen habe.

Endlich kam Böhnke zu dem für ihn wichtigsten Aspekt: Ausgangspunkt des Ermittlungsverfahrens war eine bei der Staatsanwaltschaft eingegangene anonyme Strafanzeige gegen den Angeschuldigten Weiß. Der mit detailliertem Wissen zu den einzelnen medizinischen Vorgängen im Krankenhaus ausgestattete – weiterhin unbekannte – Anonymus warf dem Angeschuldigten konkrete Behandlungsfehler vor, unter anderen auch, wie Böhnke las, bei Konrad Ammery. Ganz allgemein wies der Anonymus auch auf die Behandlung anderer Patienten hin. Im Zuge der daraufhin veranlassten umfangreichen Durchsuchungsmaßnahmen sowie nach einigen Strafanzeigen von Privatpersonen wurden sodann 56 Fallakten angelegt. Soweit Behandlungsfehler als Vorwurf im Raum standen, erfolgte jeweils eine eingehende Begutachtung durch Sachverständige. Diese war die Grundlage dieser Anklage.

Böhnke pustete durch. Er rieb sich die müde gewordenen Augen. Er beschloss, dass es für ihn Zeit für ein Nickerchen war. Doch richtig an Schlaf war nicht zu denken auf der bequemen Couch. Böhnke grübelte. In den Medien hatte nirgendwo etwas von einem anonymen Anzeigenerstatter gestanden. Der Anonymus besaß erstaunliche Insiderkenntnisse. Aber niemand bei der Staatsanwaltschaft hatte sich für ihn interessiert oder in den Medien über ihn geschrieben. Warum nicht?

18. KAPITEL

»Mein Gott, kannst du mich nicht in Ruhe lassen, Gottfried?« Der allabendliche Anruf seines Freundes, oder sollte er besser ehemaligen Freundes sagen, nervte ihn inzwischen. Das war schon Telefonterror, und er nahm das Telefonat nur deshalb an, um seiner Frau die permanente Belästigung zu ersparen. Jeden Tag, manchmal sogar erst kurz vor Mitternacht, rief Weiß an. Jeden Tag hatte er nur ein Thema, nämlich die unsägliche Situation, in die er sich manövriert hatte, und jeden Tag beendete er das Gespräch mit der flehentlichen Bitte, der Kumpel möge doch ans Raphael-Krankenhaus zurückkommen.

Wie gewohnt, überhörte Weiß die Frage geflissentlich. Das Empfinden des anderen interessierte ihn nicht, er sah nur seine missliche Lage und bemühte mehr und mehr Verschwörungstheorien, die ihn zum Opfer machten, nicht zum Täter. Er sei wissentlich über die finanzielle Situation im Unklaren belassen worden, sagte er jedes Mal und schien es inzwischen auch zu glauben. Der frühere Geschäftsführer hätte nicht alle Zahlen auf den Tisch gelegt. »Wenn ich das gewusst hätte, hätte ich die Klinik nie gekauft«, behauptete er, obwohl er es eigentlich besser wissen musste. Sein Freund erinnerte Weiß immer wieder an die Schwärmerei für das Haus mit dem großen Potenzial und die geringen Finanzmittel, die er einsetzen müsste und die er aus der Portokasse begleichen könnte. Aber von diesen Sätzen wollte Weiß nichts mehr hören. »Die haben mich über den Tisch gezogen«, behauptete er, und alle hätten mitgemacht, der Bürgermeister ebenso wie dessen Handlanger, der Beigeordnete, die ihm zinslose Zuschüsse vom Land und der Stadt in Aussicht gestellt hätten, und die Banken, die ihm Kredite zu günstigen Konditionen zugesichert hätten. Davon sei nach der Übernahme nicht mehr die Rede gewesen. »Die wollen mich finanziell ruinieren, und weil das nicht schnell genug geht, machen die mich jetzt beruflich fertig.« Weiß glaubte tatsächlich seinen Worten.

Sein Kumpel wusste, dass seine Erwiderung auf taube Ohren stieß, aber er unterließ sie deshalb nicht: »*Du* hast doch am OP-Tisch gestanden und OPs verhunzt. Da kannst du keinem den Vorwurf machen, er wolle dich fertigmachen. Du hast deine Fähigkeiten überschätzt und die deiner Assistenten, für die du die Verantwortung trägst.« Dass er selbst Assistent bei einigen misslungenen Eingriffen gewesen war, räumte er ohne Weiteres ein. Aber dieser Umstand änderte nichts am Versagen von Weiß.

Immer wieder kam bei ihm die Bereitschaft durch, Weiß doch zu helfen, nicht zuletzt deshalb, weil der ihm in den Jahrzehnten ihrer Zusammenarbeit auch immer wieder geholfen hatte. Aber jetzt war der Zeitpunkt gekommen, da musste jeder sich selbst der Nächste sein. Noch sah er für sich die Chance, einigermaßen glimpflich aus der Sache herauszukommen. Diese Gelegenheit würde er verschenken, wenn er sich auf die Seite von Weiß schlüge. Dann kämen vielleicht noch Dinge ans Licht, durch die er sich noch mehr verheddern würde und durch die seine Tatbeteiligungen deutlicher wurden. Das konnte nicht in seinem Sinne sein, auch wenn es dem ehemaligen Freund nicht in den Kram passte. Nein, er musste an sich, seine berufliche Tätigkeit und nicht zuletzt an seine Frau denken.

Er hatte kein Problem damit, minutenlang während des Telefonats zu schweigen. Auch Weiß legte oft für eine lange Zeit eine Pause ein. Neue Gedanken fasst er dabei nicht, wie sein Kumpel wusste. Seine Gedanken kreisten immer wieder um die gleichen Themen: die Schulden, die einen Großteil seines Vermögens fraßen, die medizinischen Katastrophen, die er verursacht oder zu verantworten hatte, und der niederträchtige Anonymus, der ihn angezeigt hatte.

»Das liegt doch auf der Hand, dass das einer der gefeuerten Chefärzte war«, behauptete er und ließ sich nicht beirren, wenn sein Kumpel dagegenhielt, dass sie das detaillierte Wissen von den Operationen schlichtweg nicht haben konnten, weil sie zu dem Zeitpunkt gar nicht mehr im Krankenhaus tätig waren.

»Dann hat ihnen das die Tussi vom Pflegedienst zugesteckt.«

»Warum hat sie denn dann nicht selbst die Anzeige erstattet?«

»Dann war es ein anderer aus der Klinik.«

»Oder ein anderer vom Personal oder ein Angehöriger einer Pflegekraft. Oder eine Tippse aus der Verwaltung. Oder der ehemalige Geschäftsführer. Oder ein Hacker, der den Computer des Krankenhauses geknackt hat. Oder. Oder. Oder.«

»Die Bullen und der Staatsanwalt stecken mit denen unter einer Decke«, behauptete Weiß, anstatt sich mit den Bedenken auseinanderzusetzen.

»Jaja, Gottfried. Alle sind gegen dich«, versuchte es der Kumpel mit Ironie. »Das sind alles böse Menschen, nur du bist der Gute in diesem Scheißspiel.«

»Du Arsch.« Weiß war laut geworden. Zum ersten Mal in all ihren Telefonaten wurde er ausfallend. »Bist du auch einer der Verräter? Ich dachte immer, du bist mein Freund. Aber das war wohl mal. Hilfst du mir?«

»Nein, Gottfried«, sagte er unmissverständlich.

»Gut.« Die Stimme von Weiß wurde kalt und streng. »Das wird Konsequenzen für dich haben. Für mich bist du jetzt schon tot.« Grußlos legte er auf.

Sein Kumpel musste schlucken. Wenn er Weiß richtig einschätzte, musste er mit allem rechnen. Er hatte ja selbst erfahren, dass der, wenn auch vielleicht nicht immer beabsichtigt, über Leichen ging.

Das war ein Grund, nein, das war der einzige Grund, an sich selbst zu denken. Obwohl es schon fast 1 Uhr nachts war, setzte er sich an den Schreibtisch in seinem Arbeitszimmer und ordnete seine Unterlagen.

19. KAPITEL

Böhnke schauderte mehrfach bei der Lektüre der Anklageschrift. Er stellte sich plastisch vor, was dort geschrieben stand, etwa: »Der Versuch, eine entsprechende Verbindung zweier Darmabschnitte nach einer Entfernung zur Umgehung eines auszuschaltenden Darmstücks mit einem zirkulären Klammernahtgerät über eine operative Öffnung des Dickdarms herzustellen, misslang. Der am Anfangsteil des Dickdarms verbliebene kurze Rest des Dünndarms wurde daraufhin blind verschlossen.« Hatte hier der Chirurg versagt, der Weiß seiner Ausbildung nach war, oder der Urologe, der er nicht war, dessen Aufgaben er sich aber anmaßte? Böhnke ließ seine Frage unbeantwortet im Raum stehen.

Er war fast schon fasziniert von den Ausführungen zum Einsatz des Zitronensafts, auf die er nach längerer Suche stieß. So hatte Weiß seinen Assistenzarzt, einen ebenfalls angeschuldigten Mediziner des Krankenhauses, angewiesen, »zur Ausspülung der Operationswunde frisch ausgepressten Zitronensaft zu verwenden. Insoweit stand stets eine ausreichende Anzahl an Zitronen im Krankenhaus zur Verfügung. Der Assistenzarzt zog den ausgepressten Zitronensaft mitsamt des Fruchtfleisches an diesem Tag gegen 22 Uhr plangemäß in eine Spritze auf und steckte eine Knopfsonde auf. Die Sonde schob er sodann in die Wunde und spritzte den Saft hinein. Dabei befand sich die Sonde etwa acht Zentimeter in der Wunde.« Nach Auffassung der Staatsanwaltschaft war ein derartiges Vorgehen mit den Regeln der chirurgischen Kunst und den Regeln der Asepsis nicht vereinbar. »Das Spritzen des Zitronensaftes ist allgemein mit einer zusätzlichen Infizierung der Bauchwunde gleichzusetzen und führt darüber hinaus zu einer wesentlichen Erschwerung etwaiger bereits bestehender Infektionen. Insoweit wurde gegen die Grundregeln der Hygiene bei der Patientenversorgung verstoßen. Der eingesetzte Zitronensaft war mit an Sicherheit grenzender Wahrscheinlichkeit unsteril und mit hoher Wahrscheinlichkeit mit Bakterien von den Händen der Mitarbeiter, der Zitronenschalen und den Instrumenten kontaminiert.« Der Text wurde zu spezifisch, sodass Böhnke ihn weitgehend übersprang. Ob der Zitronensaft ein »relevanter Wundinfektionserreger« war oder nicht, wurde auf mehreren Seiten erläutert und selbstverständlich von der Staatsanwaltschaft bestätigt. »Dass die Applikation mit unsterilem Zitronensaft zur Wundbehandlung beziehungsweise Wundausspülung medizinisch in keiner Weise vertretbar war, unnötige Leiden bei dem Patienten verursachte und überdies mit erheblichen Gesundheitsrisiken behaftet war, war den Angeschuldigten auch bekannt. Diesen medizinisch in keiner Weise vertretbaren Eingriff verschleierten die Angeschuldigten dementsprechend auch, indem in den Patientenakten insoweit die Behandlung mit ›Ascorbinsäure‹ vermerkt wurde.«

Diese Auffassung stand konträr zur Behauptung von Lieselotte. Darüber musste er am Abend unbedingt reden, sagte er sich, während er durch die Anklageschrift blätterte. Er fand eine zweite Stelle, die sich mit dem Einsatz von Zitronensaft beschäftigte: »Nach Säuberung der Wundränder und Verschluss des Bauchfells forderte der Angeschuldigte Weiß zum Abschluss der Operation den Zeugen Schäfer, der als Krankenpfleger eingesetzt war, auf, mehrere Zitronen aus der Küche zu holen, diese Zitronen auszupressen und den Saft mitsamt des Fruchtfleisches in einer 60ml-Blasenspritze aufzuziehen. Der Zeuge kam dieser Aufforderung nach.« Anschließend gab der Text wieder, was Böhnke schon beim ersten Fall gelesen hatte, allerdings dieses Mal mit der Bemerkung endend, dass der Einsatz von Zitronensaft beziehungsweise »Ascorbinsäure« überhaupt nicht in den Akten vermerkt wurde.

Kopfschüttelnd suchte Böhnke nach weiteren Hinweisen auf den Zitronensaft als Desinfektionsmittel. Noch einmal wurde er fündig. So hatte Weiß zum Ende einer Operation ein Ausspülen der Bauchhöhle mit Zitronensaft beschlossen. Dem Assistenzarzt oblag es, zwei entsprechende Blasenspritzen mit jeweils 60 Milliliter Zitronensaft zu besorgen. »Der Assistent verließ sodann den Operationssaal und forderte seinerseits den Zeugen Schäfer auf, die Spritzen aufzuziehen. Um der Aufforderung nachkommen zu können, begab sich der Zeuge in den benachbarten Supermarkt, in dem er eine größere Menge Zitronen erwarb. Schließlich übergab er dem Assistenzarzt die gefüllten Spritzen.«

Super, dachte sich Böhnke ironisch, das war kein Krankenhaus, das war ein Saftladen. Darin gab es aber keine gesundheitsfördernden Säfte, sondern todbringende Mittelchen. Denn auch dieser dritte Einsatz war letztlich nicht von Erfolg gekrönt gewesen. Der Patient starb noch in der Nacht aufgrund eines septischen Herz-Kreislaufversagens. »Diese septische Konstellation wurde durch die Gabe des mit an Sicherheit grenzender Wahrscheinlichkeit unsterilen und mit hoher Wahrscheinlichkeit bakteriell kontaminierten Zitronensaftes begünstigt«, folgerte die Staatsanwaltschaft und bemerkte weiter: »Aus diesen Gründen ordnete der Angeschuldigte Weiß an, dass die gesamte Operation in der Patientenakte lediglich als ›großer Verbandswechsel‹ deklariert wurde. Den Verwandten des Verstorbenen wurden die näheren Umstände dieser Operation auch im Nachhinein nicht mitgeteilt.«

Genug gelesen, beschloss Böhnke für sich. Er hatte genug von diesem Früchtchen und dessen nicht unbedingt lebenserhaltendem Wirken am Krankenhaus.

Zu seiner Freude hatte sich das Wetter beruhigt. Es nieselte nur noch. Der Sturm war einem leichten Wind gewichen. Nicht die schlechtesten Voraussetzungen für einen kleinen Spaziergang. Ein wenig frische Luft konnte nicht schaden, sagte Böhnke sich, bekanntlich gab es kein schlechtes Wetter, sondern nur schlechte, sprich unpassende Kleidung.

Zügig machte er sich auf den Weg durchs Dorf. Das leichte Pfeifen aus seinem Munde zeigte schnell Wirkung. Wie aus dem Nichts tauchten Helma und Selma auf, die ihn gerne begleiteten. Sie schlabberten aus mancher Pfütze am Wegesrand, was Böhnke schmunzelnd bemerkte. Die

Hunde begnügten sich mit Wasser, die brauchten keine Fruchtsäfte und vor allem keinen Zitronensaft.

Gut durchlüftet kam er an Billas Haus an. Er widerstand der Versuchung, dem Rechner neue Informationen über Weiß entlocken zu wollen. Wenn er nicht aufpasste, ordnete er sein Leben und seinen Alltagsrhythmus ganz diesem Mann unter. Zwar hätte ihm Grundler deswegen wahrscheinlich ein Fleißkärtchen geschenkt. Die permanente Beschäftigung mit Weiß hätte ihm aber auch als wilder Aktionismus ausgelegt werden können, und das, obwohl er sich doch schonen sollte. Allein der Gedanke an Grundler bescherte ihm ein schlechtes Gewissen. Er musste ihm unbedingt Bescheid geben über das, was er für sich selbst als doppeltes Spiel bezeichnete. Später, beruhigte er sich. Noch befinde ich mich auf gerader Strecke, erst wenn es eine Gabelung gibt, muss ich mich entscheiden, ob ich für oder gegen Weiß bin. Aber hinterging er nicht gleichzeitig auch Lieselotte, wenn er unter dem Vorwand des Versprechens, in ihrem Sinne zu ermitteln, tatsächlich gegen das Versprechen handelte, wenn er sich auf Grundlers Seite schlug?

Der Briefkasten enthielt keine Post für die Stiftungen, Mitteilungen per Internet gab es ebenfalls keine. Böhnke meldete sich aus der elektronischen Welt ab, bevor er doch noch auf die Idee kommen konnte, über Weiß zu recherchieren. Alles zu seiner Zeit, sagte er sich, und jetzt war die Zeit reif für eine Rückkehr in sein Haus und dort für ein Nickerchen.

Lieselotte weckte ihn aus seiner geplanten kurzzeitigen Augenpflege, die zu einem tiefen Schlaf geworden war. »Was machst du eigentlich in der Nacht, wenn du den

Nachmittag und Abend verpennst«, lästerte sie, als er sich gähnend meldete.

»Immer nur an dich denken«, brummte er.

»Du bist süß«, meinte Lieselotte schmunzelnd und brachte ihn prompt zu der von ihr erwarteten Reaktion.

»Wird ja auch langsam Zeit. Ich hatte heute genug mit sauren Sachen zu tun. Alles nur Zitrone.« Drei Fälle, in denen Weiß mit Zitronensaft behandelt hatte, reichten ihm.

»Mir auch«, bestätigte seine Liebste. »Da siehst du, was für einen chaotischen Saustall Weiß übernommen hat. Ich hätte wahrscheinlich auch so gehandelt wie er.«

»Hä?« Diese Bemerkung musste er nicht wirklich verstehen. Oder doch?

»Was soll der Mann denn tun, wenn er keine anderen Mittel hat? Hast du gesehen, wann die drei Operationen waren?«

Nein, darauf hatte er nicht geachtet, wie er bekannte.

Er sei ein schöner Kommissar. Kaum in Pension, habe er schon wichtigste Merkmale einer Ermittlungstätigkeit vergessen, tadelte sie. Im Gegensatz zu ihm hätte sie sich heute intensiv mit der Anklage beschäftigt. Das sei so spannend gewesen, da hätten die Kolleginnen ohne sie arbeiten müssen.

»Zur Sache«, brummte er.

»Also, alle drei Operationen haben als Noteingriffe an einem einzigen Samstag am Nachmittag und abends stattgefunden. Das ist Punkt eins. An anderer Stelle in der Anklageschrift, und zwar auf den Seiten 172 folgende, kannst du bei einem anderen Fall lesen, dass es Engpässe bei der Versorgung des Patienten mit Medikamenten und bei Operationsmitteln gab, verursacht durch eine schlampige Organisation der Krankenhausverwaltung. Dieses Fehlverhalten wird Weiß zum Vorwurf gemacht, immerhin ist er der Chef. Das ändert aber nichts daran, dass nicht immer alle erforderlichen Mittel vorhanden waren. Das ist Punkt zwei.« Lieselotte ließ ihm keine Zeit, irgendeinen Einwand zu äußern. »Wenn ich jetzt unterstelle, dass es an diesem Samstag keine Desinfektionsmittel mehr gab wegen des organisatorischen Fehlverhaltens bei der Materialbeschaffung, und eben wegen des Samstags kurzfristig auch kein Material besorgt werden konnte, musste man eine Alternative suchen. Und das war der Zitronensaft. So einfach ist das.«

»Aber …«, wollte Böhnke einwenden.

»Nichts aber«, fiel ihm Lieselotte ins Wort. »Was der Staatsanwalt da behauptet wegen der Unwirksamkeit oder gar der Schädlichkeit des Zitronensaftes, ist Humbug. Ich habe mich ausgiebig informiert. In vielen Ländern Südafrikas ist der Zitronensaft oft das einzige, wirksame und immer vorhandene Hilfsmittel, um Wunden zu sterilisieren. Insofern bauscht der Staatsanwalt etwas auf, was in diesem Ausmaße gar nicht zutrifft.«

Was sollte er erwidern? Vielleicht war es ja tatsächlich so, wie Lieselotte behauptete. Die Staatsanwaltschaft hatte ihre Sicht der Dinge; verständlicherweise, schließlich musste sie ihre Tatvorwürfe untermauern und begründen. Nachdenklich machte ihn allerdings der Umstand, dass die Anklageschrift den zeitlichen Zusammenhang zwischen den drei Operationen verschwieg. Wenn er sich richtig erinnerte, hatte er als letzten Fall denjenigen gefunden, bei dem der Zeuge zunächst Zitronen kaufen musste, obwohl dieser Fall so gesehen zeitlich der erste gewesen war. Konnte er der Anklage daraus einen Strick drehen?

Wahrscheinlich nicht, sagte er sich. Die hatte genug in der Hand, um Weiß zu grillen, da war der Zitronensaft nur eine Episode, die genussvoll von den Medien und der Öffentlichkeit ausgeschlachtet werden konnte.

Das Betonen der Mauschelei mit dem Saft konnte aber auch ein geschicktes Ablenkungsmanöver sein, um von möglichen Schwächen der Klageschrift an anderer Stelle abzulenken.

»Na gut, selbst wenn der Einsatz von Zitronensaft nicht verwerflich oder strafbar sein sollte, bleiben ja immer noch die Vorwürfe, die Patientenakten insofern unvollständig ausgefüllt und den Einsatz des Saftes verschwiegen zu haben«, sagte er nach seiner Denkpause.

»Das will ich nicht bestreiten«, räumte Lieselotte zu seiner Überraschung bereitwillig ein. »Aber mir zeigt das, dass die Strafanzeige es nicht immer ganz genau nimmt mit den Fakten oder ihrer Bewertung. Das passt ja auch zu der Berichterstattung in der Zeitung, die Weiß zum Totschläger in einem Fall macht, obwohl er in der Anklage nicht für den Tod des Patienten verantwortlich gemacht wird.« Sie lachte bitter auf. »Für mich gibt es hier absichtliche Stimmungsmache. Ich wette, da bleibt nicht mehr viel Stichhaltiges übrig, wenn die richtigen Leute ans Werk gehen und die einzelnen Anklagepunkte zerpflücken.«

So aussichtslos, wie es scheine, sei die Lage für Weiß nicht, behauptete Lieselotte. »Wenn du dein Versprechen ernst nimmst, wirst du bestimmt noch viele Punkte in der Anklage finden, die nicht schlüssig oder falsch sind.« Er solle nie vergessen, Weiß habe ihr das Leben und ihnen das Zusammenleben gerettet. Da solle er dessen Lage ernst nehmen.

Und wenn er Grundlers Auftrag ernst nahm, musste er alles unternehmen, um noch mehr Dinge zu finden, die Weiß schaden könnten.

Verflucht, das Leben konnte so schön sein, aber nicht für ihn. Warum konnte bei ihm nicht einmal etwas glattgehen?

»Träum was Schönes, mein Süßer«, flüsterte Lieselotte ihm zum Abschied ins Ohr.

Es würde ihm nicht gelingen. Dafür stieß ihm die Angelegenheit zu sauer auf.

20. KAPITEL

»Die Luft für Weiß wird immer dünner.« Grundler jubilierte geradezu bei seinem Anruf in Billas Haus, in dem er Böhnke am Schreibtisch erwischte.

»Warum?«

»Weil ihm die Bezirksregierung die Approbation nun endgültig entzogen hat. Bislang ruhte sie nur. Das war längst überfällig. Ich habe mich schon gewundert, dass er immer noch herummetzgern durfte.«

»Hat er es denn getan?« Böhnke konnte sich nicht vorstellen, dass Weiß weiterhin operierte. Wer würde sich denn schon freiwillig bei ihm unters Messer legen? Wenn der Mann klug war, hatte er sich im wahrsten Sinne des Wortes aus dem operativen Geschäft zurückgezogen und überließ Kollegen Skalpell und Spritzen. Und ob eine Approbation ruhte oder entzogen war, interessierte vielleicht die Juristen, ihn aber nicht.

»Keine Ahnung«, antwortete Grundler, »ist aber auch egal. Für uns ist der Entzug ein weiterer Schritt, um zu belegen, dass Weiß unfähig war.«

Böhnke verkniff sich einen Kommentar. »Wie hast du eigentlich vom Entzug der Approbation erfahren?«

»Von Kollegen, die am Verfahren gegen Weiß beteiligt sind, und aus der Presse. Du findest darüber einen Bericht der Lokalzeitung im Internet.«

»Okay«, sagte Böhnke gedehnt, während er den Rechner in Gang setzte. »Werde ich gleich lesen, brauchst du mir also nicht zu berichten.«

In der Zeitung stehe aber nicht alles, entgegnete der Anwalt. »Die haben sich zwar breit über den Entzug der Approbation ausgelassen, aber kein Wort darüber verloren, dass Weiß weiter im Krankenhaus ein und aus gehen kann und nach wie vor als kaufmännischer Geschäftsführer tätig sein darf.«

»Ja und? Was ist daran schlecht?«

»Ich finde das schlecht, weil Weiß so immer noch die Möglichkeit hat, sich in das Geschehen am Krankenhaus einzumischen und Zugriff auf Akten und Rechnerinhalte hat. Wenn ich an seiner Stelle wäre, würde ich doch versuchen, alles zu löschen oder zu vernichten, was mir schaden könnte.«

Böhnke stutzte. »Gab es denn noch keine Durchsuchung und Beschlagnahmung von Akten?«

»Das schon. Aber ist dabei auch wirklich alles gefunden worden?«, antwortete Grundler mit einer Gegenfrage. »Die Polizei hat nach einer ersten Durchsuchung einige Tage später eine zweite gemacht und dabei Unterlagen beschlagnahmt, die beim ersten Besuch nicht relevant schienen. Wer weiß denn, ob es nicht noch weitere, Weiß belastende Akten im Krankenhaus gibt? Noch besser wäre es für uns, wenn er in den Knast käme. Gesiebte Luft ist für ihn noch schlimmer als dünne Luft und für uns ein Segen. Wir haben deshalb schon bei der Staatsanwaltschaft interveniert.« Grundler lachte kurz auf. »Ich habe übrigens dort deinen Besuch angekündigt. Die werden mit uns kooperieren, da wir ja alle an einem Strang ziehen und Weiß daran aufknüpfen wollen.«

»Hm.« Das war die Gelegenheit und der Ansatz, seinem Freund reinen Wein einzuschenken, dachte sich Böhnke. »Das finde ich nicht gut«, sagte er. »Tobias, wir müssen etwas klären.«

»Da gibt es nichts zu klären, Commissario«, entgegnete Grundler fröhlich. »Du fährst dahin, bekommst bestes Insiderwissen, und dann schlachten wir den Schlächter von St. Raphael.«

»Aber …«

»Keine Widerworte. Du bist mein Assistent, ich bin der Chef. Und jetzt muss ich auflegen, weil meine Chefin dringend mit mir sprechen muss. Sie sitzt schon auf meinem Schoß«, scherzte Grundler gut gelaunt.

»Ich werde auch mit Weiß sprechen müssen«, sagte Böhnke schnell.

»Tu, was du nicht lassen kannst.« Grundler lachte. »Der erzählt dir wahrscheinlich noch mehr, was ihn ins Verderben reißt. Aber pass auf, dass er dich nicht behandelt. Wir brauchen dich noch.« Ohne Gruß legte der Anwalt auf.

Böhnke pustete nachdenklich durch. Wohin würde ihn diese Geschichte bringen?

Hoffentlich nicht ins Grab, weil er sich übernahm.

Mit wenigen Befehlen hatte er den Zeitungsbericht auf den Bildschirm des Computers gezaubert.

»Patienten können aufatmen. Weiß darf nicht mehr operieren«, lautete die reißerische Überschrift. Der Artikel begann nicht minder drastisch: »Die Kurpfuscherei am Raphael hat endlich ein Ende«, schrieb die Journalistin. Nicht nur bei Patienten, auch beim Personal sei die Erleichterung riesengroß, dass Weiß nicht mehr als Arzt arbeiten dürfe. Nach langem Zögern habe die Bezirksregierung Weiß die Erlaubnis entzogen, als Arzt zu praktizieren. Die anschließende theoretische Abhandlung, was eine Approbation sei und weshalb sie entzogen werden könne, war nach Böhnkes Auffassung nicht nur langatmig, sondern auch überflüssig. Es hätte ein Satz gereicht, wonach Ärzte ihren Patienten gegenüber zwar nicht für den Heilungserfolg einstanden, wohl aber dafür, dass sie ihre heilende Tätigkeit nach dem jeweils neuesten Stand der medizinischen Erkenntnisse ausübten. Schadensersatz und Schmerzensgeld konnten bei Verstößen fällig werden. Bei gravierenden Verstößen konnte die Erlaubnis zur Ausübung des Berufs widerrufen werden.

»Gott sei Dank kann er am Raphael nicht mehr mitmachen«, wurde ein Mitarbeiter des Pflegedienstes zitiert. »Ich denke aber mit Grauen daran, dass Weiß vielleicht doch noch einmal praktiziert.« Der Grund für seine Befürchtung lag auf der Hand: Der Entzug der Approbation war nur vorläufig. Es bleibe nur die Hoffnung, so schrieb die Journalistin in einem Kommentar zu ihrer

Berichterstattung, dass bei einer Verurteilung die Approbation dauerhaft entzogen würde. Weiß dürfe niemals mehr operieren, forderte sie.

Ein zweiter Artikel war für Böhnke nicht weniger interessant. Er war erst wenige Minuten zuvor ins Netz gestellt worden, wohl deshalb hatte Grundler ihn nicht erwähnt. Mit »Minister bestellt Weiß zum Rapport« war der Bericht betitelt. Der Gesundheitsminister des Landes wolle Weiß ebenso wie die Bezirksregierung aus dem Krankenhaus vertreiben, las Böhnke. Aus rechtlichen Gründen könne man ihn nicht rausschmeißen, wurde ein Beamter zitiert. Aber man nehme Weiß jetzt in die Zange. Der Minister wolle am liebsten die Klinik komplett schließen, er ließe derzeit diese Möglichkeit prüfen, hieß es in dem Bericht. Voraussetzung dafür sei jedoch, dass von dem Krankenhaus tatsächlich Gefahr für Leib und Leben ausgehe. Ob dies der Fall sei, nachdem Weiß nicht mehr praktizieren dürfe, sei jedoch fraglich. Deshalb wolle der Minister auch Zukunftsperspektiven für das kleine Krankenhaus entwickeln, »ohne Weiß als Inhaber und kaufmännischen Leiter«.

21. KAPITEL

Der goldene Oktober, der vorübergehend zum verkappten November geworden war, erinnerte sich wieder an seine eigentliche Bestimmung und überfrachtete die Eifel mit leuchtenden Herbstfarben. Böhnke genoss diese Zeit des Übergangs zwischen dem trocken-heißen Sommer und dem nass-kalten Winter. Er freute sich schon auf die Tage, in denen das Laub hoch auf den Waldwegen lag und er mit schlendernden Schritten hindurchlaufen konnte, ohne angemahnt zu werden, beim Gehen die Füße zu heben. Aber noch hingen die Blätter an den Bäumen, obwohl sie sich schon zum Teil verfärbt hatten, wie er bei seinem Spaziergang beobachtete. Der leichte Nebel über den Feldern, die Sonne, die hoffentlich bald durch die Wolken brach, das waren für ihn die Zeichen der Natur, einer zerbrechlichen Natur, die vom Menschen willkürlich vernichtet wurde. Oft aus Profitgier, manchmal aus Unkenntnis, bisweilen aus Verzweiflung, aber es war immer ein zerstörerisches Wirken gewesen, dass der Natur Narben zuführte und oft den Tod zur Folge hatte.

So wie bei Weiß, sagte er sich. Bei seinem Spaziergang, selbstverständlich mit seinen beiden tierischen Dauerbegleitern, hatte er sich Gedanken über sein weiteres Vorgehen gemacht. Ihm war nicht wohl dabei, zur Raphael-Klinik zu fahren und dort wahrscheinlich auf Weiß zu stoßen. Aber konnte er helfen, ohne vor Ort gewesen zu sein?

Zunächst wollte er jedoch bei seiner Hausarbeit bleiben, wie er seine Ermittlungstätigkeit am Schreibtisch und in der Ruhe von Huppenbroich bezeichnete.

Er schüttelte die Kälte aus seinem Körper, als er wieder ins Haus eingetreten war. Zu seiner Verwunderung drängten die beiden Bernhardiner mit hinein. Das kam äußerst selten vor, aber solange sie ihn nicht störten, ließ er sie gewähren. Wahrscheinlich waren sie vorübergehend herrenlos geworden, weil ihre eigentlichen Futterlieferanten zum Einkauf oder zu einem Besuch weggefahren waren. Helma und Selma legten sich vor den Kachelofen und schauten ihm zu, als er auf der Couch liegend nach der Anklageschrift griff.

Das Schicksal von Konrad Ammery, dessen Fall juristisch auch von Grundler betreut wurde, würde er sich heute vornehmen. Ammery war im Alter von 72 Jahren erstmals behandelt worden und nach fast zehnmonatiger Behandlung verstorben.

Der Mann war in das Krankenhaus eingewiesen worden, nachdem bei ihm Blutbeimengungen im Stuhl aufgefallen waren, so konnte Böhnke lesen. Im Rahmen der noch am selben Tage durchgeführten Darmspiegelung fand Weiß einen breitbasigen Polypen in der Nähe des Darmausgangs. Es gelang ihm, den Polypen mittels Mukosektomie komplett abzutragen. Bereits am nächsten Tag wurde Ammery wieder entlassen. Nachdem der Pathologe im Nachgang bei dem Patienten ein Adenokarzinom mit karzinomatöser Ausbreitung in den Lymphgefäßen beschrieben und eine chirurgische Nachresektion empfohlen hatte, wurde Ammery knapp zwei Wochen später durch den Hausarzt auf die von Weiß geleitete Chirurgie überwiesen. Am Folgetag nahm Weiß die entsprechende

Operation vor. Es erfolgte insoweit eine Sigmaresektion. Obwohl sich zwischen dem fünften und dem elften postoperativen Tag aus der Wund- oder der Drainageaustrittsstelle Eiter entleert hatte und eine Temperaturerhöhung sowie eine Vermehrung der weißen Blutkörperchen zu verzeichnen war, konnte Ammery am 14. postoperativen Tag in ambulante Behandlung entlassen werden. Sechs Tage später musste der Patient allerdings aufgrund einer Bewusstlosigkeit im Anschluss an die Klammerentfernung in der chirurgischen Ambulanz wieder stationär in der Inneren Abteilung aufgenommen werden. Als Grund für die Bewusstlosigkeit wurde eine kurzzeitige Mangeldurchblutung des Gehirns vermutet, was sich jedoch bei der Untersuchung nicht bestätigte. Es bestand weiterhin eine Vermehrung der weißen Blutkörperchen. Da auch der Blutfarbstoff sehr niedrig war, wurde nach einer unauffälligen Darmspiegelung eine weitere durchgeführt. Dabei diagnostizierte Weiß an der Stelle, an der er vor der Operation schon einen malignen Polypen abgetragen hatte, den dringenden Verdacht auf ein fortgeschrittenes, zirkulär wachsendes, nekrotisierendes Karzinom mit einer nicht auszuschließenden Perforation.

Auch wenn Böhnke nicht alles verstand, es hörte sich für ihn nicht gerade gesund an. Er hustete kurz, was prompt bei Helma und Selma dazu führte, dass sie die Augen öffneten und ihr Dösen unterbrachen.

»Ihr kapiert das garantiert nicht«, sagte er laut, wissend, dass es den Hunden schnurzpiepegal war, was er sagte. Er widmete sich wieder der in seinen Augen widerwärtigen Lektüre.

Aus diesem Grunde wurde der Patient Konrad Ammery noch am selben Tag auf die chirurgische Abteilung verlegt und dort sofort durch den Angeschuldigten Weiß operiert. Ohne eine genauere Untersuchung zur Überprüfung des Verdachts sowie zur Ausbreitung des vermuteten Tumors, diagnostizierte der Angeschuldigte Weiß darüber hinaus einen weiteren tumorösen Prozess im Dünndarm. Er sah sich daher zu einer Öffnung des Dünndarms und schließlich zu einer Resektion von 57 Zentimetern gezwungen. Die umfangreiche Darmentfernung war jedoch überflüssig und medizinisch in keiner Weise nachvollziehbar beziehungsweise indiziert. Durch eine penible Lösung der Verwachsungen hätte eine solche Dünndarmresektion verhindert werden können und müssen. Notfalls hätten mehrere Übernähungen und/oder Anastomosierungen in Kauf genommen werden müssen. Ein medizinischer Grund für eine derartig erhebliche Darmresektion bestand jedenfalls nicht. Die histologische Untersuchung bestätigte, dass tatsächlich nur eine gedeckte Nahtinsuffizienz, wahrscheinlich infolge einer Sauerstoffunterversorgung des Gewebes oder einer Blutleere, vorlag.

Nun denn, dachte sich Böhnke. Die Staatsanwaltschaft wird Belege für ihre Angaben haben. Ohne Sachverständige im Hintergrund hätte sie sonst nicht diese Feststellungen niedergeschrieben.

Der Angeschuldigte Weiß empfahl dem Patienten Ammery im Anschluss eine Chemotherapie. Zu diesem Zwecke implantierte er dem Patienten in Lokalanästhesie einen Port über der rechte Schlüsselbeinvene. Über diesen Zugang wurden dem Patienten Ammery in insgesamt vier Zyklen in einem Zeitraum von zwei Monaten die chemotherapeutischen Substanzen verabreicht. Diese Chemotherapie war ebenfalls überflüssig beziehungsweise nicht indiziert. Nach den Erkenntnissen, die die Staatsanwaltschaft dank ihrer Sachverständigen hatte, befand sich der Patient in einem bestimmten Tumorstadium. Die vom Pathologen beschriebene fokale, kleinherdige Lymphamgiosis änderte dieses Tumorstadium nicht. Es existierte keine randomisierte kontrollierte Studie und auch keine Empfehlung in den Leitlinien, die in einem solchen Tumorstadium einen positiven Effekt auf das Überleben durch Chemotherapie belegt hätte. Die Chemotherapie war darüber hinaus erheblich risikobehaftet und belastend. Sie ging einher mit einer negativen Beeinträchtigung der Immunabwehr. Die galt besonders im konkreten Fall nach zwei schweren operativen Eingriffen. Die Portimplantation war, da nur für die Chemotherapie gedacht, konsequenterweise ebenfalls überflüssig.

Unwillkürlich wurde Böhnke an seine eigene Krankheit erinnert. Bei der Diagnose wie bei der Therapie gab es im Prinzip ein Stochern im Nebel. Er hatte für sich entschieden, der Natur ihren Lauf zu lassen und auf medizinische Unterstützung dort zu verzichten, wo es möglich war. Ammery hatte vermutlich vertrauensvoll auf die Heilkunst der Mediziner gesetzt, die offensichtlich in seinem Fall nicht gegeben war. Das sah nach herumdoktern aus, aber nicht nach ergebnisorientiertem, patientenbezogenem Handeln. Ein Grund mehr für Böhnke, keine Experimente an sich vornehmen zu lassen.

Konzentriert, wenn auch nicht den Inhalt immer verstehend, setzte er seine Lektüre fort: Als Folge der medizinisch nicht indizierten Entfernung von 57 Zentimetern des Dünndarms und der belastenden Chemotherapien verschlechterte sich der allgemeine Gesundheitszustand des Patienten Konrad Ammery zunehmend. Vor allem aufgrund der übermäßigen Darmresektion kam es alsbald zu ständigen Austrocknungserscheinungen durch Abnahme des Körperwassers. Infolge der belastenden Chemotherapie wurde auch das Immunsystem des Patienten erheblich geschwächt.

Da der Patient Konrad Ammery über den künstlichen Dickdarmausgang bis zu 20 Stuhlentleerungen täglich und somit über eine stark eingeschränkte Lebensqualität klagte, wurde die Wiederherstellung der Kontinenz durch den Angeschuldigten Weiß operativ angegangen. Überdies musste der vor fünf Monaten implantierte Port wieder ausgebaut werden, weil er nicht mehr funktionierte. Zwei Wochen nach der Operation wurde der Patient aus dem St.-Raphael-Krankenhaus entlassen.

Schon einen Monat später und dann noch einmal zwei Monate später wurde Ammery erneut im Raphael behandelt, wie Böhnke der nächsten Passage der Anklageschrift entnahm. Aufnahmegrund war jeweils ein unvollständiger Darmverschluss infolge einer extremen Gefäßverengung, die der Kontinenzwiederherstellung geschuldet war. Infolge ständiger Durchfallerscheinungen und rezidierenden Erbrechens lag eine starke Elektrolytentgleisung vor. Die extreme Gefäßverengung konnte mit dem Endoskop nicht überwunden werden.

Wieder drei Wochen später wurde Ammery mit einer unveränderten Beschwerdesymptomatik und inzwischen eingeschränkter Nierenfunktion in ein Krankenhaus in Aachen eingewiesen.

Aha, dachte Böhnke für sich, jetzt sind die Angehörigen von Ammery aktiv geworden und haben ihn in ihrer Nähe behandeln lassen wollen.

Da die Gefäßverengung nicht sondiert werden konnte, bestand keine Möglichkeit zur Aufdehnung. Ammery wurde deshalb in die Chirurgie verlegt, wo ein künstlicher Ausgang im Bereich des Querdarms vor der Gefäßverengung angelegt wurde.

Schon zehn Tage später musste der Patient in kritisch ausgetrocknetem Zustand bei persistierender Übelkeit mit Erbrechen wieder stationär in diesem Krankenhaus aufgenommen werden. Mehrmals traten Krampfanfälle auf. Einen Monat später wurde noch ein kleiner Abszess unter der Bauchwand diagnostiziert, der wegen des schlechten Allgemeinzustands von Ammery nicht mehr operiert werden konnte. Nur wenige Tage danach erfolgte die Verlegung von Ammery in die geriatrische Abteilung wegen zunehmender Muskelatrophie beziehungsweise Immobilität. Die Entzündungsparameter waren erhöht, der Gerinnungsparameter deutlich pathologisch. Nach zunehmender Verschleimung und Bewusstseinseintrübung verstarb Ammery eine Woche später aufgrund eines Multiorganversagens bei Sepsis infolge eines abdominellen Abszesses.

Puh, hoffentlich bleibt mir so ein Ende erspart, Böhnke schluckte. Er bereute schon, sich überhaupt diesen Fall vorgenommen zu haben. Doch jetzt wollte er die letzte Seite nicht weglassen: Die Tatsache, dass der Patient Konrad Ammery auch nach Anlage eines künstlichen Darmausganges weiterhin nicht ohne parenterale Flüssigkeitszufuhr auskam, war mit großer Wahrscheinlichkeit durch die Kürzung des Dünndarms um 57 Zentimeter mitbedingt. Die später bei dem Patienten im Vordergrund stehende Austrocknung ist hierdurch mit Sicherheit wesentlich mitbewirkt worden. Das gilt auch für die mit den Durchfall- und Erbrechenserscheinungen einhergehenden Motilitätsstörungen. Ursache des erheblich geschwächten körperlichen Abwehrsystems war vor allem die belastende Chemotherapie.

Die nicht nachvollziehbaren Maßnahmen verstärkten und beschleunigten nach Ansicht der Staatsanwaltschaft den ungünstigen, mit dem Tod endenden Verlauf mit hoher Wahrscheinlichkeit. Diese Eingriffe entsprachen nicht dem heutigen Standard und waren durch eine hohe Komplikationsdichte gekennzeichnet. An den Folgen dieser Komplikationen ist der Patient Konrad Ammery trotz aller Bemühungen der Ärzte und Schwestern des Aachener Krankenhauses schließlich verstorben.

So weit, so schlecht. Nachdenklich legte Böhnke den Ordner neben sich auf den Boden. Er reckte sich und verschränkte die Arme hinter dem Kopf. Er hatte, wie Liselotte spöttisch zu bemerken pflegte, seine Denkerlage eingenommen, die zugleich auch eine Schlafposition sein konnte.

War der Fall nicht eindeutig?

Und selbst wenn dieser Fall beim Prozess nicht mehr von Belang sein sollte, würde Weiß nicht heil aus dem Verfahren herauskommen. Dafür gab es zu viele andere Fälle.

Grundler hatte seinen Grund, ihn um Mitarbeit zu bitten; ebenso wie es einen Grund gab, ihn um Hilfe für Weiß zu bitten. Dieser Fall war sicherlich nicht der Schlüssel zum Erfolg, Grundler wollte den Fall und den Prozess, weil eine Verurteilung von Weiß auch auf der Basis dieses Falles eine gute Grundlage für einen folgenden Schadensersatzprozess gegen Weiß sein würde. Weiß musste daran gelegen sein, jeden einzelnen Fall und jedes einzelne Patientenschicksal als gegenstandslos für ein Strafverfahren darzustellen. Einige Bemerkungen in der Anklageschrift gaben Böhnke zu denken. Die Staatsanwaltschaft hatte in ihrer Anklageschrift »mit hoher Wahrscheinlichkeit« geschrieben und »wesentlich mitbewirkt«. Wenn sie absolut sicher gewesen wäre, hätte sie »von mit an Sicherheit grenzender Wahrscheinlichkeit« gesprochen. Er konnte fast schon davon ausgehen, dass Weiß die Bewertungen eigener Sachverständiger vorbringen würde, die die Vorwürfe in der Anklageschrift entweder widerlegten oder abschwächten.

Und ich stecke mittendrin zwischen allen Stühlen, maulte Böhnke mit sich. Aber ich bin selbst schuld. Ich hätte ja Bankangestellter werden können oder Hundezüchter.

Prompt richtete sich seine Aufmerksamkeit auf Helma und Selma, die wiederum nur darauf warteten, dass er sie endlich aus dem Haus scheuchte, damit sie ihren Futtergeber aufsuchen konnten.

22. KAPITEL

Er hatte die Nase gestrichen voll von medizinischen Fachbegriffen, die er nicht auf Anhieb verstand, von umständlich formulierten Juristensätzen, in denen es immer noch ein Hintertürchen gab, um im Zweifelsfall das Gegenteil von dem gemeint zu haben, was da geschrieben stand, vom langsamen Sterben und von der nüchternen Betrachtungsweise, mit der das Einsamste allen menschlichen Tuns, nämlich der Tod, dargestellt wurde. Die Lektüre über Ammerys Schicksal verdarb ihm den Abend. Er hielt es nicht mehr aus im Hühnerstall.

Zur Alten Post oder in Billas Haus, die Alternative stellte sich für Böhnke, als er das Haus verließ. Die Vernunft und sein wenig ausgeprägtes Interesse an Alkohol ließen ihn statt der Gastwirtschaft das Haus der Stiftung ansteuern. Fast schon mechanisch nahm er am Schreibtisch Platz, fuhr den Rechner hoch und schaute nach der elektronischen Post, die nur aus ein paar überflüssigen Werbeangeboten bestand, von denen er sich nicht erklären konnte, wie die Absender an die Adresse gekommen waren. Noch während des Löschvorgangs signalisierte ihm das E-Mail-Programm einen Zugang im Postfach.

Grundler hatte kurz gemailt: »Wenn du das hier liest, schaue mal in den Medien nach, was es Neues von Weiß gibt.«

Nicht doch, stöhnte Böhnke, nicht schon wieder Krankheit und Tod. Dennoch klickte er sich durch das Menü, bis er fündig wurde. Eine Agentur hatte über den Rapport geschrieben, zu dem Weiß ins Gesundheitsministerium geladen worden war. Das Fazit stand gleich im ersten Satz: Es gab keine rechtliche Handhabe, Weiß die Geschäftsführung der Klinik zu verbieten. Der Minister hege aber die berechtigte Hoffnung, dass es dennoch zu einer Lösung für das St.-Raphael-Krankenhaus kommen könnte, die die Interessen der Bürgerinnen und Bürger an einer sicheren Gesundheitsvorsorge vor Ort in ausreichendem Maße berücksichtigt, gab der Journalist nichtssagend und dennoch vieles andeutend die Aussagen einer

Presseerklärung des Ministeriums wieder. »Sicher ist, dass Weiß nicht mehr behandelt«, wurde der Minister zitiert, das sei ein gutes Zeichen.

Weiß kam in dem Bericht nicht zu Wort. Hingegen äußerten sich seine Anwälte, die erneut floskelhaft die positiven Zukunftsperspektiven des Krankenhauses betonten und zugleich die Vorwürfe der Staatsanwaltschaft gegen Weiß energisch zurückwiesen. Alle von der Staatsanwaltschaft in Auftrag gegebenen Gutachten würden mit eigenen Gutachten entkräftet werden. Sie seien davon überzeugt, dass Weiß an den Operationstisch zurückkehren werde. Ob allerdings am St. Raphael, das stehe auf einem anderen Blatt. Es sei durchaus vorstellbar, dass dies bei einer gewissen Konstellation nicht der Fall sein würde.

Was damit gemeint sein könnte, mutmaßte der Autor des Artikels, und er stimmte mit seiner Vermutung mit Böhnke überein. Hinter den Kulissen wurde vermutlich schon an einem Verkauf der Klinik an einen anderen Betreiber gearbeitet.

Was bedeutete diese Möglichkeit im Klartext? Weiß tritt den Rückzug an, dachte sich Böhnke, entweder freiwillig oder auf mehr oder minder starken Druck.

Der Blick auf die Computeruhr zeigte ihm, dass es auch für ihn Zeit für einen Rückzug war. Er musste sich beeilen, um rechtzeitig vor Lieselottes abendlichem Kontrollanruf wieder in seinem Häuschen zu sein. Daran konnte auch die Einladung zu einem Freibier vom Büchsenöffner von Helma und Selma nichts ändern, der zum Gasthaus strebte und dem er auf seinem schnellen Gang durch das schon dunkle Dorf begegnet war.

Er hörte das klingelnde Telefon schon, bevor er die Eingangstür geöffnet hatte. Schnell trat er ein und griff nach dem Gerät. »Ich höre.«

»Und ich rede«, entgegnete Grundler. »Hast du's schon gelesen?« Er ging einfach davon aus, dass sein Freund die Mail erhalten und darauf reagiert hatte.

»Ich bin ja nicht blind«, knurrte Böhnke, »und ich werde nicht von Weiß behandelt.«

»Noch nicht«, lachte Grundler, »ich habe dir für nächste Woche Montag ein Hotelzimmer direkt neben dem Krankenhaus reservieren lassen. Nicht, dass dich Weiß unters Messer nimmt, wenn er dich sieht.«

Böhnke verspürte weder Lust auf Frotzeleien noch war er begeistert über die Bevormundung durch Grundler. »Mach's kurz, ich warte auf Lieselottes Anruf.«

Sie waren sich schnell einig in der Auslegung des Presseberichts über den Rapport von Weiß. Da schienen Verhandlungen über einen Verkauf des Krankenhauses im Gange, was Grundler allerdings sehr argwöhnisch betrachtete. »Nicht, dass es da noch zu Mauscheleien kommt. Ich trete in den Hintergrund, und dafür werde ich strafrechtlich verschont. Wer weiß, wie Justiz und Gesundheitspolitik da kungeln.« Weiß müsse verurteilt werden, im Knast landen und finanziell büßen, bis er ausgeblutet sei. »Alles andere ist für mich nicht diskutabel.«

Für mich schon, hätte Böhnke am liebsten geantwortet. Aber er schwieg. »Noch ist gar nichts entschieden«, sagte er stattdessen. »Was willst du eigentlich erreichen als Nebenkläger?«

»Eine eindeutige Feststellung, dass Weiß den Angehörigen meiner Mandanten auf dem Gewissen hat und dass er dafür verurteilt wird. Was wir danach zivilrechtlich machen, steht auf einem anderen Blatt.«

»Ist denn die Feststellung so eindeutig?«, wagte Böhnke fragend einzuwenden. »Wenn du die Anklage liest, sind da schon ein paar Schwachstellen, meine ich jedenfalls.«

»Ob darin Schwachstellen sind, bezweifle ich zunächst, und wenn du darin Schwachstellen siehst, solltest du da ansetzen, um sie auszuräumen«, sagte Grundler energisch.

Oder durch die Schwachstellen die Anklage wegen des Todesfalles Ammery aushebeln, ergänzte Böhnke für sich. Inzwischen der modernen Technik gegenüber aufgeschlossen, hatte er bemerkt, dass im Hintergrund ein zweiter Anrufer anklopfte. Das konnte nur Lieselotte sein.

»Ich muss beenden«, sagte er schnell und legte auf.

Mit wem er Dauergespräche führe, fragte seine Liebste, ohne eine Antwort wissen zu wollen. »Weißt du, was eine Außenseitermethode ist?«

»Nein. Aber du wirst es mir bestimmt sagen«, antwortete Böhnke.

»Also, man spricht in der Medizin von einer Außenseitermethode, wenn etwa ein Patient schulmedizinisch austherapiert ist und der behandelnde Arzt zu Methoden greift, die zwar wissenschaftlich nicht anerkannt oder die umstritten sind, von denen aber nicht nachgewiesen ist, dass sie per se ergebnislos sind.«

»Aha«, bemerkte Böhnke, »und du willst mir jetzt klarmachen, dass Weiß ein guter Mediziner ist, der als Außenseiter Methoden praktiziert, für die er nicht belangt werden kann.«

»Sei doch nicht so zynisch, Commissario. Mir kam nur eine Idee, als ich von diesen Methoden gelesen habe. Darauf hättest du eigentlich auch kommen können, immerhin bist du ja Kriminalist und ich nur eine kleine Pillendreherin.«

»Ich bin nicht zynisch, ich bin müde. Komm endlich zur Sache, Lieselotte!«

»Also«, seine Liebste hob triumphierend die Stimme, »es gibt ein höchstrichterliches Urteil vom Bundesgerichtshof, nach dem der Einsatz von Zitronensaft bei einer Operation ohne Strafe bleibt. Der BGH hat in einem ähnlichen Fall wie bei Weiß festgestellt, dass der Operateur eine unerprobte Außenseitermethode angewandt hat, als er Zitronensaft zur Wundheilung eingesetzt hat. Ich lese dir gerne die wichtigste Passage aus der Urteilsbegründung vor: Dem Mediziner kann nach allen Erkenntnissen nach nicht eine Körperverletzung mit Todesfolge vorgeworfen werden, da die Verwendung von Zitronensaft nicht als Todesursache in Betracht kommt. Die bis jetzt vorgelegten Fakten reichen nicht aus, um den Mediziner schuldig zu sprechen.«

Wenn er wolle, würde sie ihm das Urteil zumailen.

»Schicke es lieber Tobias«, sagte er, »der soll sich damit auseinandersetzen.«

Wie käme sie dazu, protestierte Lieselotte. Weder hätte Grundler bisher davon gesprochen noch hätte die Staatsanwaltschaft in ihren bisherigen Schriftsätzen auf dieses Urteil hingewiesen. »Das zeigt mir doch, dass es ihnen nicht in den Kram passt.«

»Und dir und dem Arzt passt es in den Kram? Ist er denn jetzt freigesprochen worden?«

»Nein. Der Fall wurde an das Landgericht zurückverwiesen. Die Richter sollen jetzt prüfen, ob er auf der Grundlage anderer Umstände verurteilt werden kann.«

»Dann nützt ihm dieses Urteil überhaupt nichts«, sagte Böhnke, obwohl er wusste, dass er dadurch Lieselotte nicht überzeugen konnte.

»Das interessiert mich doch nicht. Ich wollte dir nur sagen, dass der Einsatz von Zitronensaft nicht strafbar ist laut BGH.«

Eine weit hergeholte Annahme, dachte sich Böhnke.

»Wenn wir jetzt den Zitronensaft als Ursache aus den Fällen herausstreichen, in denen Weiß deswegen angeklagt ist, sieht die Klageschrift ganz anders aus. Die wird dann viel dünner.« Lieselotte wirkte zufrieden. »Wir schaffen das noch, dem Mann zu helfen, auch wenn ich bisher viel mehr gemacht habe als wie du.« Die Öcher Unart, jeden Vergleich mit »als wie« zu garnieren, machte auch vor Lieselotte nicht halt, und Böhnke hatte es sich längst abgewöhnt, sie deswegen zu korrigieren. Das »als wie« gehörte eben zu Aachen wie das »Ich hab kalt«.

23. KAPITEL

Von seiner abweisenden Art hatte sich Lieselotte nicht beeindrucken lassen. Als er am nächsten Morgen die Mails im elektronischen Postfach kontrollierte, stieß er auf ihr Schreiben, dem sie als Anhang eine PDF-Datei des BGH-

Schriftsatzes beigefügt hatte. Fakt war, so stellte sich für ihn beim Lesen heraus, dass der BGH ein Urteil gegen einen Chefarzt aufgehoben hatte, der einen Senior zur Wundheilung mit handelsüblichem Zitronensaft behandelte. Das Gericht wollte nicht erkennen, dass der Patient wegen des Einsatzes von Zitronensaft gestorben war. Dann werden die Richter bei der Neuauflage des Prozesses schon etwas anders finden, sagte sich Böhnke. Die kriegen den Arzt an den Hammelbeinen.

Von Gedankenübertragung wollte er nicht sprechen, als keine Minute später Grundler in Schmitze Billas Haus anrief. »Jetzt haben wir ihn endgültig an den Hammelbeinen«, jubilierte der Anwalt laut in den Hörer.

»Wen?«, fragte Böhnke genervt zurück, obwohl er sich denken konnte, wen Grundler meinte.

»Weiß natürlich«, schallte es prompt aus dem Hörer.

»Warum?«

»Weil er jetzt ganz alleine auf der Anklagebank sitzen wird.«

»Hä?« Das war doch kein Grund, das war für Böhnke die Folge einer Entwicklung, von der er nichts wusste. »Was ist passiert?«

»Alle Verfahren gegen die angeklagten Ärzte des Raphael-Krankenhauses sind eingestellt worden bis auf das gegen Weiß«, antwortete Grundler. »Wegen Geringfügigkeit, gegen Zahlung einer Geldbuße oder wegen nicht strafbewährtem Verhalten der Beschuldigten hat die Staatsanwaltschaft die Anklagen gegen die Betroffenen zurückgezogen. Jetzt steht Weiß allein im Regen.«

So einfach war das. Böhnke misstraute den Angaben. »Da steckt doch mehr hinter«, vermutete er. »Kann es sein, dass es Absprachen und Deals gibt, nach dem Motto: Ich verrate dir noch ein paar Geheimnisse über Weiß, und du lässt mich dafür laufen?«

Doch Grundler ließ sich durch diese Überlegung nicht beirren. »Das weiß ich nicht, das will ich auch gar nicht wissen, weil es für mich nicht von Belang ist. Ich weiß nur, dass die Schlinge um den Hals von Weiß sich immer mehr zuzieht. Die Staatsanwaltschaft kann sich jetzt voll und ganz auf ihn konzentrieren, und er hat niemanden aus seinem ehemaligen Kollegenkreis, der ihm vielleicht noch hilfreich zur Seite stehen könnte, etwa mit der Übernahme von Verantwortung oder gar Schuld. Das wird ein schöner Prozess von Weiß gegen den Rest der Welt. Es hat niemand mehr einen Grund, ihn zu schonen. Die können und werden alles auf Weiß abschieben. Der ist schon so was von tot, der weiß das nur noch nicht.«

Dann sei ja alles in Butter, entgegnete Böhnke. »Dann brauchst du meine Hilfe doch nicht mehr.« Er hätte nichts dagegen, sich die Reise zum St. Raphael zu ersparen.

Doch wollte Grundler von einer derartigen Überlegung nichts wissen. »Du fährst dahin, mein Freund. Wir müssen alles verhindern, was Weiß auch nur die geringste Chance geben könnte, seinen Kopf doch noch aus der Schlinge zu ziehen. Mach dir ein paar schöne Tage in der Seestadt und mach dich schlau über das Raphael und die Scharlatanerie von Weiß.«

Zwei Fragen hatten sich für Böhnke ergeben, nachdem er eine Denkpause eingelegt hatte. »Erstens, gibt es irgendetwas Schriftliches über die Verfahrenseinstellungen?«

»Vielleicht steht heute was in der Lokalzeitung. Ich habe die grundlegende Information von einem Kollegen vor Ort«, antwortete Grundler. »Was alles konkret ist, kann ich dir noch nicht sagen. Dafür bräuchte ich die schriftlichen Vereinbarungen.« Er lachte. »Noch ein Grund für dich zu fahren. Da kannst du dir die Sachen direkt im Gericht oder bei der Staatsanwaltschaft holen.«

Böhnke hörte nicht mehr konzentriert zu. Er manövrierte sich währenddessen durch die Computerprogramme, bis er beim Internetauftritt der Lokalzeitung angelangt war.

»Was ist?« Grundler hatte Böhnkes Schweigsamkeit bemerkt.

»Ich kann dir gerne den Zeitungsbericht vorlesen, wenn du willst.« Böhnke wartete die Antwort nicht ab. »Also, die schreiben, dass alle Verfahren gestern eingestellt oder beendet wurden, weil es in intensiven und vertraulichen Gesprächen zu Einigungen gekommen ist, mit denen das Gericht, die Staatsanwaltschaft und die Angeschuldigten einverstanden sind. Weiter schreiben die hier, dass es neue Hinweise gibt, die den Tatbeitrag von Weiß noch mehr betonen.«

»Sag ich doch«, unterbrach ihn Grundler. »Die lassen ihn auffliegen.«

Und retten ihre Haut, ergänzte Böhnke für sich. »Aber hier steht kein Wort darüber, wie diese Hinweise aussehen sollen. Das ist alles nur abstrakt.«

»Ist doch klar«, meinte Grundler. »Die Staatsanwaltschaft hat jetzt massig neues Material, das sie sichtet und bewertet. Da rücken die doch nicht vorher mit Informationen an die Presse raus. Dadurch wird ihre Anklage noch hieb- und stichfester.«

»Gab es da denn Zweifel?«, fragte Böhnke ketzerisch. »Ich denke, die waren sich hundertprozentig sicher?«

Abgesehen davon, dass es nirgendwo eine hundertprozentige Sicherheit gebe, vom Tod einmal abgesehen, sei jedes zusätzliche Argument und Beweismittel, das noch hinzukäme, ein weiterer Sargnagel für Weiß.

»Wenn die nicht alle verrosten, weil sie zu lange in Zitronensaft gelegen haben.«

Entweder konnte Grundler die Anspielung nicht verstehen, oder er wollte es nicht. »Was soll denn diese Bemerkung?«

Ausführlich informierte Böhnke ihn über Lieselottes Wissen mit dem Fazit, Zitronensaft sei nicht verantwortlich für den Tod eines Patienten. Ungefragt leitete er ihre Mail an Grundler weiter, der sich nach seinem Bericht bedeckt hielt und nicht zu erkennen gab, ob er von diesem Urteil wusste oder nicht.

»Das zeigt doch nur, dass man nichts außer Acht lassen soll, wenn man in einen Prozess zieht und dass es gut ist, viele Argumente zur Hand zu haben. Die Kollegen von Weiß haben der Anklage jedenfalls genug neuen Zunder gegeben. Das hilft auch mir als Nebenkläger. Da kommt es auf ein bisschen Zitronensaft gar nicht an.« Grundler wollte, so vermutete Böhnke, dieses Urteil als belanglos einstufen. Die Verteidiger des Arztes würden es wahrscheinlich anders bewerten, wenn sie es denn kannten. Aber davon war wohl auszugehen.

Grundler räusperte sich und wechselte das Thema. »Und was war deine zweite Frage?«

»Was soll ich in Seestadt? Das St. Raphael befindet sich doch in …«

»… in der sogenannten Seestadt«, unterbrach Grundler Böhnkes Rede. »So nennt man die Stadt, in dem das Krankenhaus steht. Du wirst schon sehen, warum das so ist.«

24. KAPITEL

Petersmann hatte das Verhängnis kommen sehen. Weiß war einfach nicht der Typ, der sich stur an Recht und Gesetz hielt, wenn er meinte, sein Leben und Handeln liefe besser ohne das strikte Festhalten an Verboten und Vorschriften. Sein heilendes Wirken sei wichtiger als jede Paragrafenreiterei, und wenn er nicht Grenzen überschritten hätte, wäre er nie zu dem geworden, der er war. Ein Chirurg, dessen Genialität Petersmann bisweilen bewunderte und dessen unerklärliche Aussetzer in den meisten Fällen unentdeckt und ungeahndet blieben, weil sie vertuscht und verschwiegen wurden. Er hatte Menschen operiert, die ohne diesen riskanten Eingriff verstorben wären. Er hatte aber auch Menschen therapiert, die an der Therapie gestorben wären, wenn nicht andere eingegriffen hätten.

Doch mit dem gestrigen Tag war die Welt des Herrgotts in Weiß, war die Welt von »Weißgott«, wie ihn sowohl Freunde als auch Kritiker bezeichneten, eine gänzlich andere geworden. Das Landgericht hatte Untersuchungshaft angeordnet. Aus seinem Büro im Krankenhaus war er abgeführt worden. Zwar nicht in Handschellen, aber von zwei kräftigen Männern untergehakt, war er zu einem Kombi mit verdunkelten Scheiben geschoben worden, begleitet vom Blitzlicht der Pressefotografen und den Kameras der Fernsehanstalten. Anscheinend waren die Medien von der Überstellung ins Gefängnis informiert worden.

Weiß habe gegen den Entzug seiner Approbation verstoßen und sei medizinisch tätig geworden, so hatte es der regionale Rundfunk gemeldet. Er soll, so wurde gemunkelt, einem Kleinkind ein Pflaster auf das beim Fußballspiel aufgeschlagene, leicht blutende Knie geklebt haben.

So leichtfertig würde Weiß bei aller Hilfsbereitschaft nicht gegen die Vorschrift verstoßen, dachte sich Petersmann. Eine derartige Verfehlung gegen die Vorschrift rechtfertigte doch keine U-Haft. Da musste mehr dahinterstecken.

Auch wenn er beschlossen hatte, sich nicht mehr um die Geschehnisse im Raphael zu kümmern, griff er zum Telefon und wählte den Pfleger an, dem er noch am meisten vertraute. Die Aufforderung der Staatsanwaltschaft, keinen Kontakt zum Krankenhaus aufzunehmen, schlug er in den Wind.

Friedmann würde ihn aufklären. Friedmann wusste über alles und jeden Bescheid im St. Raphael. Ihm entging nichts im Krankenhausbetrieb. Er war ein Schnüffler, ein Wiesel, der mit flinken Augen scheinbar an einigen Stellen gleichzeitig war, und der Ohren hatte, die jedes Geräusch und jedes Gespräch wahrnahmen. Er verfügte über die Fähigkeit, aus wenigen Fakten richtige Schlüsse zu ziehen, und er hatte keine Hemmungen, sein Wissen zu benutzen, wenn es ihm dienlich war. Dennoch war ihm niemand gram im Kollegenkreis. Er hatte eine gewinnende, herzliche Art, die ihn zu jedermanns Liebling machte, selbst wenn er sein Gegenüber ausquetschte oder mit Beobachtungen konfrontierte, die ihm peinlich sein konnten. Er wusste über jede Liebelei und jeden Seitensprung Bescheid, über jede Mitnahme von Aktenordnern oder Klopapier, über jeden Streit im Ärztekollegium und über jeden Zwist zwischen Verwaltung und Personalrat. Wenn einer zum Informanten für die Staatsanwaltschaft diente, dann war es Friedmann. Vielleicht war er ja der anonyme Anzeigenerstatter, der Weiß zum Verhängnis geworden war?

Ihm war die Rolle von Friedmann im Strafverfahren einerlei. Das Kapitel Weiß sollte eigentlich für ihn beendet sein, doch so leicht konnte er sich doch nicht aus dem Leben seines früheren Freundes verabschieden. Irgendwie tat er ihm ja doch leid.

Friedmann wusste, woher auch immer, schon von seinem Zerwürfnis mit Weiß. »Da ist das ja bestimmt ein innerer Vorbeimarsch für Sie, wenn der jetzt im Knast sitzt«, meinte der Pfleger.

Petersmann hörte über die Bemerkung hinweg und kam sofort zum Punkt. »Wissen Sie, warum Weiß in U-Haft genommen wurde?« Es könne ja wohl nicht wegen einer Platzwunde am Knie eines kindlichen Fußballspielers sein.

»Haben Sie auch den Unfug im Radio gehört? Das ist blanker Unsinn.« Friedmann gab sich gelassen, wie immer, wenn er mit jemandem sprach, und es war nicht immer leicht herauszuhören, wann er etwas scherzhaft meinte oder übertrieb. »Ich finde es ein Unding, wenn man Weiß wegen des Verstoßes gegen den Entzug der Approbation eingebuchtet haben sollte. Wissen Sie, was er wirklich getan hat?« Obwohl Friedmann eine Frage gestellt hatte, erwartete er keine Antwort seines Gesprächspartners.

»Weiß hat Gott sei Dank in letzter Minute eingegriffen, als ein Patient bei einer OP beinahe verstorben wäre. Einer der Jungspunde ist mit einer Herzklappe nicht zurande gekommen. Da musste Weiß einschreiten. Denn wenn der Patient bei der OP verstorben wäre, hätte er nach wie vor als Krankenhauschef die Verantwortung dafür getragen.

Jetzt hat er ein Menschenleben gerettet und muss sich dafür rechtfertigen.«

Da hätte doch Gnade vor Recht, Verständnis vor Vorschrift gehen müssen, meinte Friedmann, und Petersmann wollte ihm nicht widersprechen. »Dafür geht man doch nicht in den Knast, behaupte ich mal.«

»Dafür ist Weiß auch nicht in den Knast gegangen«, entgegnete der Pfleger. »Das war doch nur das Pünktchen auf dem i oder der willkommene Anlass zu einer spektakulären Verhaftung.« Wie er gehört habe, hätte die Staatsanwaltschaft die U-Haft wegen Verdunkelungs- und Fluchtgefahr beantragt.

»Wollte Weiß denn fliehen?« Wie Petersmann wusste, hatte der Kollege ein Ferienhaus auf Fuerteventura und eine Ranch in Argentinien, auf der er später im Rentenalter Rinder züchten und VW-Käfer sammeln wollte.

»Die glauben das jedenfalls. Er soll angefangen haben, Geld ins Ausland zu überweisen.«

Das hat der doch immer schon getan, hätte Petersmann sagen können. Weiß verfügte über mehrere Konten in der Schweiz, in Luxemburg, in den USA und auch in Argentinien; unter anderem eine Folge seiner internationalen Patente und der Zahlung von Lizenzgebühren.

»Und da ist wohl die Steuerbehörde hellhörig geworden. Die machen jetzt bei Weiß eine Steuerfahndung, habe ich gehört. Aus Angst, er könnte sich aus dem Staub machen, weil ihm jetzt auch finanziell der Boden unter den Füßen zu heiß wird, hat man ihn eingebuchtet. Wie auch immer, er sitzt im Knast, und wir sind herrenlos im Raphael.«

»Wie geht es denn weiter bei Ihnen?«

»Wie heißt es so schön: Irgendwas geht immer«, antwortete Friedmann. »Ich habe gehört, man bastele schon an einer Nachfolgeregelung. Die Stadt steht wohl in Verhandlungen. Ich weiß nur noch nicht, mit wem.«

Friedmann würde bestimmt herausfinden, wer der angebliche Verhandlungspartner war. Aber im Prinzip kümmerte es Petersmann nicht, dachte er sich. Er musste schauen, dass er heil aus der Sache herauskam. So, wie sie lief, lief sie gut für ihn und schlecht für Weiß.

»Da sind Sie ja auch noch mal mit einem blauen Auge davongekommen«, meinte Friedmann. »Verfahren eingestellt. Haben Sie denn viel bezahlen müssen?«

Er sah keine Veranlassung, seine Absprache mit der Staatsanwaltschaft zum Thema zu machen. »Es gibt noch viel zu regeln«, antwortete er ausweichend. »Und wie sieht es bei Ihnen im Krankenhaus aus?«

»Wie gesagt, irgendwas geht immer. Wir wurschteln uns durch. Die Patienten werden immer weniger, das Pflegepersonal wechselt an andere Kliniken, die jungen Ärzte, die Weiß geholt hat, sind zum Teil schon von anderen jungen Ärzten abgelöst worden und strampeln quasi wie Nichtschwimmer im Wasser, und die Verwaltung schafft es irgendwie doch noch, ein wenig Geld aus dem Hut zu zaubern, damit es hier weitergeht.«

»Wie? Ich denke, Weiß zieht immer noch an den Strippen«, fragte er verblüfft.

»Von wegen. Der sitzt wie ein Häufchen Elend in seinem Büro, kommt morgens, wenn noch keiner da ist, schließt sich ein und geht abends, wenn alle wieder fort sind. Der ist nur in den OP gerannt, als der Hilferuf der Operateure kam, danach hat der sich wieder verkrümelt. Wenn Sie mich fragen, ist das ein gebrochener, alter Mann, auch wenn er gerade mal Mitte 50 ist.«

Petersmann wusste nicht, ob er Friedmanns Worten glauben sollte. Weiß war durchtrieben, das konnte auch eine Masche sein. Vielleicht heckte er einen Plan aus, mit dem er alle überraschen würde. Anscheinend in die Ecke getrieben und geschlagen, hatte er schon oft genug eine Attacke geritten, mit der er alle besiegt hatte. Das war bei den Patententwicklungen ebenso gewesen wie bei den Operationsmethoden. Wenn alle meinten, er sei geschlagen oder er habe sich hoffnungslos verrannt, fand er die Lücke, den Ausweg, den einzig richtigen Zug, oft lebensrettend, manchmal lebenserhaltend, gelegentlich erst beim zweiten Versuch mit dem lebensverlängernden Erfolg. Da wurden seine Aussetzer stillschweigend in Kauf genommen.

Doch jetzt hatte ihm die U-Haft einen Strich durch die Rechnung gemacht.

25. KAPITEL

Das Hotel, in dem für ihn ein Zimmer reserviert war, lag an der Seepromenade, ebenso wie das Rathaus, und auch für das St.-Raphael-Krankenhaus war die Seepromenade als Anschrift angegeben. Nur der Bahnhof, der befand sich, passend zum Namen, an der Bahnhofstraße. Sie führte, wie Böhnke beim Blick auf die Straßenkarte festgestellt hatte, geradeaus auf die Seepromenade. Schnell erkannte er, warum diese Stadt den Namen »Seestadt« führte und was Grundler damit gemeint hatte. Mitten im Zentrum lag eine kreisrunde Wasserfläche; zu groß, um sie zu übersehen, zu klein, um dort Schiffsverkehr zuzulassen. Er erkannte auf dem Weg zum Hotel neben dem Zugang zu einem verschlossenen Strandbad einen leeren Bootsanleger, der zu einem Verleih von Ruderbooten gehörte. Mitte Oktober war offensichtlich die Saison auf und am Wasser vorbei. Rund um den See führte eine Straße, die Seepromenade, was Böhnke ein wenig anmaßend fand. Unter einer Seepromenade stellte er sich etwas anderes vor. Sandstrand, Cafés und Restaurants, einen Spazierweg mit Verkaufsstellen, Eisbuden, und alles umrahmt von schattenspendenden Bäumen. Doch in dieser Seestadt sah die Seepromenade völlig anders aus. Auf der dem See zugewandten Seite gab es eine leicht zum Wasser abfallende Rasenfläche, unterbrochen von der kleinen Badestelle und dem Bootsverleih, auf der anderen Seite befand sich rund um den See das Rathaus, die Kirche, das Krankenhaus, die Schule, ein Kino, einige Geschäfte und eben das Hotel. Alle einheitlich im Baustil mit rotem Backstein, viergeschossig. Zwischen den Gebäuden mündeten an mehreren Stellen Straßen auf diese zentrale Kreisstraße. Ungewöhnlich, gewöhnungsbedürftig, in ihrer Klarheit eine dennoch nicht unattraktive Architektur und Stadtgestaltung.

Böhnke hatte der Aussage einer Verkäuferin im Bahnhofskiosk vertraut, die ihm versichert hatte, es wären nur 400 Meter stadteinwärts bis zum Zentrum. Er wollte gerne zu Fuß gehen. Nach der umständlichen Anreise mit dem

Zug von Aachen über Köln und Koblenz in Richtung Trier, und dann mit einer Bahn auf einer Nebenstrecke bis zu seinem Ziel war er gefahren. Im Bahnhof dieser Stadt endete die Strecke, die ihn durch Wald und Weinberge geführt hatte. Das Umsteigen und noch mehr das Warten auf den Anschlusszug hatten ihn genervt, doch er hatte nicht mit Lieselottes Auto fahren wollen. Erst wenn es repariert und der Airbag wieder funktionstüchtig war, würde er sich da reinsetzen. Außerdem hätte in den Tagen seiner Abwesenheit der Hinweis der Werkstatt kommen können, dass das Ersatzteil geliefert worden war und eingebaut werden konnte. Da zog er die Bahnfahrt vor, wenngleich er nicht damit gerechnet hatte, erst am Nachmittag sein Ziel zu erreichen.

Die Angabe der Verkäuferin traf zu. Nach rund 400 Metern stand er an der Seepromenade und war doch noch nicht an seinem Ziel. Er erkannte das Hotel direkt gegenüber auf der anderen Seite des Gewässers, im Hintergrund konnte er Weinberge erkennen.

Da wäre ein Ruderboot nicht das schlechteste Transportmittel, sagte er sich, als er sich mit seinem Koffer wieder in Gang setzte. Ob rechts oder links herum, spielte entfernungsmäßig keine Rolle. Er entschied sich für rechts und hatte damit falsch gewählt. Während seines Marsches blies ihm ein kalter Wind heftig ins Gesicht.

Wie war das noch, fragte er sich, um sich abzulenken. Der Umfang eines Kreises errechnet sich wie? Das hatte was mit dem Radius zu tun und dem Durchmesser, dazu kam noch die Zahl Pi. Er kam an der Einmündung der Schulstraße vorbei und erkannte sofort das Schulgebäude, da musste, nach dem etwas entfernter auftauchenden Kirchturm zu erwarten, die nächste Straße die

Kirchstraße sein. Darauf folgte die Rathausstraße und schließlich, nach einem rund 500 Meter langen Spaziergang die Raphaelstraße, nicht nur Standort seines Hotels, sondern auf der anderen Straßenseite an der Einmündung auf die Seepromenade auch Heimat des St.-Raphael-Krankenhauses.

Auf seinem Weg zum Hotel waren ihm nur wenige Menschen begegnet. Der Autoverkehr war überschaubar. Ampeln brauchten sie hier nicht, hier galt rechts vor links, was dadurch vereinfacht wurde, dass es auf der Seepromenade eine Einbahnstraßenregelung gab. Die Passanten waren unauffällig, Menschen wie du und ich. Auch Böhnke fiel nicht sonderlich auf. Auf die anderen wirkte er wie ein älterer, nachdenklicher Mann, einen Koffer hinter sich herziehend; jung, dynamisch, unerschrocken, das war anders. Nach Ansicht seiner Beobachter, die ihn nicht kannten, war er vielleicht sogar das Gegenteil, alt, schwächlich, vorsichtig, vielleicht auf dem Weg ins Krankenhaus.

Endlich war es ihm eingefallen: 2 r mal Pi, so lautete die Berechnungsformel für den Umfang eines Kreises, wie er in der Schule gelernt hatte. Er wollte den Abstand bis zur gegenüberliegenden Seeseite abschätzen, als er von einer Autokolonne abgelenkt wurde, die vom Lärm der Martinshörner begleitet, jegliche Verkehrsregeln außer Kraft setzte. Die Schar der Autos hatte ihren Anfang von der Ausfahrt des Krankenhauses genommen, von dort stob sie die Seepromenade entlang, um gegenüber auf die Bahnhofstraße abzubiegen. Ein Dutzend dunkelfarbiger Fahrzeuge der Mittelklasse hatte Böhnke erkannt; für einen Krankentransport ungewöhnlich. Das hatte eher nach einem behördlichen Einsatz ausgesehen.

Er näherte sich einem Mann im weißen Kittel. Anscheinend ein Krankenhauspfleger, der vor dem Haupteingang der Klinik der Karawane hinterherschaute. »Was war das denn?«

Der Pfleger, ein mittelgroßer, gedrungener Mann Ende 30 mit schütterem Haar, schaute Böhnke musternd an. Nicht von hier, so ließ sein Blick erkennen. »Das war hoffentlich der letzte Akt im Drama Dr. Gottfried Weiß«, antwortete er. Er lachte kurz auf, als er das verständnislose Staunen in Böhnkes Augen sah. »Das waren Beamte der Staatsanwaltschaft und der Steuerfahndung. Die haben die letzten Unterlagen aus dem Büro unseres ehemaligen Chefs beschlagnahmt. Die bringen die übern Berg.« Erneut musterte er Böhnke. »Wollen Sie zu uns? Da können Sie froh sein, dass Weiß nicht mehr hier ist. Die Anmeldung ist gleich hinter dem Eingang rechts.«

Böhnke winkte dankend ab. Der Mann gefiel ihm in seiner Art, er hatte ein gewinnendes, einnehmendes Wesen. »Ich bin für ein paar Tage hier und wohne im Hotel.« Er deutete auf das gegenüberliegende Haus, das sich in Baustil und Bauart nicht wesentlich von dem Krankenhaus unterschied. Er hatte den Eindruck, der Architekt hatte damals seitenverkehrt zwei identische Gebäude gebaut.

Der Pfleger lachte: »Da drüben leben Sie auf jeden Fall gesünder. Und wenn Sie uns wirklich mal brauchen, wissen Sie ja, wo Sie uns finden. Ist ja nicht weit.« Er wandte sich grinsend ab und griff nach einem Handy, das sich in der Kitteltasche bemerkbar machte.

Böhnke bekam noch mit, wie er sich mit dem Namen »Friedmann« meldete.

26. KAPITEL

Wenn er etwas erleben wolle, dann müsse er »übern Berg«. So hatte die junge Bedienung im Hotelrestaurant entgegnet, als er davon sprach, dass es sehr ruhig und beschaulich zugehe in diesem Städtchen rund um den See. »Übern Berg«, davon hatte auch die Verkäuferin in dem Drogeriemarkt gesprochen, in dem er Zahnpasta gekauft hatte, weil er beim unkonzentrierten, da ungeliebten Packen des Koffers zu Hause daran nicht gedacht hatte. Kleinigkeiten könnte er in der Seestadt erwerben, wenn er größere Anschaffungen beabsichtige, dann müsse er »übern Berg«.

»Übern Berg«, auf der anderen Seite des Weinbergs, befand sich das Oberzentrum der Region, die Großstadt mit den Fachkliniken, den Hochschulen, der Staatsanwaltschaft und der Kriminalpolizei, sodass sich Böhnke mürrisch fragte: Was mache ich eigentlich in diesem Kaff, wenn ich Antworten auf die wichtigsten Fragen nur »übern Berg« bekomme?

Wenig begeistert hatte sich Böhnke nach dem Frühstück und dem nachträglichen Zähneputzen auf einen Rundgang durchs Städtchen gemacht. Hier kann man sich wenigstens nicht verlaufen, lästerte er vor sich hin; immer nur am See lang. Und wenn er später vielleicht einmal auf einen der umgebenden Berge wandern sollte, war die Rückkehr nicht sonderlich schwierig. Immer nach unten, bis zum Wasser. Das war ja richtig langweilig im Vergleich zu Huppenbroich.

Er freute sich schon aufs Wochenende, wenn er in die Eifel zurückkehren würde. Fraglich war nur, mit welchen Erkenntnissen – im Sinne von Grundler oder im Sinne von Weiß.

Es hätte ihn gewundert, wenn er die Polizeistation nicht in einem der roten Backsteinhäuser an der Seepromenade gefunden hätte. Direkt neben dem Rathaus hatten sich die Ordnungshüter eingenistet. In der Station hatte, so hatte es ihm Grundler jedenfalls gesagt, die Soko Weiß der Kriminalpolizei ihr vorübergehendes Domizil. Es war in der Tat ein vorübergehendes gewesen, denn sie hatte es schon wieder verlassen, wie ein Polizist Böhnke bereitwillig erklärte. »Hier gibt es doch nichts mehr zu tun, die übern Berg haben jetzt die Arbeit.« Er hatte unbekümmert geantwortet, nachdem sich Böhnke als pensionierter Kriminalhauptkommissar zu erkennen gegeben hatte. Der Mann wollte nicht einmal den Grund wissen, warum der Besucher nach der Sonderkommission fragte.

Hier würde er nichts erfahren, dachte sich Böhnke, nachdem auch sein Testballon ergebnislos geplatzt war. »Wissen Sie eigentlich, wer jetzt die Klinik leitet, nachdem Weiß verhaftet wurde?«

»Wir wissen gar nichts. Da müssen Sie übern Berg«, sagte der Mann mit entwaffnender Freundlichkeit, die Böhnke zu verstehen gab, dass er hier in der Station tatsächlich nichts erfahren würde.

Was gab es eigentlich im Dorf und nicht »übern Berg«? Was, außer dem Krankenhaus? Noch während Böhnke dieser Frage nachging, stolperte er fast über eine Antwort.

Unkonzentriert hatte er einen Mann angerempelt, der aus einem Hauseingang getreten war.

»Sorry«, sagte er.

»Nichts für ungut, Sie leben ja noch«, erhielt er die Antwort des Unbekannten, den er unwillkürlich in die Gattung der Journalisten einordnete. Lederjacke, Jeans, ein wenig hektisch, konzentrierter Blick und einen lockeren Spruch auf den Lippen.

»Ist was?« Der Mann hatte die Musterung bemerkt. »Fehlt mir etwa die Nase?«

Böhnke musste lachen. »Sie sind Journalist.« Die Bemerkung war nicht als Frage, sondern als Feststellung gemeint.

»Was dagegen?«

Böhnke verneinte. »Ich wollte ohnehin mit der Redaktion reden. Wegen Weiß und des Krankenhauses.«

Der Mann Ende 40 stutzte. »Da sind Sie eigentlich bei mir richtig. Ich bin der Lokalredakteur vom Blättchen hier. Quasi als Selbstfahrer vor Ort ohne Sekretärin und ohne Assistent.« Freundlich wies er Böhnke auf den Eingang hin, neben dem das Hinweisschild auf die Redaktion hing. »Wenn Sie mir sagen, wer Sie sind und was Sie wollen, kommen wir vielleicht ins Geschäft.«

Böhnkes Behauptung, er sei im Auftrage eines Nebenklägers im Prozess gegen Weiß tätig, verbunden mit dem Hinweis, er sei ein pensionierter Kommissar, ließ bei dem Journalisten jegliche Bedenken schwinden. Er reichte Böhnke eine Visitenkarte.

»Hier heißen wohl alle Friedmann«, sagte Böhnke schmunzelnd beim Lesen des Namens.

»Nur zwei, mein Bruder, der im Krankenhaus arbeitet, und meine Wenigkeit.« Was er wissen wolle, fragte der Journalist.

»Alles«, antwortete Böhnke, derweil er am Schreibtisch in der vom Zigarettenrauch verpesteten Redaktionsstube Platz nahm. Auf den angebotenen Kaffee hatte er angesichts der nicht gerade sauber wirkenden Tassen dankend verzichtet.

Das meiste finde er in seinen Berichten, behauptete Friedmann und schob ihm mit vom Nikotin gelb gefärbten Fingern eine Kladde mit Kopien zu.

Dafür sei er nicht gekommen, das wisse er ja bereits, meinte Böhnke freundlich lächelnd. »Mir geht es um die Dinge, die nicht geschrieben wurden oder werden.«

Friedmanns Augen wurden zu Schlitzen, sein Blick streng. »Was meinen Sie damit?« Ungefragt zündete er sich eine Filterlose an; nicht die Erste, wie der überquellende Aschenbecher zeigte.

»Warum sitzt Weiß tatsächlich in U-Haft? Woher weiß die Steuerfahndung Bescheid? Wer ist der Anonymus, der die Strafanzeige erstattet hat?« Böhnke lächelte wieder. »Sie wissen doch mehr, als Sie schreiben«, versuchte er zu schmeicheln.

»Was ich weiß und was ich schreibe, das ist einzig und allein meine Sache«, antwortete Friedmann jedes Wort betonend. »Aber gibt es einen Grund, warum ich Ihnen mehr verraten sollte als meinen Lesern?«

Die Leser würden nicht klagen, entgegnete Böhnke. Für den Nebenkläger, den er vertrete, sei jedes Detail wichtig.

»Für die Staatsanwaltschaft auch«, sagte der Journalist prompt. »Vielleicht verraten die Ihnen ja etwas, von dem ich nichts weiß. Aber dafür müssen Sie …«

»… übern Berg. Ich weiß.« Böhnke wurde klar, dass er auch in dieser Redaktion nicht viel erfahren würde.

»Vielleicht können Sie mir verraten, wer hinter der Strafanzeige steckt.«

»Das weiß ich nicht«, sagte Friedmann schnell, nach Böhnkes Empfinden vielleicht sogar eine Spur zu schnell. Steckte etwa dessen Bruder dahinter?

»Interessiert es Sie denn nicht?«

»Nicht die Bohne. Das interessiert hier keinen. Die Hauptsache ist doch, dass dem Weiß das Handwerk gelegt wurde. Der Schlächter hat nur den Tod in unsere Stadt gebracht. Es ist gut, wenn er weg ist.«

»Und wer kommt jetzt?« Es sei doch ein offenes Geheimnis, dass es schon Verhandlungen über eine Nachfolgeregelung gebe.

Doch Friedmann sah keinen Anlass, ihn aufzuklären. »Das ist Sache des Krankenhauses und der Stadt, denke ich mal. Da kann ich Ihnen nur empfehlen, sich dort umzuhören.« Er schaute Böhnke wieder streng an. »Aber was hat das mit dem Prozess zu tun?«

»Nichts.« Oder doch? Die Frage verkniff sich Böhnke.

»Eben.« Friedmann erhob sich. »Ich muss zu einem Termin. Machen Sie es gut und lesen Sie meine tollen Artikel.«

27. KAPITEL

Nach einem kurzen Blättern und einem flüchtigen Überlesen warf Böhnke die Kopien in den Papierkorb seines Hotelzimmers. Außer Spesen nichts gewesen. Nichts war neu, alles war bekannt.

Auf ins Krankenhaus, gab er sich selbst das Kommando. Friedmann zum zweiten.

Krankenhäuser gehörten nicht unbedingt zu den beliebtesten Einrichtungen, die Böhnke aufsuchte. Die kamen knapp vor der Pathologie und Krematorien. Andererseits, wenn er ans Simmerather Krankenhaus dachte, wurde die Beurteilung wohlwollender. In der Eifelklinik St. Brigida war ihm schon mehrfach geholfen worden.

Viel gemein hatten die beiden Krankenhäuser nicht, wie er auf den ersten Blick erkannte. Hell und freundlich kam ihm das heimische Krankenhaus vor, obwohl es auch schon vor etlichen Jahrzehnten errichtet worden war. Aber dieser enge Backsteinbau, in dem das St. Raphael untergebracht war, der war dunkel, kalt, und es roch unangenehm muffig.

Noch mehr störte ihn der Baulärm. Entweder heulte eine Kreissäge oder es dröhnte eine Bohrmaschine. An den Wänden stapelten sich Rigipsplatten. Wie konnte man es hier bloß aushalten?

»Keine Sorge, die Arbeiten finden nur in diesem Bereich statt.« Eine Krankenschwester hatte ihn angesprochen, als hätte sie seine Gedanken gelesen. »Im Patiententrakt hören sie nichts davon.« Vermutlich glaubte sie, in ihm einen Patienten erkannt zu haben.

Er wolle zu einem Pfleger mit dem Namen Friedmann, sagte Böhnke. Er wolle mit ihm etwas bereden.

Da müsse er sich gedulden, entgegnete die nicht mehr taufrische Frau, deren strahlende Augen Lebensfreude widerspiegelten. Der sei im OP beschäftigt. »Der ist doch der Einzige, der noch weiß, wo es hier langgeht.«

»Wieso?«

Die Frau lachte. »Der Friedmann muss den jungen Ärzten zeigen, was sie zu tun haben. Wir haben doch keinen erfahrenen mehr.«

»Wieso?«, fragte Böhnke ein zweites Mal.

»Nachdem unser neuer Chef erst die alten Ärzte gewippt, sein mitgebrachter Chefarzt das Weite gesucht hat und er selbst im Knast sitzt, haben wir fast nur noch unerfahrene Berufsanfänger.« Sie stoppte und musterte Böhnke kritisch. »Warum sage ich Ihnen das eigentlich und warum wollen Sie das überhaupt wissen?«

Gute Frage, musste Böhnke einräumen. Er sei wegen Konrad Ammery extra aus Aachen hierhergekommen, antwortete er schließlich. »Freund, Familie«, er druckste verlegen lächelnd herum. »Sie wissen schon.«

»Armer Kerl«, meinte die Krankenschwester, »der war bei mir auf Station.« Sie setzte sich in Bewegung. »Haben Sie Zeit auf nen Kaffee?«

Gerne folgte Böhnke ihr in eine Cafeteria, die er allein auf Anhieb nicht gefunden hätte. Sie verbarg sich hinter einer unscheinbaren Tür und war offenbar sowohl für Patienten als auch für Besucher und das Klinikpersonal gedacht. Wandhohe Fenster gaben den Blick in eine grüne Gartenlandschaft frei. »Diesen Blick haben alle unsere

Patienten von den Zimmern aus. Hier kann man es aushalten. Oder nicht?«

Böhnke nickte zustimmend. Hier war nichts mehr von trostlosem Backstein und kleinen Fenstern zu sehen, hier befand sich eine harmonische Grünlandschaft, und wenn er hinaus zur Seite blickte, konnte er große, helle Fenster in weiß gestrichenen Mauern sehen.

Nach vorne zur Straßenseite gebe es nur die Büros und Sozialräume, klärte ihn die Krankenschwester auf. Die Patientenzimmer und OPs würden sich auf der ruhigen Gartenseite befinden. Sie hatten es sich an einem kleinen Tisch bequem gemacht. Den Kaffee bekam man an einer Theke in Tassen, die die Frau vor sie stellte.

»Ammery hat die heilende Atmosphäre leider nicht genießen können«, meinte sie bedauernd. »Dem war nicht zu helfen.«

Böhnke runzelte verständnislos die Stirn.

»Ihr Freund war im Prinzip schon reif für den Tod, als er eingeliefert wurde. Weiß hat alles versucht und vieles unternommen, aber Ammery war nicht zu retten.« Sie zuckte mit den Schultern. »Vielleicht hat Weiß ein wenig zu viel experimentiert. Aber er hätte Ammery nicht retten können.«

»Er ist doch unter anderem wegen des Todes von Konrad angeklagt worden«, sagte Böhnke, »weil er angeblich durch sein Handeln den Tod von Konrad verursacht hat.«

Davon wisse sie nichts, erklärte die Frau. »Ich kenne die Anklage nicht. Aber ich bin sicher, dass Weiß den Tod von Ammery gar nicht verhindern konnte.« Gedankenversunken rührte sie in dem Kaffee.

»Sind Sie schon lange hier am Raphael?«, fragte Böhnke höflich.

»Seit meiner Ausbildung. Ich wollte nie weg aus unserer schönen Seestadt.«

»Und da haben Sie so einige Ärzte kommen und gehen gesehen?«

»Das kann man wohl sagen. Aber so einer wie Weiß, so einen hatte ich noch nie.«

»Was meinen Sie damit?«

»Der war auf eine Art genial, wenn er operierte, dann wieder chaotisch. Auf eine Art pragmatisch, dann wieder umständlich. Aber im Prinzip war er ein lieber Mensch und ein armes Schwein, weil er allen nur Gutes tun wollte.«

»Also ein guter Arzt.«

»Nein. Das habe ich damit nicht gemeint. Er war durchaus beratungsresistent und von sich überzeugt. Der ließ fast nie eine andere Meinung bis auf die seines Freundes zu, den er mitgebracht hat. Aber mit dem hat er sich auch zerstritten. Zum Schluss war er ein einsamer, verlassener Mann, der immer noch davon überzeugt ist, dass er doch nur helfen wollte und nichts Unrechtes getan hat.« Sie sah Böhnke ernst ins Gesicht. »Verstehen Sie mich nicht falsch. Wenn Weiß Patienten auf dem Gewissen hat, dann soll er dafür auch bestraft werden. Was er tatsächlich getan hat, dass muss sich erweisen.«

»Und was ist mit dem Zitronensaft, von dem überall die Rede ist?«

»Davon stirbt keiner«, antwortete die Krankenschwester resolut.

»Finden Sie es denn richtig, dass Weiß in Untersuchungshaft sitzt?«

»Ob das richtig oder falsch ist, kann ich nicht sagen. Ich weiß nur, dass es für uns im Krankenhaus besser ist, wenn er nicht mehr hier herumsitzt. Alle Konzentration war auf ihn gerichtet. Der Presserummel hat gestört. Die Gespräche hatten nur noch ihn zum Inhalt.« Sie lachte verlegen. »Jetzt stehen wieder die Patienten im Vordergrund. Und unser Problem ist, dass wir keine erfahrenen Operateure mehr haben.« Die Frau erhob sich. »Na ja. Für mich wird es immer Arbeit geben. Wenn nicht hier, dann übern Berg.«

Eine stämmige Frau näherte sich dem Tisch. »Hast du nichts zu tun, Margret?«, fauchte sie.

»Genug, Chef. Zigarettenpause.«

Böhnke staunte. Nach einer Zigarette hatte seine Gesprächspartnerin nicht gegriffen, obwohl jenseits der Tür auf der Terrasse eine Gruppe Raucher stand. Da war der Begriff wohl ironisch gemeint gewesen wie auch die Bezeichnung »Chef« für eine Frau. In der Tat, so seine Musterung, hatte die Frau durchaus männliche Züge an sich.

Margret, wie die Stämmige sie genannt hatte, erhob sich. »Viele Grüße an die Familie«, sagte sie im Weggehen an Böhnke gewandt. Sie würde vielleicht in einem Verfahren noch einmal eine Rolle zugunsten von Weiß spielen, obwohl sie es noch gar nicht wusste. Ihren Nachnamen kannte Böhnke zwar nicht, aber viele Schwestern mit dem Vornamen Margret würde es in diesem Krankenhaus wohl nicht geben.

»Was machen Sie hier?«, herrschte ihn »der Chef« an.

»Kaffee trinken, mich unterhalten. Das sehen Sie doch«, entgegnete Böhnke gelassen. »Ich habe alle Zeit der Welt. Setzen Sie sich doch zu mir.« Er sah auf das Namensschild, das über dem mächtigen Busen klebte: Schwester Brigitte, Pflegedienstleiterin. Als Schönheit hätte er die bullige, ein wenig schwitzende Frau mit dem strähnigen Haar nicht bezeichnet. Aber bestimmt fand sich auch ein Liebhaber für dieses Wesen, das fast 1, 90 groß sein musste. »Ich sammele Informationen über Dr. Weiß.«

»Presse oder was?«, schnauzte die Frau.

»Um Himmels willen.« Böhnke hob abwehrend die Arme. »Meine Frau ist von ihm mal operiert worden. Das ist zwar ein paar Jahre her …«

»… und jetzt gibt es Folgeschäden, weil er Mist gebaut hat«, fiel ihm Schwester Brigitte brüsk ins Wort. »Das passt zu dem Kerl. Wenn ich Ihnen helfen kann, den fertigzumachen, bin ich dabei.«

Böhnke musste sich ein Grinsen verkneifen. »Sie mögen Weiß nicht.«

»Nicht mögen ist gut.« Die Frau lachte bitter auf. »Ich hasse ihn. Der hat alles kaputtgemacht.« Heftig atmend pflanzte sie sich auf den Stuhl.

»Hass ist ein hartes Wort«, sagte Böhnke bedächtig.

»Es ist das einzig richtige Wort«, entgegnete die Krankenschwester hitzig. »Der Weiß hat das Haus ruiniert, die Ärzte verscheucht, die Patienten ermordet, den Ruf der Stadt zerstört, das Personal entlassen, die Verwaltung ins Chaos gestürzt. Der wollte das Raphael kaputtmachen und sich hier auf unseren Knochen eine schöne kleine Privatklinik für Frau Reich und Herrn Scheich aufbauen. Aber Gott sei Dank haben wir dem Dilettanten das Handwerk legen können. Der Verbrecher soll bis ans Ende seiner Tage in seiner Zelle schmoren. Ich hasse ihn für alles, was er getan hat.«

Böhnke stutzte. Wen meinte die Frau mit »wir«? »Da sind Sie wohl nicht die Einzige, die nicht viel von Weiß hält. Stimmt's?«

»Hier hält niemand was von diesem Kurpfuscher. Selbst

im Rathaus hat man endlich erkannt, dass der eine Pfeife ist und uns alle über den Tisch ziehen wollte.«

»Inwiefern?«

»Der hat dem Stadtrat versprochen, das Haus für zig Millionen zu sanieren, und hat nichts gehalten. Der hat gesagt, er wollte den Geschäftsführer als Berater behalten, und hat ihn sofort rausgeschmissen. Der hat ein offenes Bürgerkrankenhaus propagiert und will in Wirklichkeit eine exklusive Einrichtung daraus machen.«

»Dann ist es ja richtig gut, dass er angezeigt wurde. Damit dem etwas genauer auf die Finger geschaut wurde.«

Schwester Brigitte nickte zustimmend. »Das können sie laut sagen. Das war für uns ein innerer Triumph, als hier zum ersten Mal ein Polizeitrupp auftauchte.«

»Obwohl«, Böhnke wirkte zweifelnd. »So eine anonyme Anzeige hat immer einen Beigeschmack.«

»Quatsch. Anzeige ist Anzeige. Hauptsache, der Weiß ist weg.«

»Wissen Sie denn vielleicht, wer hinter der Anzeige steckt? Das kann doch jemand sein, der ein großes Interesse daran hat, dass Weiß verschwindet.«

»Ich weiß es nicht«, die Frau war in den schnauzenden Tonfall vom Beginn des Gesprächs zurückverfallen. »Und wenn ich es wüsste, würde ich es niemals sagen. Das war nämlich kein Denunziant, wenn Sie darauf anspielen wollen, das war ein Held.«

Böhnke beobachte einen Mann im weißen Kittel, der sich im Rücken der Frau näherte. Er erkannte Friedmann.

»Hallo, mein Schatz«, sagte der Pfleger zu Schwester Brigitte, »können wir?«

»Gerne«, sagte sie mit ungeahnter Zärtlichkeit. »Zu dir oder zu mir?«

Böhnke grüßte Friedmann nickend und erhob sich, als die Frau sich schwerfällig vom Stuhl hievte.

Sie beachtete seine höflich zum Gruß ausgestreckte Hand nicht. Beim Fortgehen drehte sie sich kurz um und sah Böhnke herrisch an. »Wenn Sie ein Wort weitergeben, vom dem, worüber wir geredet haben, dann klage ich Sie wegen Verleumdung an. Ich habe Ihnen nichts gesagt.«

28. KAPITEL

Mit einer Mischung aus Verblüffung und Verärgerung schaute Böhnke dem ungleichen Paar nach, das eng umschlungen die Cafeteria verließ. Kopfschüttelnd setzte er sich wieder und bemerkte den Weißkittel am Nebentisch, der ihn schmunzelnd beobachtete.

»Jedes gute Krankenhaus hat seinen Hausdrachen«, feixte er, »und wir haben ein besonderes Prachtexemplar.« Er erhob sich. »Darf ich?«, fragte er und setzte sich auf den frei gewordenen Stuhl.

Böhnke nickte, die Kaffeetasse noch am Mund haltend. Dr. Köhnler, las er auf dem Namensschild am Kragen des Kittels. Auf Mitte 30 schätzte er den Mann, ein wenig müde wirkend, aber nicht ausgelaugt, mittellanges braunes Haar, die Brille steckte in der Brusttasche.

»Drachen ist höflich ausgedrückt«, knurrte Böhnke. »Vor der kann man ja Angst kriegen.«

»Vor der haben auch alle Angst. Die hat eine enorme Machtfülle als Leiterin des Pflegedienstes, als Vorsitzende des Betriebsrates, als Mitglied im Krankenhausausschuss des Stadtrates und als Ehefrau eines ehemaligen Chefarztes. Aber die Ehe besteht nur noch auf dem Papier, ihre große Liebe haben Sie ja mitbekommen. Ohne unsere Oberschwester Brigitte läuft hier gar nichts.« Köhnler rieb sich die Augen. »Und durch die Verbindung zu ihrem Herzchen, dem Friedmann, hat sie alles im Griff. Der weiß immer ganz genau und manchmal sogar schon vorher, wer, wann, wo und warum hier hustet.«

»Also geradezu prädestiniert, um anonym eine Anzeige zu erstatten.«

»Oh, oh.« Der Arzt hob wie zur Abwehr die Hände. »Sagen Sie das bloß nicht laut.«

»Ich weiß, die verklagt mich. Ich zittere allein schon beim Gedanken daran.« Böhnke grinste. Aber vermuten könne er doch wohl.

»Vergessen Sie's.« Köhnler winkte ab. »Das wäre schnell rum. Die Heckenschützen warten nur auf eine Gelegenheit, um sie anzupinkeln. Doch die tut denen den Gefallen nicht. Die ist gerissen. Die und Friedmann haben sogar schon eine eidesstattliche Versicherung abgegeben, dass sie nichts mit der Anzeige zu tun haben. Wenn einer etwas anders verkündet …«

»… dann zeigen die den sofort an. Ich weiß«, vollendete Böhnke den Satz. Er lenkte das Gespräch wieder in die von ihm gewünschte Richtung. »Die Frau zieht ja so richtig vom Leder. Stimmt das denn alles?«

Köhnler betrachtete ihn nachdenklich. »Schwester Brigitte hat ihre Sicht der Dinge, und ihre Sicht der Dinge ist die alleingültige, der alle zu folgen haben. Aber sie nimmt es mit der Wahrheit nicht so genau. Weiß wollte sie abschieben. Deshalb bekämpfte sie ihn von der ersten Minute an.«

»Aber was ist denn dran an den Vorwürfen? Sie haben ja hören können, was sie mir alles gesagt hat.«

»Ehrlich gesagt, nicht viel, mein Herr. Wer sind Sie eigentlich?«

Auf diese Frage hatte Böhnke schon lange gewartet. Wieder berichtete er, dass er wegen des Patienten Konrad Ammery gekommen sei.

»Dem war hier nicht zu helfen«, sagte der Arzt spontan. Das würde er sogar vor Gericht aussagen und auch bei der Polizei zu Protokoll geben. Aber bislang habe niemand ihn deswegen gefragt. »Ich weiß nicht, worauf die Anklage in diesem Fall fußt. Aber ich kann mir nicht vorstellen, dass Weiß gravierende Fehler gemacht hat.«

Interessant, dachte sich Böhnke, Köhnler könnte vielleicht als Entlastungszeuge für Weiß dienen, was Grundler überhaupt nicht passen würde.

»Gegen Sie wurde nicht ermittelt?«

»Nein. Dazu gab es keinen Anlass.« Köhnler rieb sich erneut die Augen. »Es wird in den Medien der Eindruck vermittelt, als wären alle Ärzte im Raphael Kurpfuscher, Scharlatane und Dilettanten. Das stimmt nicht. Eine Handvoll war angeklagt, weil sie das Pech hatte, mit Weiß zusammengearbeitet zu haben bei Diagnosen, Therapien oder Operationen. Viele unserer Jungspunde, die größtenteils sogar von Weiß eingestellt wurden, haben nichts getan, außer zu assistieren oder zuzuschauen, sind aber jetzt schon gebrandmarkt.«

»Sie auch?«

Köhnler lachte auf. »Ich sogar in zweierlei Hinsicht. Weiß wollte mich notgedrungen zum Oberarzt machen, weil die erfahrenen Ärzte immer weniger wurden, was vielen im Haus nicht gefiel und die mich deshalb seinem Lager zuordnen. Und in der Öffentlichkeit ist man kritisch, weil ich am Raphael beschäftigt bin. Noch. Ich bin Ende des Monats weg. Eine Kurklinik in Bad Nauheim. Da geht es ruhiger zu.«

Auch Böhnke lachte. »Daher haben Sie auch keine Angst mehr vor Schwester Brigitte.«

»Mit der war ich immer über Kreuz. Die weigerte sich, mit mir zu arbeiten, und ich habe sie rausgeschmissen, wenn sie mir im Weg war. Aber das ändert nichts daran, dass sie viel Stuss erzählt und vieles falsch darstellt.«

»Wie ist es denn richtig?«

»Falsche Frage. Wie sieht die Lage am Raphael aus Ihrer Sicht aus, hätten Sie mich fragen müssen. Es gibt kein Falsch oder Richtig«, belehrte ihn Köhnler.

»Und?« Böhnke stand nicht der Sinn nach Wortklauberei.

»Es gibt sicherlich Defizite am Raphael. Das will ich nicht bestreiten. Aber die sind hausgemacht und haben nichts mit Weiß zu tun. Einige Defizite hat er erkannt und versucht, sie zu beheben. Doch das dauert seine Zeit. Unsere Verwaltung etwa ist eine Katastrophe. Da stecken einige Liebchen und Gattinnen von Beamten aus dem Rathaus, die vielleicht vom Blasen Ahnung haben, aber nicht vom Tuten. Die kommen schon morgens müde ins Büro. Die wenigen, die arbeiten wollen und können, sind da natürlich überlastet. Zwangsläufig werden Planungen schleppend vorgenommen, kommen Abrechnungen spät, ist die Materialbeschaffung schlichtweg nicht hinnehmbar. Bei uns kann es durchaus vorkommen, dass wichtige Medikamente fehlen oder Spritzen und Operationsbesteck benutzt werden muss, dessen Mindesthaltbarkeitsdatum abgelaufen ist. Das kontrolliert niemand, und keiner besorgt rechtzeitig neues Material. Und wenn ich selbst dazu auffordere, wird meine Bestellung auf die lange Bank geschoben. Unsere Verwaltung ist überfordert, was nicht zuletzt daran liegt, dass darin zu viele Versorgungspöstchen besetzt sind.«

»Dazu haben Sie dann noch einen kaufmännischen Leiter, der das Krankenhaus quasi nebenher führt, neben seiner Tätigkeit im Rathaus.«

»Und der bezahlt wird, als würde er hier 100 Stunden in der Woche arbeiten. Das kann einfach nicht gut gehen.«

»Den Geschäftsführer hatte Schwester Brigitte doch auch auf dem Kieker. Da sind Sie sich ja einig.«

»Die mag den Mann aus anderen Gründen nicht. Der hat sich nämlich geweigert, ihren Bruder als Hausmeister einzustellen. Seitdem befindet die sich mit dem im Krieg, obwohl jeder weiß, dass ihr Bruder strohdoof ist. Ein Alki ohne Schulabschluss und ohne Berufsausbildung.«

Und wahrscheinlich auch geistig zu beschränkt, um als Anonymus für die Strafanzeige zu dienen, ergänzte Böhnke für sich.

»Wissen Sie, was für mich das Schlimmste ist?« Der Arzt erhob und streckte sich. »Die mangelnde Solidarität der Nachbarkliniken und der Ärzte dort. Die halten alle die Klappe oder äußern sich negativ über unser Haus. Besonders verlogen wird es, wenn die Statistik zurate gezogen wird und auf die exorbitante Sterberate im Raphael zu der Zeit von Weiß verwiesen wird. Das ist so was von scheinheilig.«

»Wieso?« Böhnke stutzte. »Das steht doch auch in der Anklageschrift.«

»Da steht aber nichts über den Grund, mein Herr.« Köhnler ereiferte sich. »Das war nämlich just zu der Zeit, als die Krankenhäuser in einen Bettenstreik getreten sind wegen einer geplanten Krankenhausreform. Unsere lieben Nachbarn haben alle Akutfälle, alle quasi hoffnungslosen Unfälle und alle Notfälle ans Raphael abgeschoben mit der Begründung, ihre Häuser seien restlos belegt und wir hätten Kapazitäten frei. Wenn Sie jetzt die Statistiken der einzelnen Kliniken aufdröseln würden, könnten sie erkennen, dass bei uns Junkies, Alkis und Opfer von Verkehrsunfällen unverhältnismäßig häufig behandelt wurden. Gerade bei dieser Klientel ist die Sterblichkeitsquote zwangsläufig enorm. Die anderen Klinken hatten wochenlang keine Toten aus diesen Gruppen zu beklagen, eben weil sie dort gar nicht behandelt wurden, sondern nur bei uns. Das sagt aber keiner öffentlich. In den Medien heißt es nur, wer ins Raphael eingeliefert wird, geht statistisch gesehen ein viel höheres Sterberisiko ein als in anderen Kliniken. Achten Sie mal darauf.«

In der Tat würde er darauf achten, nahm sich Böhnke vor. In den Statistiken befand sich möglicherweise Entlastungsmaterial für Weiß. Wenn man die von Köhnler erwähnten Risikogruppen herausrechnen würde, ergab sich vielleicht ein ganz anderes Bild.

»Schlimm ist auch die Sippenhaft für Weiß«, fuhr der Arzt zornig fort.

Wieder fragte Böhnke erstaunt: »Wieso?«

»Seine beiden Söhne haben inzwischen das Medizinstudium in Deutschland geschmissen. Der ältere wurde bei einer Prüfung vom Professor derart drangsaliert, dass er entnervt aufgab. Der andere ist bei Seminaren von den Dozenten angefeindet und vor versammelter Mannschaft niedergemacht worden.«

»Woher wissen Sie das?«

»Weil meine Frau an der Uniklinik arbeitet und die Demontagen miterlebt hat.«

»Okay.« Das mochte vielleicht alles stimmen. »Ändert das etwas am Versagen von Weiß, so wie es ihm die Staatsanwaltschaft vorwirft?«

»Weiß hat nicht alles richtig gemacht«, antwortete Köhnler ruhig, »aber er hat auch nicht alles falsch gemacht. Wenn Sie mich fragen, wird das ein Gutachterprozess, der sich über Jahre hinzieht. Der wird kämpfen. Bis zuletzt. So wie er um jeden Patienten gekämpft hat.«

»Hm.« Böhnke bat Köhnler mit einem Handzeichen, noch nicht zu gehen. »Können Sie sich denn vorstellen, wer der Anonymus ist? Friedmann und seine ehebrechende Bettperle ja nicht, wenn Sie richtigliegen. Wer dann?«

»An Friedmann hatte ich ursprünglich auch gedacht«, bekannte der Arzt. »Aber der informiert nur seinen Bruder. Oder warum sonst steht schon die komplette Kavallerie der Presse bereit, wenn Polizei und andere hier anrücken? Viele kommen nicht infrage. Favorit ist für mich der Arzt, den Weiß mitgebracht hat. Dem hatte er wohl eine Chefarztstelle versprochen, sie ihm aber dann doch nicht gegeben. Ich glaube, da war es mit deren Freundschaft vorbei.« Köhnler gab zu verstehen, dass er nun gehen müsse. »Sie werden es sehen. Es wird noch einiges passieren. Und Weiß wird kämpfen.«

Böhnke dachte sich seinen Teil. Er hatte damit gerechnet, dass Köhnler seinen Zusatz wiederholen würde, was er aber nicht tat, nämlich: bis zuletzt.

29. KAPITEL

»Was ist bloß am Raphael los?« Bei seiner Zeitungslektüre am Frühstückstisch sprang Böhnke die Schlagzeile der Tageszeitung förmlich ins Gesicht. »Versinkt Klinik im Chaos? Wer rettet das Haus vor der Schließung?« Der Journalist, bei dem es sich nach Böhnkes Vermutung nur um Friedmann handeln konnte, verfügte über einen schier unerschöpflichen Vorrat an Fragezeichen. Bevor überhaupt ein erläuternder Satz kam, schob der Autor mit dem Kürzel »fr« nach den Überschriften zu Beginn seines Artikels noch einige Fragen nach. Ob das Krankenhaus überhaupt eine Zukunft habe, wollte er rhetorisch wissen. Wer die kaufmännische, wer die ärztliche Leitung übernehmen würde in der Zeit nach Weiß, darauf müsste geantwortet werden. Wie die Finanzen aussähen und wer für ein Defizit aufkommen müsse. Und abschließend kam die Frage: »Gibt es überhaupt ein Interesse am Fortbestand des Krankenhauses?«

Für Böhnke hatte es den Anschein, als leite Friedmann den Leser auf ein ganz bestimmtes Ziel hin, nämlich zu einer erneuten Übernahme des Krankenhauses durch die Stadt. Ausschließlich der Bürgermeister und sein Beigeordneter kamen in dem Artikel zu Wort. Selbstverständlich sei es einvernehmliches Bestreben aller Verantwortlicher in Rat und Verwaltung, das St.-Raphael-Krankenhaus als Krankenhaus für alle Bürger aufrechtzuerhalten, ließ sich der Bürgermeister geradezu staatsmännisch zitieren. Allerdings dürfe eine Fortführung nicht zulasten der Steuerzahler und der Stadtkasse gehen. Hier seien die Krankenkassen, das Land und der bisherige Eigentümer gefordert, die Finanzmittel zur Verfügung zu stellen. Dahingehend habe er bereits erste Kontaktgespräche geführt.

Mit anderen Worten, so folgerte Böhnke für sich, ist noch nichts passiert, sondern werden hier in der Zeitung die ersten Forderungen der Stadt veröffentlicht. Man erweckt den Anschein, aktiv geworden zu sein, obwohl tatsächlich bislang nur theoretisiert wurde.

Die prekäre Finanzlage der Stadt betonte auch der Beigeordnete. Er machte deutlich, dass die Stadt sich nicht an den Kosten einer Fortführung beteiligen würde. Aber es gebe einen Lichtstreifen am Horizont, der vielversprechend sei. Ein Investor, der bereits einige Krankenhäuser betreibe, habe sein Interesse angekündigt. Doch sei es zu früh, den Namen zu nennen.

»Es gibt also ein Leben nach Weiß«, behauptete Friedmann mit einer Zuversicht, die Böhnke nicht teilen wollte. Damit waren für den Journalisten die von ihm selbst gestellten Fragen beantwortet. Den weitaus größten Teil der Seite füllte er mit Berichten über die Inhaftierung von Weiß und mit den längst bekannten Fakten über die Entwicklung und den aktuellen Zustand des Krankenhauses.

Oberflächlich und wenig informativ, so beurteilte Böhnke den vom persönlichen Wollen und von den städtischen Interessen gefärbten Artikel von Friedmann. Er nahm sich zu Herzen, was schon seit ewigen Zeiten galt: Wenn man aus dem Rathaus herauskam, war man schlauer als beim Betreten. Den Termin, den Grundler ihm beim Bürgermeister und dem Beigeordneten verschafft hatte, hatte er ursprünglich nicht wahrnehmen wollen, weil er gar nicht wusste, was er mit den beiden Männern bereden sollte. Nach diesem Zeitungsbericht hatte er genug Stoff für ein Gespräch.

Die Seestadt hatte durchaus ihren Charme. Die einheitliche Bebauung rund um das Gewässer mit den viergeschossigen Backsteinhäusern, die sich äußerlich sehr ähnelten, strahlte eine Harmonie aus, die Böhnke durchaus gefiel. Er wunderte sich, dass er zuvor noch nichts von dieser Stadt mit der ungewöhnlichen innerstädtischen Architektur gehört hatte.

Das Rathaus unterschied sich in der Fassade nicht von der Nachbarbebauung. Lediglich das Schild am breiten Haupteingang wies auf die Funktion des Gebäudes hin. Wie schon bei seinem Hotel oder dem Krankenhaus staunte Böhnke über das Innere. Hier wie dort war das Äußere tatsächlich nur Fassade. Hinter den alten Außenmauern gab es helle, moderne Räume.

Der Bürgermeister empfing ihn in einem großen Büro im obersten Stock mit freiem Blick auf den See und das am anderen Ufer liegende Krankenhaus.

»Unser Sorgenkind«, sagte Kohl, als sie beide aus dem Fenster schauten. Sie warteten noch, wie der Bürgermeister ihm erklärte, auf den Beigeordneten. »Der ist in der Sache besser informiert als ich«, bekannte er freimütig.

Der Mann wirkte volkstümlich, auf jüngere Menschen wahrscheinlich väterlich, dachte sich Böhnke bei der Musterung seines Gastgebers. Kurz vor der Rente, vermutete er.

Ein kräftiges Klopfen an der Tür kündigte den Beigeordneten an. Ganz das Gegenteil des Bürgermeisters, bewertete Böhnke. Elegant gekleidet, hochgewachsen, mit schulterlangem grauen Haar, das er zu einem Zopf gebunden hatte. Ein Mann, der glaubte, in seiner Dynamik noch viel bewegen zu können. Die Rollen schienen klar verteilt: der Grußonkel und der Macher, der Repräsentant und der Strippenzieher, der Gutmütige und der Strenge. Aber vielleicht war es auch das Spiel von Herr und Hund, wobei der Hund nur darauf wartete, seinen Herrn zu vertreiben.

»Warum sind Sie eigentlich hier?«, fragte ihn wie erwartet der Beigeordnete, nachdem sie an einem Konferenztisch Platz genommen hatten und der Bürgermeister ihnen beflissen die Kaffeetassen gefüllt hatte.

Weil Grundler mich angemeldet hat, hätte Böhnke am liebsten gesagt. »Ich sammele alle Informationen, die ich über Dr. Weiß bekommen kann«, antwortete er. »Dr. Grundler vertritt einen Nebenkläger aus Aachen. Ich ermittle.«

»Als was?« Der Blick des Beigeordneten war streng geworden.

Böhnke sah ihn verwundert an. Was sollte diese Frage?

»Sind Sie Anwalt, Detektiv oder Angestellter von Grundler? Und sind Sie überhaupt legitimiert?«

»Natürlich ist er das«, mischte sich der Bürgermeister

versöhnlich ein und nahm damit sofort die aufsteigende Schärfe aus dem Gespräch. »Schließlich hat die Anwaltskanzlei um einen Termin für Herrn Böhnke gebeten.«

Böhnke lächelte ihn dankbar an. Der Herr hatte den Hund an der Kette zurückgezogen. Er sei Kriminalkommissar im Ruhestand und habe mit Grundler einige Fälle zum Wohle der Mandanten bearbeitet, antwortete er. Außerdem habe er ein privates Interesse, meinte er mit Hinweis auf Lieselottes Behandlung durch Weiß vor etlichen Jahren.

»Lebt sie noch?«, fragte der Beigeordnete sarkastisch.

»Sie hat die Operation überlebt.« Böhnke nutzte die Chance, die ihm geboten wurde. »Aber es hat Komplikationen geben.«

»Siehste«, mischte sich der Beigeordnete wieder ein. Er sprach mehr zum Bürgermeister als zu Böhnke. »Ich hab es ja immer gesagt, der Weiß ist weiß Gott kein Gott in Weiß.« Er sah Böhnke wohlwollend an. »Willkommen im Klub, kann man da ja wohl sagen.« Offensichtlich wähnte Schröder sich in einem Boot mit Böhnke. Man stand auf einer Seite und kämpfte gemeinsam gegen Weiß.

»Wie können wir Ihnen helfen, Herr Böhnke?« Der Bürgermeister gab ihm die Einladung, sein Anliegen zu konkretisieren.

»Mich interessieren zwei Dinge. Wie konnte es so weit kommen an Ihrem Krankenhaus und wie geht es jetzt weiter?« Die Zeitung habe zwar berichtet, aber seines Erachtens nach oberflächlich.

Das leichte Flackern in den Augen des Beigeordneten nahm er wahr. Konnte er es als Zeichen von Unsicherheit werten oder verriet sich der Mann damit als Informant und Helfer des Journalisten?

Die Vorgeschichte würde er ja wohl kennen, meinte der Bürgermeister. Finanzielle Engpässe, überaltertes Personal, überholte Ausstattung und eine Stadt, die wegen vieler von Bund und Land aufgezwungener Verpflichtungen nicht mehr in der Lage gewesen sei, die Schulden des Krankenhauses aufzufangen. »Da war das Angebot von Weiß für uns ein Segen.« Er ahnte wohl, was Böhnke fragen wollte. »Unsere Nöte haben sich natürlich rumgesprochen. Das war in den einschlägigen Kreisen bekannt. Krankenkassen, Ärztevereinigungen, Politiker in Bund und Land waren im Bilde, und so hat Weiß davon Wind bekommen.«

Man habe sich natürlich über diesen Mann erkundigt, fuhr der Beigeordnete fort. Ausgezeichnetes Renommee, finanziell gut aufgestellt, mit einer Vision eines Bürgerkrankenhauses. Er habe den Stadtrat überzeugt, man habe sich für ihn entschieden.

»Trotz aller Bedenken«, ergänzte der Bürgermeister, »und trotz aller Kröten, die wir schlucken mussten. Aber wir hatten im Prinzip keine Wahl.«

»Inwiefern?«, fragte Böhnke stirnrunzelnd. »Inwiefern keine Wahl? Inwiefern Bedenken? Inwiefern Kröten?«

»Ist doch alles bekannt«, stöhnte der Beigeordnete.

Es kam Böhnke vor, als wäre es dem Mann gar nicht recht, diese Fragen zu beantworten. Sie schienen ihm unangenehm. »Mir nicht«, entgegnete Böhnke. »Aber vielleicht helfen mir die Antworten, meine Vorstellung von Weiß zu vervollständigen. Sie wissen«, er lächelte gewinnend, »je mehr Informationen man über einen Angeklagten hat, umso besser.«

Sofern es noch Zweifel seinerseits gegeben haben sollte – diese Floskel zog beim Bürgermeister.

»Herr Böhnke, um es klar und deutlich zu sagen, wenn wir die GmbH nicht an Weiß verkauft hätten, hätten wir eine Insolvenz beantragen müssen. Die Klinik ist pleite, und wir als Stadt stehen ebenfalls kurz vor dem Bankrott. Deshalb war Weiß wie ein Geschenk des Himmels.«

»Das wir annehmen mussten, obwohl wir arge Bauchschmerzen hatten.« Jetzt war wieder der Beigeordnete am Zug. »Weiß hat viel versprochen, neue Röntgenapparaturen, neue OPs, moderne Krankenzimmer. Das wäre ja alles kein Problem gewesen. Aber er wollte auch neues Personal.«

Sein gequältes Grinsen verriet seine Verärgerung. »Nicht nur neues Personal mit neuen Chefärzten an der Spitze, sondern auch einen neuen kaufmännischen Geschäftsführer.«

Das sei doch legitim. Böhnke tat ahnungslos. »Das soll Ihnen doch egal sein.«

»Ist es nicht.« Der Beigeordnete funkelte ihn an. »Die Stadt hatte bisher die Geschäftsführung inne und somit die Kontrolle beziehungsweise einen gewissen Einfluss auf die Ausrichtung des Hauses. Alles perdu.«

»Na ja, da können Sie sich jetzt wenigstens wieder allein auf die Verwaltung konzentrieren«, mischte sich wieder der Bürgermeister in das verbale Wechselspiel der beiden ein. Der Beigeordnete, sei, wie er glaubte, Böhnke aufklären zu müssen, der geschasste Geschäftsführer.

»Aber nicht mehr lange«, knurrte Schröder, und gab die Antwort auf Böhnkes nicht gestellte Frage. »Ich werde wieder die kaufmännische Leitung übernehmen, zumindest kommissarisch.«

»Wir sind nämlich vom Kaufvertrag mit Weiß zurückgetreten«, erläuterte der Bürgermeister. »Wir haben die Verträge von einem Fachanwalt überprüfen lassen, nachdem das Chaos im Raphael immer größer wurde, und wir haben eine Möglichkeit entdeckt, den Vertrag aufzuheben, rückabzuwickeln, für nichtig zu erklären oder was auch immer. Jedenfalls wird die Stadt wieder alleiniger Gesellschafter der Krankenhaus GmbH.«

»Mit der drohenden Pleite, mit den Schulden, mit der Personalstruktur?« Böhnke gab sich skeptisch.

Der Beigeordnete schaute ihn herablassend an. »Kommissarisch, habe ich gesagt. Daraus würde jeder Kenner schließen, dass noch etwas hinterherkommt.«

»Sie haben einen neuen Interessenten«, entfuhr es Böhnke mit gespieltem Erstaunen.

»Vielleicht«, antwortete der Bürgermeister. »Aber das ist längst noch nicht in trockenen Tüchern. Eines nach dem anderen: Erst muss Weiß weg, dann können wir über den nächsten Schritt nachdenken.« Er schluckte, dann erhob er sich entschlossen und wirkte auf einmal nicht mehr wie der väterliche Mann kurz vor der Rente. »Das war's, Herr Böhnke. Wir haben leider noch viel zu tun.« Deutlicher konnte er nicht machen, dass das Gespräch für ihn beendet war. Höflich reichte er dem Gast die Hand zum Abschied und geleitete ihn zur Tür. »Sie finden den Weg bestimmt alleine.«

Es war Böhnke noch nicht einmal möglich, sich vom zweiten Gesprächspartner zu verabschieden. Ehe er sich versah, stand er im Flur.

So bekam er nicht mit, was der Bürgermeister zu seinem Beigeordneten sagte: »Der Kerl ist gefährlich. Den musst du im Blick behalten. Nicht, dass der uns die Sache versaut.«

»Dann hast du einen gehörigen Anteil daran, du Plaudertasche.«

»Ich weiß.« Kopfnickend bestätigte der Bürgermeister seinen Lapsus. Sein Befehl war nach seiner Auffassung unmissverständlich: »Du kümmerst dich drum.«

30. KAPITEL

War er nach dem Besuch beim Bürgermeister wirklich viel schlauer als zuvor? Böhnke zweifelte. Er hatte zwar im Prinzip viele, auch neue Informationen erhalten. Aber sie waren nicht in seinem Sinne beziehungsweise im Sinne von Weiß. Hilfestellung für den Arzt bot die Auskunftsfreude von Bürgermeister und Beigeordnetem nicht. Ein Pärchen, das mit Vorsicht zu genießen war. Er wollte sich nicht ausmalen, zu was der Wachhund fähig war, wenn ihn sein Herr von der Kette ließ.

Er musste seinen gedankenversunkenen Gang über den Rathausflur entlang der Türen zu den Büroräumen jäh bremsen, als aus einem der Zimmer rückwärts eine Frau schritt.

»Wir bleiben in Kontakt. Sie geben mir gefälligst sofort Bescheid, wenn Sie was erfahren«, hörte er die laute

Stimme sagen, die nur einer Frau gehören konnte: Oberschwester Brigitte.

Den körperlichen Kontakt zu der massigen Frau konnte er nur dadurch vermeiden, dass er sie an den Schultern packte und zur Seite schob.

»Was soll das?«, herrschte sie Böhnke an. »Sie schon wieder. Was machen Sie hier? Verfolgen Sie mich etwa? Sie belästigen mich.«

»Ich weiß, und wenn ich etwas sage, verklagen Sie mich.« Er hatte Mühe, die Gelassenheit zu bewahren. »Keine Sorge, weder verfolge ich Sie noch will ich Sie belästigen.«

»Das will ich Ihnen auch geraten haben«, schnauzte die Frau und stampfte über den Flur fort, ohne sich darum zu kümmern, dass sie die Bürotür nicht geschlossen hatte.

»Ist die immer so?« Böhnke trat in das Büro, in dem eine junge Frau, erregt in ihrer Teetasse rührend, an einem Schreibtisch saß. Er befand sich in der Geschäftsstelle einer Rathausfraktion, wie er dem Schild an der Flurwand entnommen hatte. »Hart, aber herzlich.«

»Hart, aber herzlos trifft wohl eher zu.« Die Frau hatte Mühe, die Tasse an den Mund zu führen, ohne den Tee überschwappen zu lassen. »Die macht jeden fertig, der ihr nicht in den Kram passt.« Zitternd schluckte sie, wie Böhnke beobachtete, bevor sie die Tasse wieder abstellte. Sie hielt sich scheu die Hand vor den Mund, als hätte sie zu viel gesagt.

»Sagen Sie, Frau …« Böhnke tat verlegen.

»Renate Fleischmann«, antwortete sie. »Ich bin die Fraktionsgeschäftsführerin.«

»Und Oberschwester Brigitte?«

»Sie meinen Oberdrachen Brigitte. Sie gehört zur erweiterten Fraktion. Sie ist da als Vorsitzende des Betriebsrates reingerutscht, als nach der letzten Kommunalwahl der Ausschuss fürs Krankenhauswesen gegründet wurde, und jetzt führt sie sich auf, als sei sie die wichtigste Person im Rathaus.«

»Kann es sein, dass Sie den Oberdrachen nicht leiden können?«

Renate Fleischmann lachte auf. Auf ihren Wangen bildeten sich Grübchen, die Böhnke einfach nur niedlich fand. Sie strich sich ein paar Locken ihrer ungebändigten Haarpracht aus dem Gesicht. »Wer kann die denn schon leiden, von ihrem Stecher mal abgesehen? Aber der auch nur, weil er bei keiner anderen, vernünftigen Frau landen kann.« Sie schüttelte den Kopf und winkte ab. »Was kann ich für Sie tun, Herr …?«

Das war eine gute Frage, musste sich Böhnke eingestehen. Vielleicht bekam er ja hier die Informationen, die ihm im Zimmer des Bürgermeisters verschwiegen wurden.

Im weitesten Sinne sei er wegen der Situation am St. Raphael und dem verhafteten Dr. Gottfried Weiß in der Stadt, antwortete er, nachdem er sich vorgestellt hatte. Das »Erster Kriminalhauptkommissar« zog immer, jedenfalls dann, wenn er das »im Ruhestand« vergaß zu erwähnen.

»Komisch«, bemerkte die junge Frau, die sich endlich beruhigt hatte. »Alle wollen nur wegen Weiß etwas von mir. Der Oberdrachen, die Ratsmitglieder, Sie.« Sie lächelte schelmisch. »Gibt es denn keine schöneren Themen für Sie und mich?«

Falsche Zeit, falscher Ort, vor allem aber falsche Frau für einen Flirt. Böhnke überging die Frage. »Ich habe gehört, die Stadt will das Krankenhaus zurückkaufen. Stimmt das?«

Unvermittelt verschwanden das Entgegenkommen und die Freundlichkeit aus der Mimik von Renate Fleischmann. »Das ist kein Thema für die Öffentlichkeit. Da müssen Sie sich an den Bürgermeister wenden.«

Der habe von anstehenden Verhandlungen gesprochen und der kommissarischen Geschäftsführung durch den Beigeordneten, gab Böhnke zum Besten und erntete die fast schon erwartete Antwort: »Wenn Sie so gut informiert sind, was wollen Sie dann noch von mir?« Mehr gebe es momentan nicht dazu zu sagen.

»Und über Weiß? Wollte der die Klinik retten oder besser gefragt, hätte er die Klinik retten können?«

Renate Fleischmann schüttelte sich wieder die Locken aus dem Gesicht. »Können vielleicht, wollen nicht.«

Böhnke stutzte. »Wieso?«

»Das ist doch ein offenes Geheimnis, auch wenn es die Verwaltung dementiert: Der Weiß wollte ganz klar eine Privatklinik aus dem Raphael machen.«

Er habe es anders gehört, meinte Böhnke. »Der Weiß wollte doch investieren.«

»Vollkommen richtig. Und am liebsten auch noch alle Zuschüsse abgreifen, die es für öffentliche Krankenhäuser gibt. Aber der hat doch schon im Hintergrund die Fäden gesponnen, um eine Privatklinik einzurichten. Unter diesem Gesichtspunkt muss man auch die Investitionen sehen, die er schon getätigt hat, für die Sanierung der Zimmer für Privatpatienten, das neue Röntgengerät, das neue CT.«

»Muss ich das verstehen?« Böhnke wirkte ahnungslos.

»Das hat meine Fraktion herausbekommen. Der Weiß

hat in Liechtenstein eine Krankenhaus-Gesellschaft gegründet mit dem Ziel, eine Privatklinik zu errichten, und dort als Sicherheit das Raphael angegeben. Außerdem betreibt er jetzt schon im Prinzip eine Privatklinik. Und zwar in Oberbayern. Dort hat er ein komplettes Landhotel gemietet, in dem er Scheichs und andere Bonzen untersucht und therapiert. Der hat sogar einen OP eingebaut.«

»Das soll ich glauben?« Böhnkes Gesichtsausdruck war eindeutig skeptisch.

»Wenn Sie es nicht wollen, lassen Sie es sein. Meine Fraktion wird jedenfalls dieses Wissen bei der nächsten Sitzung vorbringen. Der Skandal kommt dann, wenn wir belegen, dass die Verwaltung darüber beim Verkauf Bescheid wusste.«

»Sie nicht?« Der Stadtrat habe dem Verkauf schließlich zugestimmt. Da seien doch bestimmt alle Fakten auf den Tisch gekommen.

»Wir hatten die Fakten nicht. Wir haben aber auch als einzige Fraktion gegen den Verkauf gestimmt. Wenn die anderen Parteien das wussten, ist der Skandal noch größer.«

»Und jetzt?«

»Jetzt werden die Karten neu gemischt.«

Unumwunden bestätigte Renate Fleischmann, dass ihrer Fraktion die Fehlgriffe von Weiß voll in die Karten spielten. »Wir haben nicht nur Weiß geschlachtet, jetzt schlachten wir auch die Kanzlerbande mit Bürgermeister und seinen Handlangern und die Mehrheitsfraktion. Die haben alle unsere Stadt auf dem Gewissen. Das Krankenhaus in den Ruin und die Stadt an den Rand der Pleite getrieben.«

»Und das alles ohne Ihr eigenes Mitwirken.«

»Wenn Sie es sagen, Herr Böhnke.« Renate Fleischmann lächelte ihn an. »Oder wollen Sie etwa andeuten, wir hätten an der Uhr gedreht?«

Konnte die Frau Gedanken lesen? In der Tat war in Böhnke die Überlegung gereift, dass diese Oppositionsfraktion im Stadtrat bei der anonymen Anzeige mitgemischt haben könnte und ebenso bei der Fütterung der Medien mit Informationen. Beschwichtigend hob er die Arme. »Frau Fleischmann, ich weiß nichts. Ich sammele Fakten, Eindrücke und Stimmungen.«

»Mit welchem Ziel?«

»Weiß zu schlachten.« Böhnke erschrak bei seiner eigenen Antwort. Hatte er sich tatsächlich schon in die Schar der Gegner eingereiht und sein Versprechen an den Arzt über Bord geworfen?

31. KAPITEL

Hatte seine Reise in die Seestadt etwas gebracht? Böhnke war unschlüssig. Nachdenklich sah er beim Frühstück durch das große Fenster des Saals über die Straße auf den See und darüber hinaus auf das Rathaus. War er tatsächlich schlauer als zuvor? Im Prinzip hatte sein Besuch bestätigt, was ihm durch die Berichterstattung in den Medien nahegelegt worden war: Weiß hatte viele Feinde, aber wohl keine Freunde. Niemand würde ihm helfen, alle würden dazu beitragen, ihn zu vernichten. Manch einer hatte ein gesteigertes Interesse daran, dass er zur Null, zum Nichts, zum Unmenschen wurde. Die Stadtoberen an erster Stelle, aber auch die Pfleger mit Friedmann und der Oberschwester an der Spitze. Von den Patienten und deren Angehörigen ganz zu schweigen. Was lag da näher, als auf Weiß herumzuhacken? Und ihm vielleicht sogar Verfehlungen anzuheften, die ihm gar nicht zuzuschreiben waren, sondern die ihm untergeschoben wurden? Die ablehnende Front und die Abneigung gegen Weiß waren so groß, so stark und so einmütig, dass sie verdächtig wirkten.

Hier stimmt was nicht, sagte sich Böhnke. Es war mehr ein Gefühl als eine Vermutung oder gar Wissen. Und vielleicht war seine Skepsis ja auch nur darauf begründet, dass er, offenbar als Einziger, entlastende Hinweise für Weiß suchte.

Er würde an anderer Stelle danach suchen müssen, nicht in der Seestadt, sondern übern Berg.

Er gönnte sich ein Taxi. Das sei die schnellste Möglichkeit, übern Berg zu kommen, hatte ihm das Zimmermädchen verraten.

Die schnellste, die teuerste Möglichkeit, aber auch die bequemste. Der Fahrer brachte ihn bis vor das Portal des Polizeipräsidiums, das er alleine wohl nicht gefunden hätte. Er hätte es in der Innenstadt oder am Rande der Innenstadt erwartet, nicht aber im Industriegebiet in einem nüchternen, eckigen Verwaltungsbau aus Beton zwischen einer Spedition und einem Schlachthof.

Der ältere Kommissar, der ihn am Eingang nach seiner Anmeldung abholte, sprach von einer Übergangslösung. Das eigentliche Präsidium in einem Gebäudekomplex aus der Zeit des Jugendstils würde schon seit Jahren saniert und modernisiert. So habe man sich in diesem Ersatzquartier, dem ehemaligen Firmensitz einer Versicherungsgesellschaft, eingenistet; wahrscheinlich noch für ein paar Jahre, sodass er selbst die Rückkehr ins alte, neue Gebäude wohl nicht mehr als aktiver Polizist miterleben würde, wie der Mann bedauernd erläuterte.

Die unangemessene Umgebung habe aber wohl keinerlei Auswirkungen auf die Ermittlungstätigkeit, versuchte Böhnke zu scherzen. Sein ehemaliger Arbeitsplatz im Aachener Polizeipräsidium in der Soers weitab des Zentrums strahlte auch nicht Gemütlichkeit und Behaglichkeit aus, sondern Nüchternheit und Kälte. Und dennoch hatte ihn die unattraktive Umgebung nicht davon abgehalten, seine Arbeit als Erster Kriminalhauptkommissar engagiert auszuüben.

Der Kollege grinste. »In der Stadt gibt es wenigstens Schankwirtschaften, aber hier lebst du noch von Abgasen und Kuhschwänzen.«

»Besser als von Betäubungsmitteln und Blutkonserven.«

»Wir sind ja nicht im Seestädtchen.« Der Kollege hatte die Anspielung verstanden. Er war Böhnke auf Anhieb sympathisch. Die Sympathie schien gegenseitig, wie der herzliche Händedruck und der offene, freundliche Blick erkennen ließen.

»Was führt Sie zu mir, Herr Kollege?«, fragte der Mann, der sich als Werner Zienden vorgestellt hatte. Sie waren in sein schmuckloses Büro gegangen und hatten es sich beiderseits des einfachen Schreibtischs bequem gemacht, jedenfalls soweit es die Holzstühle zuließen.

Ein Blick hinter die Kulissen, hätte Böhnke am liebsten gesagt. Andererseits müsste sich der Kollege denken können, warum er hier auftauchte. Zum einem war er von Grundlers Büro angekündigt worden, zum anderen hatte der Anwalt selbst schon mit Zienden telefoniert und die Auskünfte erhalten, die auch in der Klageschrift Niederschlag gefunden hatten. Immerhin war Zienden leitender Kommissar der Soko Weiß gewesen.

»Sie wollen von mir bestimmt keine Bestätigung dessen, was Sie beziehungsweise Ihr Auftraggeber Grundler schon wissen«, gab Zienden selbst die Antwort auf seine Frage.

Frank und frei schilderte Böhnke seine Eindrücke aus der Seestadt und das große Interesse am Verschwinden von Weiß. Da würde manch einer sein eigenes Süppchen kochen. Viele profitierten vom Scheitern des vermeintlichen Heilsbringers, da läge es doch auf der Hand, dass manch einer ein wenig nachgeholfen haben könnte, um belastendes Material gegen den Arzt zu finden.«

Zienden sah ihn schmunzelnd an. »Wir kennen unsere Pappenheimer aus der Seestadt, einschließlich unserer Kollegen und den freundschaftlichen Beziehungen zu den Friedmann-Brüdern. Da sind Informationen schneller rund, als sie im Busch getrommelt werden können.«

»Dann konnten Sie nicht lange verbergen, dass gegen Weiß ermittelt wurde.« Böhnke winkte dankend ab, als ihm Zienden Kaffee aus der Thermoskanne in einem Plastikbecher anbot.

»Richtig.«

»Und das alles wegen einer anonymen Anzeige.«

»Sie sagen es, Herr Böhnke. Alles nur wegen einer anonymen Anzeige. Als sie einmal in der Welt war und wir wegen der detaillierten Angaben gar nicht anders konnten, als nachzuforschen, folgten die Anzeigen anderer nach, von Patienten und von Verwandten der Patienten.«

»Aber Sie wissen nicht, wer der Anonymus ist? Oder wollen Sie es vielleicht gar nicht wissen?«

Zienden lächelte Böhnke an. »Was nützt uns das denn jetzt noch, diesen anonymen Anzeigenerstatter zu ermitteln? Das ändert nichts mehr an der Sachlage.«

Vielleicht doch, dachte sich Böhnke. Jemand, der ein ureigenes Interesse daran hatte, dass Weiß aus der Klinik verschwand, konnte sein Ziel mit dieser Anzeige erreichen, ohne selbst ins Rampenlicht zu geraten.

Man habe sich durchaus Gedanken über den Anonymus gemacht, fügte Zienden hinzu. Das Insiderwissen, die Details, die Fachkenntnisse hätten schon zu denken gegeben und sogar zu der Vermutung geführt, es seien mehrere Informanten, die gemeinsam an der Anzeige mitgewirkt hätten. »Aber schlussendlich haben wir diesen Aspekt nicht weiterverfolgt, weil er uns bei den Ermittlungen gegen Weiß nicht weitergebracht hätte.«

»Aber irgendjemand muss doch irgendwo diese Anzeige aufgegeben haben.« Böhnke hakte beharrlich nach. »Die kommt doch nicht ohne Absender so einfach angeflogen.«

Zienden lächelte. »Die kommt im Prinzip aus der Unendlichkeit. Unsere Kollegen in Köln haben sie entgegengenommen. Sie ist dort per Internet erstattet worden.« Man habe dort, quasi aus »Übungszwecken«, Nachwuchskräfte auf die Quelle angesetzt, und man habe sogar herausgefunden, dass die Anzeige in einem Internetcafé aufgesetzt worden war. »Aber wie will man in einer Millionenstadt mit zigtausend Studenten denjenigen herausfiltern, der der Absender ist?«, fragte Zienden lakonisch. Und es wäre auch nicht auszuschließen, dass der Anonymus bewusst nach Köln gefahren sei, um seine Herkunft zu verschleiern. Das Internetcafé sei zwar videoüberwacht, aber zum einen seien nicht alle Kunden erfasst worden, zum anderen wären die erfassten nicht zu erkennen, und nur einige wenige der erkannten polizeilich schon in Erscheinung getreten. »Kleinzeug, kein großer Fisch oder gar jemand, der gesucht oder flüchtig ist.«

»Über Datum und Uhrzeit muss sich doch der Kreis der möglichen Absender einengen lassen?« Böhnke schüttelte den Kopf. »So viele Kandidaten können da doch nicht übrig bleiben.«

»Richtig und falsch zugleich.« Richtig sei die Eingrenzung auf die Gruppe der Infragekommenden. Falsch sei, dass die Polizisten dadurch der anonymen Person tatsächlich nähergekommen sind. Es seien zu viele Leute an zu vielen Computern zur gleichen Zeit im selben Internetcafé gewesen. »Im Prinzip war das eine gute Ausbildung mit der Erkenntnis, dass selbst die intensivste und gewissenhafteste Ermittlung nicht immer zum Ziel führt. Das müssen unsere Auszubildenden auch lernen.«

Böhnke wollte widersprechen. Selbst diese scheinbar erfolglose Ermittlung konnte ein Ergebnis bringen, wenn nämlich später einmal ein mutmaßlicher Anonymus konkreter geworden war und es sich anhand der Videos aus dem Internetcafé beweisen ließ, dass er dort gewesen war.

»Jedenfalls sind wir über den Dienstweg in Kenntnis gesetzt worden und haben uns in Marsch gesetzt. Nicht zuletzt deshalb«, wie Zienden mit einem durchaus süffisanten Lächeln hinzufügte, »weil eines der Todesopfer irgendwie mit einem Mitglied der Staatsanwaltschaft verwandt sein soll, wie gemunkelt wird.«

Das Ergebnis sei bekannt und liege in Form der Anklageschrift vor.

Die ja wohl nicht mehr ganz aktuell sei, bemerkte Böhnke. Wenn er bedenke, dass dort noch von beklagten Ärzten die Rede sei, deren Verfahren inzwischen eingestellt worden seien, sei sie nicht mehr korrekt.

Wieder bestätigte Zienden mit einem »Richtig und falsch zugleich«. Richtig, weil die Verfahren eingestellt worden seien und damit auf eine weitere Strafverfolgung verzichtet würde, falsch, weil die Ärzte nach wie vor als Zeugen in den Prozess eingebunden seien. Das jetzige Vorgehen erleichtere das Verfahren gegen Weiß, weil niemand der Zeugen befürchten müsse, sich durch eine Aussage selbst zu belasten. Zienden erhob sich aus seinem unbequemen Stuhl, deutliches Zeichen dafür, dass für ihn das Gespräch beendet war. »Darüber unterhalten Sie sich besser mit dem Staatsanwalt, Herr Böhnke. Sie haben ja dort auch noch einen Termin heute.«

Böhnkes erstauntes Stirnrunzeln ließ ihn lachen. »Glauben Sie denn etwa, wir tauschen uns nicht aus, wenn ein Staranwalt und ein pensionierter Supercop aus Aachen in unseren Angelegenheiten herumschnüffeln?«

Hatte ihn der Besuch bei Zienden weitergebracht? Böhnke suchte eine für ihn positive Antwort, während er nachdenklich durch die Stadt zu seinem nächsten Ziel trottete. Die Straßenzüge erinnerten ihn an Görlitz, die östlichste Stadt Deutschlands, die fast nahtlos in die polnische Schwesterstadt überging. Nur einen Unterschied machte er in der geschlossenen Straßenbebauung im Jugendstil aus. Hier gab es mehr Leuchtreklame, aber auch viel weniger Leerstand als an der Oder und keine verfallenen, einsturzgefährdeten Gebäude.

Böhnke kehrte zu seiner Fragestellung zurück. Ja, sagte er sich. Vermutlich steckten mehrere hinter der Anzeige, die sie gemeinsam formuliert hatten, und vermutlich hatten sie einen gänzlich Unbekannten, der mit ihnen nicht in Verbindung gebracht wurde, damit beauftragt, diese Anzeige anonym zu erstatten. Ob Köln zufällig der Ort war, in dem der Anonymus ein Internetcafé aufgesucht hatte?

Böhnke glaubte es nicht. Ich weiß mehr als die hier.

32. KAPITEL

Endlich bekam die Anklageschrift ein Gesicht. Ein hageres, fast schon Mitleid erregendes Gesicht mit einer Halbglatze und langen, über die Ohren und auf die Schultern fallenden graubraunen Haaren, mit einer hakigen Nase, einem verbittert verkniffenen Mund und tief liegenden Augen in dunklen Höhlen. Auf Anfang/Mitte 50 schätzte Böhnke die hochgewachsene, dürre Gestalt, die ihn ein wenig an das Aachener Original Lennet Kann erinnerte und die sich als Oberstaatsanwalt Herbst vorgestellt hatte.

Herbst ist gut, dachte sich Böhnke. Du erinnerst mehr an einen Winter, an dein Ende, an den Lennet Kann, der sich, in einen dicken, schwarzen Mantel gekleidet, alt und müde durch das frühere Aachen geschleppt hatte auf der Suche nach ein wenig Geld und etwas Nahrung. Doch hatte sich Lennet Kann in all seinem Elend immer um eine positive Ausstrahlung bemüht, während dieser Mensch vor ihm das personifizierte Klagelied über das Elend der Welt darzustellen schien. Geblieben war vom Lennet Kann nur ein Lied, das zur Aachener Karnevalshymne geworden war. Von Herbst blieb vielleicht die Erinnerung, dass er derjenige war, der die Anklage in einem der spektakulärsten Ärzteprozesse in Deutschland vertreten hatte.

Herbst hatte ihn mit einem müden Lächeln und einem wachsweichen Händedruck in seinem unaufgeräumten Büro empfangen, in dem Berge von Akten auf dem Boden und auf dem Schreibtisch gestapelt waren. Zur Klischeevorstellung fehlte nur noch, dass die Luft nikotingeschwängert das Atmen erschwert und ein übervoller Aschenbecher den Arbeitsplatz beherrscht hätte. Aber erfreulicherweise schien der Staatsanwalt Nichtraucher zu sein.

Der Weiß-Prozess werde sein letzter großer Prozess sein, sagte Herbst mit leiser Stimme. Dann gehe es endlich in den Ruhestand. »Die paar Jahre will ich noch genießen.« Herbst verzog sein Gesicht kurz zu einer schmerzhaften Grimasse. »Ich muss einfach durchhalten, bis zum bitteren Ende.« Das fehle noch, dass wegen des Todes des Staatsanwalts das Verfahren in Verzug geriete. Er habe zwar jetzt endlich zwei Kollegen an der Seite, die ihn unterstützten, aber er halte die Fäden in der Hand. Noch. Niemand hätte ahnen können, dass er urplötzlich von

Magengeschwüren geplagt würde, die inzwischen chronische Ausmaße angenommen hätten. »Ich bin nicht mehr der Herbst, der noch vor einem Jahr leicht und locker drei Marathons in einer Saison unter vier Stunden gelaufen ist«, sagte er sachlich ohne Selbstmitleid. »Vielleicht ginge es mir heute besser, wenn ich mich bei den ersten Anzeichen in die Hände von Weiß begeben hätte.« Für Böhnke war nicht erkennbar, ob Herbst die Bemerkung ironisch gemeint hatte oder nicht.

War die Erkrankung von Herbst ein Grund für das Tempo, das die Staatsanwaltschaft aufgenommen hatte? Immerhin war bereits nicht einmal ein Jahr nach der Anzeigenerstattung die Anklageschrift ans Gericht geleitet worden und jetzt wartete man auf die Eröffnung des Prozesses. Das war in Anbetracht der Fülle von diskutierten Fällen fast schon rekordverdächtig schnell.

»Nein.« Mit seiner leisen, monotonen Stimme, die offenbar weder Betonung noch Lautstärkewechsel kannte, antwortete Herbst. »Nicht meine Krankheit ist der Grund für das Tempo. Ich bin dafür bekannt, dass ich schnell arbeite. Bei mir kommt nichts auf die lange Bank. Das war wohl der Grund für den Leiter der Staatsanwaltschaft, mich mit diesem Fall zu betrauen. Er ist ohne Frage publikumswirksam und damit ein gefundenes Fressen für die Medien. Auch ein Grund, mich mit dem Fall zu betrauen, denn mich interessiert der Medienrummel nicht die Bohne. Die können von mir aus schreiben, was die wollen. Die bekommen von mir keine Auskünfte. Die sollen sich an unsere Pressestelle wenden, und wenn die mich fragt, habe ich keine Zeit für eine Antwort.«

War da wirklich ein leichtes Grinsen über das Gesicht gehuscht? Böhnke hätte es nicht sagen können.

»Ich lasse mich in meiner Arbeit nicht von Medien und Anwälten beeinflussen. Die Sache wäre abgerundet gewesen, wenn ich noch einen Monat mehr Zeit gehabt hätte.« Urplötzlich sprang Herbst aus seinem Sessel auf, »wenn da nicht mein Chef den Schwanz eingekniffen hätte und von mir die unverzügliche Erstellung der Anklage verlangt hätte.« Aus dem müde und erschöpft wirkenden Mann war ein wütender Derwisch geworden. »Und wissen Sie, warum?« Er schaute Böhnke mit einem Blick aus funkelnden Augen an, der jedem Angeklagten hätte Angst machen können. »Deswegen.« Er zerrte hektisch ein Blatt Papier aus dem Stapel vor sich und scherte sich nicht darum, dass dabei etliche Akten zu Boden fielen. »Können Sie gerne lesen. Das sind alles Arschkriecher.« Mit ausgestrecktem Arm hielt er Böhnke das Blatt hin, seine Hand zitterte.

Bedächtig griff Böhnke nach dem Papier. Dieser Stimmungswechsel von Herbst hatte ihn überrascht. Der Mann war wohl doch nicht so antriebslos, wie er gedacht hatte. Der war wohl eher ein Vulkan, von dem niemand glaubte, dass er noch einmal aktiv würde, oder tatsächlich sogar ein agiler Wolf, der als Schaf daherkam. Die Krankheit jedenfalls konnte Herbst nicht stoppen, so wenig, wie Böhnke seine eigene Krankheit stoppen konnte.

Er hielt eine Pressemitteilung der Landesregierung in der Hand, in der über eine Sitzung des Rechtsausschusses des Landtags vor rund zwei Monaten informiert wurde. Darin wurde wortwörtlich erklärt: »Es verstärkt sich der Eindruck, dass sich die Ermittlungen der Staatsanwaltschaft gegen den Chefarzt Dr. Gottfried Weiß zu einem Justizskandal größeren Ausmaßes ausweiten. Inzwischen geht es um 25 Verdachtsfälle – davon 19 Todesfälle –, für die Gutachten erstellt werden. Aus unserer

Sicht müsste Dr. Weiß deshalb längst in Untersuchungshaft sitzen. Für sein ärztliches Fehlverhalten gibt es genügend belastende Anhaltspunkte. Die Staatsanwaltschaft muss sich vorhalten lassen, dass sie zu langsam reagiert hat, dass sie den Sachverhalt nicht umfassend erforscht hat und dem Beschuldigten nicht mit der erforderlichen Distanz begegnet ist. In der Stellungnahme des Justizministers zu einer Anfrage des Rechtsausschusses heißt es: ›Der Beschuldigte‹ habe sich ›kooperativ verhalten‹ und ›den Ermittlungsbehörden aus eigenem Antrieb wichtige Beweismittel‹ ausgehändigt. Wir meinen, es ist unverantwortlich, dass Dr. Weiß weiterhin auf seinem Chefsessel sitzt und die Geschicke der Klinik lenkt. Die Patienten des St.-Raphael-Krankenhauses müssen vor einer unsachgemäßen Behandlung bewahrt werden. Wir fordern den Justizminister auf, den Fall einer anderen Staatsanwaltschaft zu übergeben.«

Böhnke konnte keinen klaren Gedanken fassen. »Was soll das?« Die Frage drückte seine Verständnislosigkeit aus. Unsicher drehte er das Blatt in den Händen.

»Gute Frage.« Herbst hatte sich wieder gesetzt. »Ich habe sie meinem Chef auch gestellt. Und wissen Sie, was er mir geantwortet hat? Ich solle die Klageschrift erstellen, selbst wenn es noch etliche Ungereimtheiten gibt.« Er grinste gequält: »Da meint die Politik auf einmal, sie müsse sich einmischen, ohne den Sachverhalt zu kennen, schlimmer noch, ihn nicht einmal kennen zu wollen, und wir kuschen. Erst will der Gesundheitsminister ins Rampenlicht, dann drehen die Schwachköpfe des Rechtsausschusses am Rad. Denen geht es nicht um die Sache, denen geht es einzig um Wählerstimmen. Oder glauben Sie etwa, einer von denen hätte sich mit mir oder meiner Staatsanwaltschaft in Verbindung gesetzt?« Herbst schüttelte verneinend den Kopf. »Daran sind die gar nicht interessiert. Die machen sich das Bild, das sie haben wollen, ohne die Wirklichkeit zu kennen oder sich darüber zu informieren.«

Böhnke nickte zustimmend. Trotz der Pauschalisierung hatte Herbst recht. Im politischen Getue um die Braunkohle im Rheinischen Revier hatte er dieses wirklichkeitsfremde Verhalten der Machtpolitiker selbst miterlebt. Nicht das, was ist, zählt, sondern nur das, was mir vielleicht meine Macht erhält. So war es auch im Fall Weiß. Politiker droschen auf ihn und auf die angebliche Unfähigkeit der Behörden ein, weil sie wussten, dass sie damit auf der richtigen Seite standen, nämlich auf der Seite ihres Stimmviehs.

»Und Ihr Chef hat prompt reagiert?«

»Natürlich. Der will ja noch Karriere machen und vielleicht Staatssekretär werden. Wenn der Justizminister eine andere Staatsanwaltschaft mit der Ermittlung beauftragt, macht sich das nicht gut in seinem Lebenslauf.« Erneut schoss der Schmerz durch das Gesicht von Herbst. »Der wollte unbedingt die U-Haft für Weiß.«

»Die dann unverzüglich von Ihnen beantragt wurde?«

»Nicht unverzüglich, weil ich keine Anhaltspunkte dafür hatte. Es gab keine Fluchtgefahr, der Beschuldigte zeigte sich in der Tat kooperativ und durch den Entzug der Approbation bestand auch keine Gefahr weiterer Straftaten.« Herbst reckte sich. Mit seinen langen, dürren Armen wirkte er wie ein Racheengel. Er lächelte hämisch. »Dann wurde daran gearbeitet, Argumente für eine U-Haft zu finden. Auch hinter meinem Rücken und ohne mein Wissen. Aber schlussendlich hat Weiß selbst dafür gesorgt, dass ich U-Haft beantragen musste.«

»Inwiefern?«

»Weil er gegen den Entzug der Approbation verstieß.«

»Kann das sein? Der Mann hat doch durch sein Eingreifen ein Menschenleben gerettet. Ohne seinen Verstoß wäre die Frau verstorben.« Böhnke schüttelte sich. »Weil Weiß ein Leben rettet, obwohl es ihm verboten war, landet er im Knast.«

»Ob Lebensrettung oder das Aufkleben eines Pflasters auf das aufgeschlagene Knie eines Kindes, das macht für einen Verstoß keinen Unterschied.« So sei halt die Regelung, meinte Herbst sachlich.

»Bestand denn deswegen Fluchtgefahr?«, fragte Böhnke skeptisch. In seinen Augen war Weiß nach wie vor ein Mensch, der eigentlich helfen wollte, und niemand, der aus Profitgier über Leichen ging.

Es habe andere Anhaltspunkte gegeben. Weiß habe Geld ins Ausland transferiert, viel Geld.

»Kein Grund«, widersprach Böhnke. »Der hat eh schon einige Konten im Ausland, der kann jetzt schon davon in Saus und Braus leben. Wenn der gewollt hätte, wäre der schon längst weg gewesen.«

Das stimme schon, bestätigte Herbst. »Aber darum geht es nicht. Es geht vielmehr darum, dass die Steuerfahndung hinter ihm her ist und argumentiert, Herbst wäre in Deutschland mittellos, wenn er sein Geld ins Ausland transferiert. Dann könne er seine Steuerschuld hierzulande nicht mehr begleichen und der Fiskus bliebe auf seiner Forderung sitzen. Um das zu verhindern, wurde von der Steuerbehörde die U-Haft begrüßt.«

»Gibt es denn überhaupt Steuerhinterziehungen in einem Ausmaß, das diese Maßnahmen rechtfertigt?«

»Keine Ahnung. Das behaupten jedenfalls die Fahnder.

Sie haben Hinweise auf Steuerverstöße erhalten. Da geht es um den Luxuswagen von VW, den Phaeton, als Dienstwagen, den Weiß aber nur privat genutzt haben soll, um fingierte Rechnungen über medizinisches Gerät, das Weiß angeblich für eine in Liechtenstein zu schaffende Klinik erworben und dann an die Raphael-Klinik weiterveräußert haben soll. Überall soll Weiß versucht haben, die Steuer zu hinterziehen. Das geht so weit, dass behauptet wird, er habe Gemüse für die Kantine mit dem Kaufpreis eines Fachgeschäftes berechnet, obwohl es in einem Supermarkt gekauft wurde.«

»Womit wir fast schon bei den Zitronen sind.« Böhnke lächelte schwach.

»Sie glauben es kaum. Weiß wird tatsächlich vorgeworfen, in einem Fall zehn Zitronen abgerechnet zu haben, obwohl er nur neun gekauft haben soll.« Herbst schüttelte verständnislos den Kopf. »Mit so was beschäftigt sich dann die Steuerfahndung.«

»Die Informationen gab es natürlich detailliert bis zum kleinsten Posten?«

»Detailliert und anonym.«

»Und niemand macht sich die Mühe, herauszufinden, wer der anonyme Informant ist?«

»So ist es, Herr Böhnke.« Offenbar jetzt erst fiel es Herbst auf, dass er seinem Gast nichts zu trinken angeboten hatte. Bei ihm gebe es nur magenfreundlichen Tee oder stilles Mineralwasser. Beides lehnte Böhnke dankend ab.

»Schlussendlich reichten dann die Fakten, um eine U-Haft für Weiß durchzudrücken.« Herbst hatte die Gesprächsleitung wieder aufgenommen. »Wenn das Gericht sie anordnet, dann wird es wohl seine Gründe und alles seine Richtigkeit haben.« Sein Chef sei zufrieden, die Medien fühlten sich bestärkt, der Bürgermeinung sei entsprochen worden und, was am wichtigsten sei, die Politiker könnten sagen, sie hätten endlich Bewegung in die Sache gebracht. Herbst betrachtete sinnierend den Teebeutel, den er in seiner Tasse am Faden tanzen ließ. Eine schweigsame Zeit verging, bis er endlich glaubte, es sei so weit, den Teebeutel zu entfernen. Er ließ ihn an seiner Seite zu Boden fallen, wahrscheinlich in einen Papierkorb, wie Böhnke vermutete.

Bedächtig schlürfte Herbst an dem heißen Getränk. Die Tropfen, die dabei auf die papierne Schreibtischunterlage tropften, kümmerten ihn nicht.

»Die Zitronen haben ja wohl nicht nur eine steuerrechtliche, sondern auch eine strafrechtliche Dimension. Immerhin werfen Sie ihm ja die missbräuchliche Nutzung der Früchte zur Desinfektion vor.«

Herbst betrachtete seinen Besucher lange, ehe er zu einer Antwort ansetzte. »Wir dürfen uns nicht wundern, wenn uns Weiß noch von der Klinge springt.« Er sei mitten in der Arbeit gewesen. »Ich weiß nicht, ob ich den Zitronensaft so hoch aufgehängt hätte, wenn ich mit meiner Ermittlung fertig gewesen wäre. Aber es war ja die schnelle Anklageschrift gewünscht gewesen.« Man solle ihn doch in Ruhe seine Arbeit machen lassen. Nach der neuesten Entwicklung käme es ohnehin anders. »Ich hatte von vornherein darauf hingearbeitet, das Verfahren auf Weiß zu konzentrieren. Dabei spielen die Einstellungen der Verfahren gegen die Mitbeklagten durchaus eine Rolle. Das hätte ich in aller Ruhe mit großer Sorgfalt hinbekommen, wenn nicht die Politik so schwachsinnig gepoltert und meine Behörde nicht so arschkriecherisch gehandelt hätte. Mit weniger Getöse wären wir viel schneller zu einem sauberen Ende gekommen.« Herbst war wieder in seine monotone Stimmlage verfallen, die nicht erkennen ließ, welche und ob überhaupt Gefühle in ihm mitschwangen. »Wir werden Weiß überführen, und das Gericht wird Weiß verurteilen, da bin ich mir ziemlich sicher. Aber ich weiß nicht, welchen Umfang das Verfahren letztendlich tatsächlich haben wird.« Herbst sah Böhnke ausdruckslos aus seinen müden Augen an. »Wir haben einige zweifelhafte Fälle, bei denen uns ein gewiefter Strafverteidiger die Hölle heißmachen könnte. Die hätte ich gerne gestrichen oder zumindest hätte ich versucht, die Beweislage zu untermauern. Aber die Anklageschrift musste ja unbedingt raus.«

Einige zweifelhafte Fälle. Gehörte etwa auch Ammery dazu? Böhnke traute sich fast nicht, diese Frage zu stellen.

Überraschend laut lachte Herbst auf. »Sie sind gut, Herr Böhnke. Glauben Sie etwa, ich informiere Sie über die einzelnen Fälle? Das würde mich in Teufels Küche bringen und mich vielleicht schon vor Prozessbeginn matt setzen. ›Staatsanwalt paktiert insgeheim mit Strafverteidiger‹, diese Überschrift in einer Zeitung möchte ich mir ersparen. Mit mir über den Inhalt sprechen zu wollen, das können Sie sich sparen. Ich werde weder zum Sachverhalt noch zu Zeugen ein Wort verlieren.« Er betrachtete ihn versöhnlich. »Ich habe Ihnen doch gesagt, dass es Zweifelsfälle gibt.«

»Und einer davon ist Ammery?«

»Das habe ich nicht gesagt.« Sein Grinsen sprach Bände und gab Böhnke Gewissheit.

33. KAPITEL

Grundler wäre über diese unausgesprochene Information nicht begeistert, widersprach sie doch seinem Interesse. Würde er dagegen als Verteidiger von Weiß auftreten, hätte er jubiliert. Dann bräuchte er nur noch herauszufinden, worin diese Zweifel begründet waren.

Böhnke fühlte sich mit einer juristischen Bewertung überfordert. Er konnte ermitteln, Fakten filtern, Schlüsse ziehen. Dazu würde ihn sein Freund bestimmt auffordern. Konnte er zufrieden sein?, fragte er sich auf der Rückfahrt ins Hotel. Er wusste, dass die Anklage zum Teil auf wackligen Füßen stand, einige Fälle vielleicht sogar nicht mehr im Prozess zur Sprache kommen würden. Bei anderen schien Herbst überzeugt, damit eine Verurteilung bewirken zu können. Und ich, ich stecke mittendrin. Zwischen Grundler und Weiß, zwischen zweifelhaften und wasserdichten Fällen, zwischen Lieselotte und seinem Versprechen und den vielen Menschen in der Seestadt, die allesamt ein Interesse daran hatten, dass Weiß endlich vernichtet wurde. Ging es noch um die Frage, was richtig und was falsch war? Ging es um Gerechtigkeit oder um Rechthaberei? Um Wunsch oder Wahrheit? Oder ging es, wie immer, um Macht und Ohnmacht?

Er hatte auf Anhieb verstanden, wie weit die Informationsbereitschaft von Herbst gehen würde. Es hatte keinen Zweck gehabt, ihn zu den einzelnen Fällen zu befragen und zu den Rollen, die die verschiedenen Ärzte darin spielten. Die Konzentration auf Weiß machte Sinn.

Sie vereinfachte Herbst die Arbeit. Die Mitangeklagten waren Mitläufer gewesen, Assistenten mit einem geringen Anteil an Verantwortung und Schuld. Wenn er die Anklageschrift richtig in Erinnerung hatte, war in allen Fällen Weiß immer der Haupttäter gewesen, keiner der anderen Ärzte war in mehr als einem Fall betroffen. Für die Geringfügigkeit ihres Tatbeitrags sprach auch, dass gegen niemanden sonst ein Verfahren zur Entziehung der Approbation in Erwägung gezogen wurde. Es ging ausschließlich um Weiß. Einzig und allein er sollte geschlachtet werden.

Warum? Böhnke zweifelte, ob er die Antwort auf seine Frage in der Seestadt erhalten würde, obwohl dort alle Fäden zusammenliefen. Hier gab es für ihn nichts mehr zu tun, beschloss er für sich. Er freute sich auf seine Rückkehr nach Huppenbroich.

Die Freude war nicht nur auf seiner Seite. Kaum hatte ihn das Taxi vor seiner Wohnung abgesetzt, da tollten auch schon Helma und Selma schwanzwedelnd und vor Begeisterung jaulend um ihn herum. Das Wetter war endgültig umgeschlagen. In der Nordeifel hatte die nass-kalte Winterzeit begonnen, obwohl der November noch einige Tage entfernt war. Der goldene Oktober war vorbei. Ihn fröstelte, als er das unterkühlte Haus betrat. Lieselotte hatte wohl die letzten Tage in Aachen verbracht, und niemand hatte sich darum gekümmert, den Kachelofen zu befeuern. Es würde einige Stunden dauern, bis seine Unterkunft wieder die ihm genehme Betriebstemperatur hatte, die unter der von Lieselotte lag. »Ich hab kalt«, sagte sie permanent im Winter, selbst wenn das Thermometer 20 Grad Raumtemperatur anzeigte. Aber jetzt »hatte auch er kalt«, wie es im Öcher Sprachgebrauch in Anlehnung an die französische Besatzungszeit Anfang des 19. Jahrhunderts immer noch hieß.

In der Apotheke hinterließ er eine telefonische Botschaft für seine in ein Beratungsgespräch verwickelte Partnerin, nachdem er den Ofen befeuert hatte. Wie selbstverständlich waren ihm die beiden Bernhardiner in das Haus gefolgt und hatten sich auf den Kacheln vor der Feuerstelle breitgemacht. Sie beobachteten, wie er seine Kleidung sortierte, die Waschmaschine bestückte, einen wenig interessierten Blick auf die Post warf, noch einmal vergeblich den Versuch unternahm, mit Lieselotte zu telefonieren, und sich dann seufzend auf das Sofa warf. Wenn er ruhen wollte, würden auch sie die Augen schließen.

Lange hielt es Böhnke in seiner Ruheposition nicht aus, er sprang auf, weckte damit die Hunde, und schlüpfte in seine dicke Winterjacke. »Ab in den Wald!«, kommandierte er an der offenen Haustür, und sofort sprangen die Tiere an ihm vorbei ins Freie.

Vielleicht gelang es ihm bei einem Spaziergang besser, seine Gedanken zu sortieren, die er am Abend Lieselotte und Tobias vortragen würde. Beide würden nicht mit seinen Ergebnissen zufrieden sein. Grundler nicht, weil er keine verwertbaren Hinweise hatte, die den Fall Ammery untermauerten; im Gegenteil, es konnte sogar sein, dass der Fall zu den Akten gelegt wurde. Lieselotte nicht, weil er keine Anhaltspunkte dafür hatte, die der Anklage gegen Weiß widersprachen; im Gegenteil, es konnte sogar sein, dass die Anklage auf noch festeren Füßen stand, weil sie sich auf hieb- und stichfest nachweisbare Straftaten konzentrierte.

Böhnke schlurfte durch den Wald. Bedauernd stellte

er fest, dass aus der dicken, luftig leichten, goldig-braunen Blätterschicht eine schwarze, nasse, rutschig-glatte Unterlage auf den Wegen geworden war.

Hatte er tatsächlich alle Fakten berücksichtigt, alle Motive bedacht, alle Aspekte beleuchtet? Aber selbst wenn, kam es darauf überhaupt noch an? Was kümmerte ihn dieser Fall noch? Weiß würde verurteilt werden, er würde dem Mann nicht helfen und sein Versprechen nicht erfolgreich einlösen können. Klapp die Akte zu, die Angelegenheit ist klar, sagte er sich. »Oder seid ihr anderer Meinung?« Er hatte die Frage an Helma und Selma gerichtet, denen der Inhalt seiner Aussage ziemlich gleichgültig war. Sie vernahmen nur den Tonfall, der resignativ wirkte.

Nachdenklich setzte Böhnke seinen Weg fort. Er spürte die Kraftlosigkeit in den Beinen. Das Gehen fiel ihm schwer. Er musste sich dazu zwingen, Fuß vor Fuß zu stellen, um vorwärtszukommen. Wenn er sich nicht ablenken würde, käme schnell der Gedanke an seine Krankheit, an seine Schwäche.

»Nichts da!« Böhnke rief die Worte laut in den Wald hinein. Die Hunde erstarrten für einen Moment. »Nichts da!« Böhnke wiederholte sich. Was hatte er zu verlieren, wenn er sich weiter mit dem aussichtslosen Fall beschäftigte? »Nichts«, antwortete er sich entschlossen. Er würde seine Ermittlungen fortsetzen. Immerhin gab es zwei Fragen, auf die er gerne eine Antwort gewusst hätte: Wer hatte ihm den Aktenordner mit der Anklageschrift zukommen lassen? Wer hatte ihn aufgefordert, Weiß zu helfen?

Mit einem Mal fiel ihm der Schritt leicht, nahm er das gewohnte Tempo auf und freute sich auf das bisschen Leben, das er hatte.

Zeitgleich kamen Grundler und Lieselotte in Huppenbroich an. Eine Kollision in der Zufahrt zum Haus wäre ein spektakulärer Gesprächsstoff in der Dorfschänke Zur Alten Post geworden, doch hatte Grundler sie verhindert, indem er Lieselotte galant Vorfahrt gewährte. Nach dem kritisch-prüfenden Blick von Lieselotte, ob Böhnke die Spuren seiner Reise behoben, den Haushalt nicht in Unordnung gebracht und den Kamin entfacht hatte, kam Böhnke endlich dazu, seine Ergebnisse mitzuteilen.

Wie erwartet, waren weder seine Liebste noch sein Freund nach seinem Vortrag begeistert. Ihre Enttäuschung hatten sie mit zwei Flaschen Rotwein heruntergespült, was zur unausgesprochenen Folge hatte, dass Grundler im Gästezimmer übernachten würde.

Lieselotte hatte sich bemüht, jeglichen Hinweis darauf zu vermeiden, dass Böhnke zugunsten von Weiß ermitteln sollte. Böhnke selbst war darauf bedacht, sich nichts anmerken zu lassen, dass er auch aus eigenem Interesse auf Grundlers Kosten zu dessen Nachteil gearbeitet hatte. Ihm schwante, dass sich hier ein Problem aufstaute, vom dem er nicht wusste, wie er es lösen könnte.

»Ich bin müde.« Lieselotte gähnte, gab Böhnke einen nassen Kuss auf den Mund und winkte Grundler zu. »Macht nicht mehr so lange«, sagte sie auf dem Weg aus dem Wohnzimmer. »Und vergesst nicht wieder das Aufräumen.«

»Vor dem Aufräumen kommt die Unordnung«, knurrte Böhnke. Er holte die dritte Flasche Wein aus dem Regal. »Du bist dabei?«, fragte er seinen Freund, der üblicherweise wie er selbst nur selten etwas tiefer ins Glas schaute.

Grundler nickte. »Was steckt dahinter?« Bei aller Abneigung, die er gegen Weiß hege, erinnerten ihn das

Verfahren und die Begleitumstände schon fast an eine Treibjagd. »Mehr noch«, korrigierte er sich, »an ein Kesseltreiben, bei dem das Opfer zwangsläufig von allen Seiten angeschossen und erlegt werden kann.«

»Was ja in deinem Sinne ist«, gab Böhnke zu bedenken. »Du willst doch auch eine Verurteilung von Weiß.«

Grundler schwenkte leicht sein Glas und schaute dem Wein zu, der sanft gegen die Rundungen schwappte. »Ich will durchaus, dass Weiß verurteilt wird. Aber ich will ein Urteil aus Gerechtigkeit, nicht, weil es von interessierten Kreisen gewollt ist.« Er stöhnte. »Noch einmal von vorn. Wer hat ein Interesse daran, dass Weiß zur Unperson ernannt wird?«

Nicht schon wieder, dachte sich Böhnke, aber vielleicht brachte ihn Grundler auf neue Ideen, wenn er die Interessenten nannte.

»Da sind die Patienten und die Verwandten der Patienten.«

»Geschenkt.« Grundler winkte ab. »Das sind einfache Leute, brave Bürger, so wie du und ich, die einfach nur Gerechtigkeit wollen.« Er glaube nicht, dass in dieser Gruppe ein derartiger Hass auf Weiß gepflegt werde, der bis zur Existenzvernichtung des Arztes führen müsste.

»Da sind die Pfleger und Krankenschwestern.« Böhnke erinnerte sich durchaus mit einem süffisanten Schmunzeln an Oberschwester Brigitte und Friedmann. »Immerhin hat Weiß eine Reihe von ihnen vor die Tür gesetzt.«

»Geschenkt.« Wieder winkte Grundler ab. »Die wünschen dem allenfalls die Pest an den Hals, und die haben wahrscheinlich alle dank ihrer Qualifikation eine neue Anstellung an einem anderen Krankenhaus gefunden.«

»Da sind die Mitarbeiter aus der Verwaltung, die zum Teil unfähig sind, zum Teil ihren Job nur lustlos machen, zum Teil sogar die Arbeit in der Klinik behindert haben, indem sie Material zu spät oder gar nicht bestellt haben.«

»Geschenkt.« Grundler nippte am Wein. »Das sind vielleicht Trottel. Daher sind sie unfähig, Weiß ins Verderben zu reißen.«

»Da sind die Ärzte. Drei Chefärzte wurden gefeuert, ein möglicher weiterer, den Weiß mitgebracht hatte und installieren wollte, wurde von ihm rausgeschmissen. Angeblich, so wurde mir gesagt, sollen die beiden sogar befreundet gewesen sein.«

»Kommen infrage.« Fachwissen, Insiderkenntnisse, eventuell Beziehungen zum Personal. »Die könnten hinter der anonymen Anzeige stecken.« Grundler schaute auf. »Was spricht denn dagegen, dass die mit einem juristisch versierten Kompagnon im Rücken das Verfahren gegen Weiß eingefädelt haben? Wenn die wussten, dass aus Gründen der Prozessökonomie und der Verfahrensbeschleunigung ihre eigenen möglichen Verfehlungen nicht intensiv verfolgt würden, hätten sie ihr Ziel erreicht. Alle gegen Weiß, Weiß fliegt aus dem Spiel raus, alles steht wieder auf null, das Spiel beginnt von vorn.«

»Und damit kommen wir zum Beigeordneten Helmut Schröder. Der ist Jurist und war kaufmännischer Leiter vom St. Raphael.« Böhnke machte bei Grundlers Gedankenspielereien bereitwillig mit. »Er hat Beziehungen zur Klinik.«

»Mehr noch.« Triumphierend hatte Grundler die Stimme erhoben. Nicht nur Böhnke habe zwischenzeitlich ermittelt, er selbst sei nicht untätig gewesen. Na ja, räumte er ein, nicht er selbst, sondern Sabine, seine Sekretärin und Lebenspartnerin. »Sie hat in Standesämtern recherchiert und herausbekommen, dass dieser Beigeordnete verschwägert ist mit einem der geschassten Chefärzte. Außerdem gibt es die Ehe zwischen deiner Oberschwester Brigitte und einem anderem Chefarzt.« Daraus ergebe sich eine interessante Gemengelage.

»Okay. Du meinst also, die Ehebrecherin Brigitte mit ihrem Liebchen Friedmann, die Chefärzte und der Beigeordnete machen gemeinsame Sache, bringen durch ihre anonyme Anzeige die Lawine ins Rollen, die Weiß unter sich begräbt, und schustern sich anschließend wieder die Pöstchen im Krankenhaus zu? Friedmann füttert derweil seinen Bruder mit Informationen, der dann dafür sorgt, dass jeder Schritt publik wird, der Weiß näher ans Grab bringt.«

Grundler winkte beschwichtigend ab. »Ob das so ist, kann ich dir nicht sagen. Aber es ist eine denkbare Möglichkeit. Sie könnte eine Arbeitsgrundlage sein, wenn wir uns entschließen sollten, weiter am Ball zu bleiben.«

Es gebe noch andere Ansätze, meinte Böhnke. Beispielsweise die Politik. »Oberschwester Brigitte gehört einer Rathausfraktion an, die gegen den Verkauf der Klinik war. Der Rat stimmte dem Verkauf zu, obwohl der Beigeordnete ein großes Interesse daran hatte, dass die Klinik nicht verkauft wurde. Der Bürgermeister tut zerknirscht, als habe er aufs falsche Pferd gesetzt, und sei jetzt froh, den Verkauf rückgängig machen zu können.« Ihnen allen komme die Entwicklung am Raphael sehr entgegen. »Wer sagt uns denn, dass die die Karten nicht vorher zu ihrem Vorteil gemischt haben?«

Grundler zuckte mit den Schultern. »Merkwürdige Sache. Das sieht nach einem Komplott gegen Weiß aus, den er ungewollt tatkräftig unterstützt hat, weil er sich und seine ärztlichen Fähigkeiten überschätzt hat.« Wenn er wolle, könne er ein komplettes Dossier über Weiß haben, bot er Böhnke an. »Ich, äh, Sabine hat es zusammengestellt. Es kommt zu dem Ergebnis, das du wahrscheinlich schon kennst. Er ist im Prinzip ein gutmütiger, hilfsbereiter Mann, der in seiner Hilfsbereitschaft fatale und stümperhafte Fehler und Vergehen begangen hat. Wie dem auch sei, durch ihn mussten Menschen sterben. Dafür muss er bestraft werden.«

Böhnke verzichtete auf eine Erwiderung. Er hing seinen eigenen Gedanken nach. Gab es noch mehr Mitglieder dieses Kreises, die an einem möglichen Komplott gegen Weiß mitstrickten? Der Journalist Friedmann kam ihm in den Sinn. Seine Verbindung zum Rathaus und die Nähe zu seinem Bruder ließen ihn nicht nur zum Mitwisser werden, er konnte durchaus auch Mitmacher sein. Er erinnerte sich an das Gespräch im Rathaus, bei dem die junge Frau im Fraktionszimmer beiläufig erwähnt hatte, dass der Journalist nicht nur Hofberichterstatter des Bürgermeisters und des Krankenhauses war, sondern auch bei Broschüren und Informationsschriften mitwirkte. Vielleicht hatte Friedmann ja Hilfestellung gegeben bei der Formulierung der anonymen Anzeige. Auszuschließen war es nicht.

Als sie merkten, dass sich ihr Gespräch im Kreis drehte und obendrein die Weinflasche keinen einzigen Tropfen mehr abgab, war für sie die Zeit der Nachtruhe gekommen. Schnell verzogen sie sich auf die Zimmer.

Doch konnte Böhnke nicht einschlafen. Aufgewühlt lag er neben der ruhig atmenden Lieselotte. Ihm ging wieder die eine Frage durch den Kopf. Wer hatte ihm anonym die Anklageschrift zugeschickt? Vielleicht war es Weiß selbst gewesen. Doch der hätte vermutlich auf das vor Jahren gegebene Versprechen hingewiesen. Warum hätte er sich außerdem die Mühe machen sollen, nach Köln zu fahren, dort den Namen und die Anschrift eines unlängst Verstorbenen herauszufinden und dann in dessen Namen das Päckchen an ihn zu versenden? Nein, folgerte Böhnke für sich, Weiß war zu einfach gestrickt, um derart kompliziert vorzugehen. Das passte nicht zu einem Menschen, den Sabine als gutmütig und hilfsbereit geschildert hatte. Weiß hätte direkt Kontakt aufgenommen. Da war sich Böhnke ziemlich sicher.

Jemand wollte Weiß helfen, ohne sich selbst ins Spiel zu bringen. Warum? Dieser jemand wusste von dem Versprechen. Woher? Ein Freund. Ein Kollege. Die Ehefrau. Wer auch immer. Ich muss da ansetzen. Für Böhnke ging es nicht mehr nur um Weiß. Für Böhnke ging es um die Lösung eines Geheimnisses. Die Arbeit daran lenkte ihn ab von seiner eigenen Vergänglichkeit und gab ihm die Gelegenheit, seiner Lieselotte einen Dienst zu erweisen, so wie Weiß ihr einen lebensrettenden Dienst erwiesen hatte.

Endlich fiel er in einen tiefen Schlaf.

Der spitze Schrei von Lieselotte, der aus der Küche durch die verschlossene Tür bis ins Schlafzimmer hallte, riss ihn aus seinem Traum. Verschreckt sprang Böhnke aus dem Bett und hastete in die Küche. Grundler saß mit grimmiger Miene auf der Eckbank, Lieselotte hielt mit zitternden Händen die Tageszeitung in den Händen. Sie weinte.

»Was ist geschehen?«, fragte Böhnke. Verstört griff er

nach der entgegengehaltenen Zeitung. Stumm zeigte Lieselotte auf eine Todesanzeige.

Er las, schluckte schwer und las erneut die Worte, bis er endlich ihren Sinn verstand: »Wir nehmen Abschied von Rudolf-Günther Böhnke. Er starb plötzlich, aber nicht unerwartet.«

34. KAPITEL

»Wann bin ich denn gestorben?« Böhnke bemühte sich, ruhig zu bleiben, obwohl sein Herz wie wild schlug und sein Puls raste. Es reichte, wenn Lieselotte ihre Fassung verloren hatte. Oder trieb ihn der Galgenhumor um? Immerhin konnte jeder Tag sein letzter sein. Und wenn er seinen eigenen Tod überlebt hatte, war das etwas, was nicht jeder von sich behaupten konnte.

Nach der Todesanzeige war er vorgestern gestorben. Als Ort war Huppenbroich angegeben. »Scherzkekse. Ich war doch gar nicht hier«, höhnte er. »Und außerdem, wo soll denn die Beerdigung sein?« Verächtlich warf er die Zeitung in die Ecke. »Die wird auch immer oberflächlicher.«

Er setzte sich zu Grundler und griff nach der Kaffeetasse. Er schaffte es nicht, sie zum Mund zu führen, so sehr zitterte seine Hand. Seine Ruhe war tatsächlich bloß eine vorgetäuschte. Er war nicht minder aufgewühlt als seine beiden Tischnachbarn.

Minutenlang schwiegen sie sich an. Was sollten sie auch sagen? Kauend und trinkend hingen sie ihren Gedanken nach, die bei allen wohl gleich waren. Wer hatte diese Anzeige aufgegeben, und vor allem warum? Was wollte er damit bezwecken? Ein Dummejungenstreich war das bestimmt nicht.

Endlich beendete Böhnke die Stille. Er hatte sich beruhigt, das Zittern hatte aufgehört, sein Puls hatte sich im üblichen Bereich eingependelt. Alles war gut. Fast alles.

»Ich weiß nicht, wie ihr den Schwachsinn bewertet. Aber er ist bestimmt nicht der Hilferuf eines verirrten oder verwirrten Menschen. Welche Botschaft steckt hinter dieser Anzeige, habe ich mich gefragt. Jemand will mich verunsichern, erschrecken, mir vielleicht sogar drohen. Aber besonders will er eines: Er will mich ablenken. Ich soll mich auf diese Todesanzeige konzentrieren und darüber etwas anderes vergessen.« Böhnke schaute Lieselotte und Grundler fragend an. »Sehe ich das etwa falsch? Wenn das so ist, müsst ihr es mir sagen.«

Ihr schweigendes Kopfnicken bewertete er als Zustimmung. »Also, momentan ermittele ich in Sachen Weiß und besonders im Fall Ammery.« Seinen mahnenden Blick verstand Lieselotte durchaus. Sie hielt sich mit ihrer Bemerkung zurück. »Das weiß unser neuer Freund wahrscheinlich ebenso, wie er weiß, dass ich in Huppenbroich wohne und nicht gesund bin. Woher weiß er aber, dass ich heute zu Hause bin? Die Anzeige hätte keinen

Sinn gemacht, wenn ich sie nicht zeitgenau zu Gesicht bekommen hätte. Hat einer von euch irgendjemandem gesagt, dass ich gestern zurückkomme?«

Lieselotte und Grundler schüttelten verneinend den Kopf.

»Dann wissen nur meine Gesprächspartner der letzten Tage davon.« Böhnke lächelte grimmig. »In dem Kaff weiß jeder sofort Bescheid, wenn etwas Außergewöhnliches passiert, und dazu gehört es auch, wenn ein pensionierter Kommissar, der am Raphael herumschnüffelt, wieder nach Hause fährt.«

»Du glaubst also, dass dieser Scheißdreck mit deiner Ermittlung zusammenhängt?« Grundler hatte die Frage gestellt, ohne eine Antwort zu erwarten. Sie lag auf der Hand. »Das bedeutet, dass die Anzeige von einem deiner neuen Bekannten in die Wege geleitet wurde.« Es müsse doch herausbekommen zu sein, wer die Anzeige wo aufgegeben hat. »Eine Leichtigkeit«, behauptete Grundler. »Ich kümmere mich drum.«

»Und ich muss zur Arbeit.« Lieselotte machte sich zum Aufbruch bereit. »Dass mir keine Klagen kommen. Pass auf dich auf, Rudolf-Günther.« Sie strahlte Zuversicht aus, aber Böhnke wusste, dass ihre Sorge um ihn größer war, als er angenommen hatte.

»So ein Mist.« Grundler hatte die Zeit des Abschiednehmens zwischen Böhnke und Lieselotte genutzt, um bei der Anzeigenabteilung des Zeitungsverlags Aachen anzurufen. »Die geben keine Auskunft. Hätte ich mir eigentlich denken können. Ich glaube, das müssen wir streng nach Vorschrift angehen.«

»Und wie?«

»Anzeige gegen Unbekannt wegen Nötigung und sonstiger Delikte zu deinem Nachteil.«

»Das kann dauern«, gab Böhnke zu bedenken, »und das wird in ein paar Monaten zu einer Einstellung des Verfahrens führen, weil es wichtigere Dinge gibt als eine fingierte Todesanzeige.« Und weil er vielleicht bis dahin tatsächlich schon tot war.

»Also legen wir diesen Unsinn zu den Akten und beschäftigen uns nicht mehr damit«, folgerte Grundler. Er schlüpfte in seine Jacke und griff nach dem Autoschlüssel. »Ich muss los. In Huppenbroich gibt es leider kein Gericht, ich muss zurück in die Kaiserstadt. Meine Mandanten und meine Liebste warten auf mich.«

Und auf mich warten Helma und Selma, dachte sich Böhnke schmunzelnd, während er den Küchentisch abräumte. Die Tiere mussten sich heute gedulden. Was waren da schon ein paar Stunden, wenn sie es auch schon ein paar Tage ohne ihn hatten aushalten müssen? Der Hausputz dauerte nach dem abendlichen Gelage und dem Herrichten des Gästezimmers länger als üblich. Böhnke ließ sich Zeit. Wenn ich etwas habe, dann ist es Zeit. Ich weiß nur nicht, wie viel mir noch bleibt.

Die Bernhardiner ahnten instinktiv, wohin es Böhnke treiben würde, als er endlich das Haus verließ. Als hätten sie es stillschweigend vereinbart, schlugen sie den Weg zu Billas Haus ein. Böhnke folgte ihnen tatsächlich. Er musste seiner Aufgabe als Geschäftsführer der Stiftungen nachgehen, wissend, dass sich der Aufwand auch nach den Tagen seiner Abwesenheit in Grenzen halten würde.

Der Briefkasten am Hauseingang enthielt nur die Werbeblättchen und einige Anzeigenzettel. Die elektronische

Post beschränkte sich auf ein Dankschreiben einer Hilfsorganisation, auf zwei Anfragen zwecks Förderung und auf einen Hinweis ihrer Hausbank, wonach es einen aktuellen Auszug für die Konten der Stiftungen gebe. Vielleicht sollte er doch einmal das Angebot von Sabine annehmen und mit ihr nach Afrika fahren, um sich über den Zustand und die Nutzung der von ihnen unterstützten Schulen zu informieren. Unlängst hatte es Ärger geben, weil ein Schulleiter Geld unterschlagen hatte, das sie ihm zum Kauf neuer Bücher und Schreibhefte überwiesen hatten. Die kopierten Rechnungsbelege hatte er gefälscht. Aufgeflogen war er, weil ein Lehrer sich über die mangelnde Unterstützung der Stiftung beklagt hatte. Die Aufsichtsbehörde hatte daraufhin den Lehrer gefeuert und den Schulleiter ermahnt. Kein Wort hatte sie darüber verloren, ob inzwischen mit dem Geld die Materialien angeschafft worden waren. Die Stiftung stand jetzt vor der Frage, die Unterstützung gänzlich einzustellen oder einen anderen Weg der Förderung zu finden, um sicher zu sein, dass die Materialien auch in die Schulen und nicht in die Hände unlauterer Bürokraten gelangten.

Helma und Selma wurde es langweilig. Sie wollten nach draußen, wie sie Böhnke klarmachten.

»Untreue Tomaten«, rief er ihnen hinterher, als sie Richtung heimischer Futterkrippe davonstoben. Zurück an seinem Arbeitsplatz erkannte er die neue Mail im elektronischen Postfach. Sabine hatte sie geschickt.

»Lieber Herr Böhnke«, hatte sie geschrieben und ihn damit zum wiederholten Male daran erinnert, dass er ihr unbedingt als Älterer das Du anbieten sollte. Er verpasste immer wieder die Gelegenheit. Dabei war es Sabine gewesen, die wesentlich zur Gründung der Stiftungen beigetragen hatte, als sie eine millionenschwere Erbschaft darin einbrachte. Ohne sie wäre Grundler vielleicht schon vor die Hunde gegangen, als er sich in einer schweren Krise befand und für ein Jahr abgetaucht war. Sabine war der ruhende Pol in der Beziehung seines Freundes. Er mochte sie so, wie er Tobias mochte.

»Tobias hat mich in seiner unnachahmlichen Art beauftragt, herauszufinden, wer hinter ›Ihrer Todesanzeige‹ steckt. Mit anderen Worten: Weil er nicht weiß, wo er ansetzen kann und soll, schickt er seine Tippse ins Rennen.«

Böhnke musste schmunzeln. Grundlers zynische Selbstgefälligkeit und Sabines ironische Bescheidenheit ergaben eine herzerfrischende Kombination. Da prallten Welten aufeinander, die sich im großen schwarzen Loch für die Ewigkeit verbanden. Böhnke nahm sich zurück. Dieser Vergleich war für ihn und Lieselotte bestimmt.

»Ich bin zu folgendem Ergebnis gekommen. Die Anzeige wurde vor drei Tagen von einem Kunden mündlich an einer Annahmestelle in Köln aufgegeben und bar bezahlt. Bei dem Kunden handelt es sich um einen gewissen Michael Theuerkauf. Der Name ist fingiert. Es gibt keinen Michael Theuerkauf mehr. Der Mann ist vor vier Tagen in Köln verstorben.«

Gerne sei sie bereit, ihm ausführlich zu erläutern, wie sie zu diesem Ergebnis gekommen sei. Das könne sie allerdings erst am Abend machen. »Bis dahin habe ich für meinen Herrn und Meister noch einige schwachsinnige Arbeiten zu erledigen, für die er sich zu fein ist. LG S«

LG S. Ging es noch schlimmer? War nicht einmal mehr Zeit für eine vernünftige Verabschiedung? »Liebe Grüße Sabine« hätte ihm allemal besser gefallen als dieses hingeschluderte »LG S«. Aber das war wohl der Lauf der Dinge. Böhnke schob den Gedanken fort, er lenkte nur vom Wesentlichen ab. Er war davon überzeugt, dass Sabines Angaben zutrafen. Sie war gewissenhaft, fast schon penibel, wenn es um Fakten, Daten und Rückschlüsse ging, wie sie in den Diskussionen im Stiftungsrat immer wieder bewiesen hatte.

Konnte man sich noch blöder anstellen als der oder die Unbekannten, die mit ihm spielen wollten? Oder waren das bewusste, geschickte Schachzüge, die ihn verwirren sollten? Ein Anonymus hatte die Strafanzeige in einem Internetcafé in Köln an die Polizei geschickt. Ein Unbekannter hatte ihm unter falschem Namen von Köln aus die Anklageschrift zugeschickt und jetzt hatte ein Unbekannter unter der missbräuchlichen Nutzung des Namens eines Verstorbenen in Köln die Todesanzeige aufgegeben. Es gab eine Übereinstimmung, nämlich Köln. Das war es auch schon, wenn er sachlich analysierte. Es gab keinen Hinweis darauf, dass eine Person oder eine Personengruppe hinter den drei Aktionen stand. Das konnte, musste aber nicht sein. Kannten sich die Absender von Anklage, Klageschrift und Todesanzeige? Falls dies der Fall war, wurde die Angelegenheit noch vertrackter. Dann hätten ihn nämlich die Unbekannten schon kontaktiert, bevor er in der Seestadt aktiv wurde. Kannten sie ihn nicht, hatte er es mit zwei, wenn nicht sogar mit drei unterschiedlichen Interessengruppen zu tun: eine, die wollte, dass er für Weiß tätig wurde, eine oder zwei, die ihn von dieser Tätigkeit abhalten wollten.

Es würde bei Vermutungen bleiben, sagte sich Böhnke. Er konnte unterstellen, dass ihm die Anklageschrift von jemandem zugestellt worden war, der es gut meinte mit

Weiß. Vielleicht steckte Weiß sogar selbst dahinter. Konnte er aber auch unterstellen, dass die Anzeigenerstatter und die Versender der Todesanzeige identisch waren? Es sprach mehr dafür als dagegen, sagte sich Böhnke, ohne einen Grund zu kennen. Eine Vermutung halt, nicht mehr, aber auch nicht weniger.

Da blieb noch der »Tatort Köln«, wie Böhnke ironisch dachte. Ich gehe davon aus, dass der Ort absichtlich gewählt wurde. Die Stadt lag weit genug von der Seestadt entfernt, um keine direkte Verbindungen herzustellen, außerdem war sie groß genug, um darin unerkannt zu agieren. Vermutlich sollte sogar der Blick auf Köln gerichtet werden, um von einer anderen Stadt abzulenken. »Wir werden sehen«, sagte Böhnke fast schon beschwingt in den leeren Raum hinein, während er beobachtete, wie der Rechner herunterfuhr. Seine Arbeit war getan. Der Spaziergang durch die frühwinterliche Landschaft konnte beginnen.

Er kam spät nach Hause zurück. Die kalte Luft hatte ihm gutgetan. Der leichte Regen hatte ihn nicht gestört. Er war alleine gewesen in der Natur mit den schon entlaubten Bäumen, den blassgrünen Wiesen, den mit Senfgras als Zwischenfrucht bewachsenen Feldern und den durchnässten Wegen, auf denen die Schuhe tief in den Matsch einsanken. In der Ferne hatte er den Rursee erkannt, eine graue, triste Fläche, umsäumt von bewaldeten Hängen in einem trüben Braun. Nicht mehr Herbst, noch nicht Winter. Schmuddelwetter in einer Schmuddelzeit. Aber Böhnke fühlte sich wohl. Er lebte. Was wollte er mehr?

Der Blick in den Briefkasten gehörte zur Routine. Die Post hielt sich in Grenzen. Wenn er die Werbung wegwarf, blieb meistens nichts. Heute gab es die Ausnahme, einen gestern in Köln abgestempelten, weißen Briefumschlag. Post von Anonymus, feixte Böhnke für sich.

Er hatte richtiggelegen. Der Umschlag enthielt ein Blatt, auf das die Todesanzeige von heute kopiert war. »Manchmal dauert es etwas länger, bis die Realität eintritt«, stand darunter in Computerschrift geschrieben. »Aufrichtiges Beileid.«

35. KAPITEL

Nein. Darüber rege er sich nicht auf, hatte er Grundler beim Telefonat am späten Abend gesagt. Beim Gespräch davor mit Lieselotte hatte er die neue Botschaft gar nicht erwähnt. Sie hatte die bewusst fälschliche Todesanzeige immer noch nicht verarbeitet, und es hatte ihm Mühe bereitet, sie davon abzuhalten, am Abend nach Huppenbroich zu kommen. Sie solle sich um ihre Arbeit in der Apotheke kümmern, ihm ginge es bestens, hatte er ihr wider besseres Wissen versichert.

Tatsächlich war er weit davon entfernt, den Brief auf die leichte Schulter zu nehmen. Aber er würde sich dadurch nicht beirren lassen. Wie Grundler verstand er den Brief als Drohung derjenigen, die auch die Todesanzeige aufgesetzt hatten.

»Das ist kein Spiel mehr«, hatte Grundler gemeint, »das ist jetzt tödlicher Ernst. Du hast wohl in ein Wespennest gestochen, ohne gewusst zu haben, dass es ein Wespennest ist.«

»Und du hast mich dazu angeleitet«, lamentierte Böhnke. »Das war doch deine Idee, mich wegen deines Mandaten in dieses Scheißkaff zu schicken.«

»Und deshalb ist meine Pflicht, dir dabei zu helfen, das Wespennest unschädlich zu machen, ehe es zu einer Wespenattacke kommt.« Grundler hörte über Böhnkes Lamentieren hinweg. »Jetzt geht es nicht mehr um Ammery, jetzt geht es um mehr, nämlich um dich.«

»Glaub ich nicht«, entgegnete Böhnke. »Ich bin der Störenfried, der einigen schmerzhaft auf die Füße getreten ist. Da läuft ein dickes Ding ab. Ich spüre es. Da steckt mehr hinter als ein Arzt, der einige Menschen auf dem Gewissen hat.«

»Haben soll«, verbesserte ihn Grundler schnell.

Böhnke stutzte. »Nanu. Was ist mit dir los? Stehst du auf einmal auf der Seite von Weiß?«

»Nein. Aber das ist alles so offensichtlich, zu glatt.«

»Mit einigen Zweifelfällen.« Böhnke verwies auf Herbst, was Grundler nicht beirren konnte.

»Der Staatsanwalt sieht seine Felle davonschwimmen, wenn er sich mit Kleinkram aufhält. Deshalb konzentriert er sich sinnvollerweise auf die Schwergewichte, auf die Fälle, die wasserdicht scheinen. Ich kann ihn verstehen. Ich werde versuchen, an einem Deal mitzuwirken. Vielleicht springen ein paar Kröten für meinen Mandanten raus, auch wenn der Fall nicht verhandelt wird.«

Böhnke ersparte sich die Frage nach den Möglichkeiten eines Anwalts. Das war zu kompliziert und nicht seine Welt.

»Ich glaube, es gibt zwei Aspekte, die wir betrachten müssen«, fuhr Grundler fort. »Der eine ist der Fall Weiß, der zweite der Fall St.-Raphael-Krankenhaus.« Dabei sei der zweite Aspekt vermutlich der wichtigere. »Bei deiner Suche nach belastendem Material über Weiß bist du wohl einigen zu nahe getreten, die mit der Klinik kungeln. Vielleicht ist dir das nicht bewusst geworden, aber die vermuten, dass du etwas herausbekommen hast, das ihre Kungelei aufdecken oder verhindern könnte.«

Musste er das verstehen? Böhnke fiel es schwer, Grundlers Gedankengängen zu folgen. Am liebsten wäre er aus dieser undurchsichtigen Sache ausgestiegen. Aber dafür war es wohl zu spät. Man hatte ihm mit dem Tod gedroht. Da konnte er nicht mehr aussteigen. Wer mir droht, ist tot – an diesen Spruch erinnerte er sich in diesem Moment. Konnte er in Ruhe leben, wenn er damit rechnen musste, dass ihn jemand töten wollte? An einen schändlichen Spaß wollte er nicht mehr glauben. Die Todesanzeige allein hätte er noch als Spaß bewerten können. Spätestens der Brief, der vor der Anzeige verschickt worden war, zeigte ihm aber, dass er nicht von einem schwachsinnigen Spaß, sondern von einem unsinnigen Ernst ausgehen musste. Und wenn Grundler meinte, nicht Weiß sei die Ursache, sollte ihm das einerlei sein. Dann war es eben das Krankenhaus – und Weiß sogar ein Opfer.

Er hörte unkonzentriert zu, als ihm Grundler über Sabines Recherche berichtete. Über Kontakte zur Anzeigenabteilung des Zeitungsverlags war sie an die Annahmestelle für Zeitungsanzeigen in Köln geraten. In einem kleinen Zeitungsladen in der Südstadt war die Todesanzeige aufgegeben worden. Der durchaus auskunftsfreudige Inhaber kommentierte ihre Schilderung mit einem typisch kölschen »Basses näh«, was Empörung und Entsetzen zugleich ausdrückte. Selbst wenn er wollte, konnte er nicht helfen. Er hatte sich nichts dabei gedacht, als ein Mann die Anzeige aufgegeben hätte mit der Begründung, der Verstorbene sei sein Freund gewesen. Mit einem stillen Gruß wollte er sich von ihm verabschieden. Keiner bräuchte zu wissen, wer er sei. »Dat hat mich jenügt, weil der mich dann dat Jeld jejeben hätt und misch singe Namen jenannt hätt.« Er hatte sogar die Unterlagen herausgekramt und den Namen verraten, nämlich Michael Theuerkauf. Dass es sich dabei um den Namen eines just verstorbenen Kölners handelte, kommentierte er mit einem typischen »Nä, wat is dat för ne fiese Möpp«.

Nach einer Unterrichtsstunde in Kölscher Mundart stand Böhnke nicht der Sinn. Er hatte Wichtigeres zu tun. »Wir lassen die Blase ums Raphael-Krankenhaus platzen«, sagte er entschlossen. Wenn er die Ungereimtheiten dort aufdeckte, konnte er vielleicht auch seine Bedroher ausfindig machen.

»Und Weiß platzt mit«, fügte Grundler schnell hinzu.

Sie hatten das Telefonat kaum beendet, als das Gerät erneut anschlug. Es war wieder Grundler.

»Sitzt du gut?«, fragte er hastig.

»Nein, ich pinkle im Stehen«, grunzte Böhnke, der sich im Sessel fläzte.

»Dann setze dich, bitte.«

»Warum?«

»Weil Frank Petersmann tot ist. Du weißt, der Kumpel von Weiß, den er mit ans Raphael gebracht und den er vor ein paar Wochen entlassen hat. Ich hab's gerade durch

Zufall mitbekommen, weil ich beim Zappen im Südwestfunk die Nachricht gehört habe.«

Wenn er nicht schon längst sitzen würde, müsste er sich spätestens jetzt eine Sitzgelegenheit suchen. Böhnke spürte, wie sein Kreislauf nach der Nachricht in Wallung kam. Er wusste nur nicht, warum.

36. KAPITEL

Menschen waren merkwürdige Geschöpfe. Niemals wusste man, woran man bei ihnen war. Mal ließen sie sich tagelang überhaupt nicht blicken. Dann schlurften sie über die Wege wie eine alte Kuh über die Weide, dann rannten sie fast schon, obwohl es gar keinen Grund für eine Flucht gab. Menschen waren unberechenbar, jedenfalls aus der Sicht von Helma und Selma. Statt ihren freudigen Gruß zu erwidern, hatte ihnen Böhnke keinen einzigen Blick zugeworfen, sondern war in Richtung Ortsmitte gehastet, war in dem alten Haus verschwunden und hatte ihnen dabei die Tür vor der Nase zugeschlagen. Dann eben nicht. Irgendwo in Huppenbroich würde es etwas Interessantes für sie geben.

Böhnke hatte gar nicht mitbekommen, dass ihn die beiden Hunde bei seinem gedankenversunkenen Marsch zu

Billas Haus begleitet hatten. Der Tod von Petersmann ging ihm nicht aus dem Kopf. Hastig schaltete er den Rechner ein und ärgerte sich über die Dauer, bis er endlich hochgefahren war. Das war keine Arbeitserleichterung, ein lahmer Rechner war sinnlose Zeitvergeudung.

Er suchte die Homepage der Zeitung aus der Seestadt. Doch fand er im E-Paper weder einen Hinweis auf Petersmann noch auf das St.-Raphael-Krankenhaus. Still ruht der See, bemerkte Böhnke lakonisch. Friedmann angelt wohl ergebnislos im Trüben. Den ersten Hinweis fand er im Videotext des Südwestfunks. Darin wurde der Tod eines Arztes Mitte 50 gemeldet, der bis vor Kurzem am Raphael-Krankenhaus gearbeitet habe. Die Todesursache sei unbekannt.

Super. Und dafür rase ich durch den Wald. Böhnke schimpfte mit sich selbst. Bei den Suchmaschinen fand er zwar einige wenige Artikel über den Arzt, aber sie waren weder aktuell noch hatten sie dessen Tod zum Inhalt. Dann eben nicht, sagte er sich, bis ihm eine Idee kam. Er würde bei den aktuellen Nachrichten in den Suchprogrammen des weltweiten Netzes forschen. Längst hatte er sich von Google verabschiedet, er bevorzugte inzwischen das deutsche Suchprogramm Bing. Mehrfach fand er die wenig aussagekräftige Mitteilung aus dem SWR-Videotext. Dazwischen hatte sich die Nachricht eines Magazins aus München gemogelt. »Ein Tod, der Fragen aufwirft«, so lautete die Überschrift zu einem kleinen Bericht, der nicht hielt, was die Überschrift versprach. Im Prinzip umschrieb der Bericht in mehr Worten das, was der Videotext als Nachricht gemeldet hatte. Lediglich der Hinweis, der Text würde ständig aktualisiert, falls es neue Fakten gebe, erregte Böhnkes Aufmerksamkeit. Am späten

Nachmittag würde er schauen, ob tatsächlich neue Fakten vorlagen. So richtig glauben wollte er nicht daran. Wahrscheinlich natürlicher Tod, Herzversagen oder so, dachte er sich. Einmal erwischte es jeden. Das lag in der Natur der Dinge und des Menschen.

Menschen sind merkwürdige Geschöpfe. Das galt insbesondere für das Exemplar, das sie häufig bei ihren Spaziergängen durch Huppenbroich begleiteten. Wie verwandelt war der Mensch, nachdem er das alte Haus verlassen hatte. Er hatte sie getätschelt, mit sanfter Stimme auf sie eingeredet und sie anschließend stundenlang bei einem Streifzug durch den Wald nicht aus den Augen gelassen.

Böhnke hatte sich gefreut, als er Helma und Selma entdeckte, die vor Billas Haus umherliefen, als er die Tür verschloss. »Na, ihr Waldschrate«, rief er ihnen zärtlich zu, »ihr habt bestimmt nichts gegen eine ausgedehnte Runde durch den Busch. Oder?« Herzlich hatte er sie unter dem Maul gekrault, dort, wo sie die Streicheleinheiten besonders genossen.

Er brauchte den Waldspaziergang, es gab zu viele Gedanken, die er sortieren musste, und es gab einen neuen Umstand, von dem er ahnte, dass er zu dem Geflecht rund um Weiß hinzugehörte. Obwohl noch nichts dafür sprach, vermutete Böhnke, dass der Tod von Petersmann mit dem Drama um Weiß zusammenhing – und wenn Petersmann nur deshalb einen tödlichen Infarkt erlitten hatte, weil ihm das Geschehen zu nahegegangen war. Immerhin waren die beiden einmal Freunde gewesen. Waren sie es immer noch, nachdem Petersmann das Raphael-Krankenhaus verlassen musste? Eine Frage, auf die er wohl niemals eine Antwort bekommen würde, sagte sich Böhnke.

Er musste sich orientieren. Bei seinem nachdenklichen Vorwärtsschreiten hatte er nicht darauf geachtet, wohin er überhaupt lief. Den kürzesten Weg zurück kannten bestimmt die Hunde, dachte er sich und gab ihnen laut das Kommando: »Ab nach Hause!«

Zu seinem Erstaunen liefen Helma und Selma weiter geradeaus. Er folgte ihnen. Die Hunde würden wissen, welche Richtung einzuschlagen war, um schnellstmöglich zu ihrem Futternapf in Huppenbroich zu gelangen.

Den am Morgen unterlassenen Hausputz holte er mit großer Gründlichkeit nach. Heute war Genauigkeit angesagt, schließlich stand der Wochenendbesuch von Lieselotte auf dem Plan. Sie war pingelig, was die Sauberkeit anbetraf. Ihre gute Laune konnte schnell dahin sein, wenn sie ihren Aufenthalt im »Hühnerstall« mit Staubwedel und Wischtuch beginnen musste, weil er nicht ordentlich gearbeitet hatte. Dennoch beeilte er sich. Er wollte vor Lieselottes Ankunft in Billas Haus nachschauen, ob es inzwischen neue Informationen zum Tod von Petersmann gab.

Die Zeitung aus der Seestadt enttäuschte ihn. Sie hatte sich in ihrer elektronischen Ausgabe gerade einmal dazu aufgerafft, den Tod von Petersmann zu vermelden, der die St.-Raphael-Klinik »im Streit mit der Geschäftsführung« vor ein paar Wochen verlassen hatte.

Das sind Provinzpenner, lästerte Böhnke, nachdem er den tatsächlich aktualisierten Artikel des Nachrichtenmagazins aus München gelesen hatte. Diese Information hätten die Seestädter doch auch übernehmen können. Lediglich die Überschrift »Ein Tod, der Fragen aufwirft« war geblieben. Nunmehr war von »dubiosen Umständen« die

Rede, unter denen Petersmann zu Tode gekommen war. Die Staatsanwaltschaft habe den Wagen, einen VW Passat, beschlagnahmt, in dem er »angeblich verunfallt« war. Es würde vieles darauf hinweisen, dass es Manipulationen an dem Fahrzeug gegeben haben soll. Nach der Schilderung des Magazins war Petersmann als Alleinfahrer auf freier Strecke in einer Linkskurve geradeaus fahrend von der Fahrbahn abgekommen und frontal gegen einen Baum geprallt. Anschließend habe sich der Wagen mehrfach im Feld überschlagen, sei kopfüber liegen geblieben und habe Feuer gefangen. »Petersmann konnte diesen vermeintlichen Unfall nicht überleben«, schrieb das Magazin. Nach Angaben von Rettungssanitätern und aus Polizeikreisen müsse mindestens ein Reifen am Passat geplatzt sein. Dass es Manipulationen an der Lenkung oder der Bremsanlage gegeben habe, sei nicht auszuschließen, behauptete das Magazin unter Berufung der am Unfallort Tätigen.

Den Wahrheitsgehalt dieser Behauptung würde er nicht überprüfen können, sagte sich Böhnke. Ungeachtet dessen würde die Staatsanwaltschaft den Wagen von einem Kfz-Sachverständigen untersuchen lassen. Das gehörte bei jedem Unfall mit Todesfolge zum routinemäßigen Programm. Da brauchte es nicht eine fragwürdige Mitteilung in einem Nachrichtenmagazin aus Bayern.

Aufschlussreicher fand Böhnke die Stellungnahme eines Sprechers des Automobilherstellers. Es sei nahezu unmöglich, dass ein Auto nach einem Unfall Feuer fange, meinte er. Das gebe es üblicherweise nur bei Action-Szenen in amerikanischen Filmen oder in deutschen Fernseh-Serien. Auszuschließen sei zwar nicht, dass Petersmanns Wagen wegen einer Beschädigung des Tanks und elektronischer Zündungen oder Funkenflugs in Brand geraten sei, aber die Wahrscheinlichkeit sei sehr gering. »Ein Auto brennt in den allermeisten Fällen nur, wenn das Feuer absichtlich herbeigeführt wurde, etwa durch Manipulation am Tank, am Motor oder der Zündung«, wurde der Sprecher zitiert.

Ergänzt wurde der Artikel durch Hinweise, wonach Petersmann »eine führende Rolle« im Klinik-Skandal am St.-Raphael gespielt habe, doch sei es ihm gelungen, seinen Kopf noch rechtzeitig aus der Schlinge zu ziehen. »Den Skandal hat er überlebt. Diesen Unfall, der vielleicht ein Attentat ist, konnte er nicht überleben«, hieß es zum Schluss. Man werde der Frage nachgehen, ob dieser Unfall im Zusammenhang stehe mit den tödlichen Verfehlungen des Gottfried Weiß.

Auch das Hamburger Nachrichtenmagazin hatte den Tod von Petersmann zum Thema gemacht, wie Böhnke bei der Durchsicht der Nachrichten feststellte. Doch hatten die Journalisten von der Elbe einen anderen Schwerpunkt in ihrer Berichterstattung als ihre Kollegen von der Isar. Die »ungeklärten Umstände seines vermeintlichen Unfalltodes« würden in den nächsten Tagen von der Staatsanwaltschaft geklärt, schrieben sie, um sich ihrem eigentlichen Thema zu widmen. Nach ihrer Recherche war Petersmann zum Hauptbelastungszeugen geworden, er war gewissermaßen »der Kronzeuge der Anklage«. Weil Petersmann vor der Staatsanwaltschaft ausgepackt habe, besitze diese nunmehr umfangreiches Beweismaterial, das die Anklage gegen Weiß noch unterstütze. »Dadurch wird es uns gelingen, Weiß in etlichen Fällen der fahrlässigen und der vorsätzlichen Tötung sowie der Körperverletzung mit Todesfolge zu überführen«, wurde ein nicht genannter Sprecher der zuständigen Staatsanwaltschaft zitiert.

Und was sagt Herbst dazu?, fragte sich Böhnke, wenn der nicht selbst der zitierte Sprecher war. Aber davon ging Böhnke nach seiner Einschätzung von Herbst nicht aus. Der war ein Arbeiter, kein Schwätzer.

Die Staatsanwaltschaft werde ihre Ermittlungen jetzt auf Weiß konzentrieren. Die Verfahren gegen die weiteren Beschuldigten seien teilweise bereits eingestellt worden oder stünden vor der Einstellung. »Weiß ist der Drahtzieher, der Alleinverantwortliche, derjenige, der für alle Vergehen und Verbrechen zur Rechenschaft gezogen werden muss«, wurde der Sprecher zitiert.

Doch was war ein derartiges Zitat wert? Böhnke hatte aus eigener Erfahrung Zweifel. »Aus sicherer Quelle« oder »ein Sprecher, der nicht genannt werden will«, das waren gebräuchliche Floskeln, wenn Journalisten etwas in die Welt setzten, wenn sie wollten, dass etwas gesagt werden sollte. Ob die Quelle eine seriöse war, war dabei bisweilen zweitrangig.

Interessant fand Böhnke die Mitteilung allemal. Alle retteten ihre Haut und bürdeten die gesamte Last und Schuld einem einzigen Mann auf. Ein durchaus verständliches, weil menschliches Verhalten. Jeder stand sich selbst näher als einem anderen, die eigene Zukunft und Karriere war wichtiger als die eines anderen. Wenn dieser ohnehin schlachtreif war, umso besser für alle Beteiligten.

Petersmann fungierte also als Hauptbelastungszeuge. Der langjährige Freund, den Weiß mitgebracht hatte und der durchaus auch mit einer Haftstrafe hätte rechnen müssen, wenn das Verfahren gegen ihn durchgezogen worden wäre. Da musste er schon gute und überzeugende Angaben gemacht haben, wenn die Staatsanwaltschaft die Ermittlungen gegen ihn einstellen wollte. Herbst hatte von einem Deal gesprochen. Aus seiner Sicht verständlich. Im Prozess gegen die angeklagten Ärzte der Raphael-Klinik würde das Verfahren gegen Weiß alle anderen überstrahlen. Niemand würde die anderen Angeklagten beachten, die Öffentlichkeit wollte den Galgen für Weiß, das Schicksal und die Schuld seiner Mittäter war nicht weiter von Belang und Interesse.

Der überraschende Tod von Petersmann bereite der Staatsanwaltschaft lediglich in einem Punkt Schwierigkeiten, wusste das Magazin zu berichten. Petersmann hätte seine Zeugenaussage zwar angekündigt und auch schriftlich fixiert, aber noch nicht zu Protokoll gegeben und demzufolge auch noch nicht unterschrieben. »Wir haben die Notizen der Gespräche mit ihm und seinen Hinweis, dass seine Aussage ausformuliert auf seinem früheren Rechner in der Raphael-Klinik liegt«, erläuterte der Sprecher der Staatsanwaltschaft. Die kommissarische ärztliche Leitung, bestehend aus den beiden früheren Chefärzten der Chirurgie und der Urologie, hätten bereits zugesichert, die Datei unverzüglich der Staatsanwaltschaft zukommen zu lassen. »Die Aussage von Petersmann hat nach wie vor ihren Wert. Sie bringt uns der Verurteilung von Weiß ein gehöriges Stück näher«, sagte der namenlose Sprecher.

Der eingestreute Hinweis des Magazins, die Aussage von Petersmann läge ihm bereits in der endgültigen Form vor, konnte weder Böhnke schrecken noch den Sprecher verunsichern. »Wir verlassen uns auf das, was wir von der Klinik erhalten«, kommentierte der Namenlose.

Illustriert hatten die Journalisten ihren Artikel mit einer Fotografie, die Petersmann und Weiß in Begleitung zweier Frauen vor dem Eingangsportal des Krankenhauses zeigte. »Ein Bild aus glücklichen Zeiten, als Weiß und Petersmann frischen Schwung in die marode Klinik bringen wollten«, hieß es in der Bildunterschrift.

37. KAPITEL

Der Blick auf die Computeruhr erschreckte Böhnke. Die Zeit war gewissermaßen gerast, Lieselotte war schon längst zu Hause angekommen. Schnell druckte er den letzten Artikel aus. Den abschließenden Hinweis auf die bevorzugte Information der Medien fand er bemerkenswert, mehr noch, er konnte ein Hinweis auf die Drahtzieher sein, die nicht genug davon bekommen konnten, um Weiß in der Jauchegrube absaufen zu lassen.

Wieder dauerte es Böhnke viel zu lange, bis der Rechner endlich ausgeschaltet war. Eilig machte er sich auf den Heimweg durch das inzwischen schon dunkle Huppenbroich. Die Aufforderung eines Stammtischlers, mit ihm ein Bier in der Alten Post zu trinken, lehnte er dankend mit einem Verweis auf seine ungeduldig wartende Chefin ab. Erfreut und verunsichert zugleich stellte er fest, dass Lieselotte ihren Polo in der Einfahrt vor dem Haus abgestellt hatte.

Er hatte einen Tadel für sein spätes Erscheinen erwartet. Doch das Gegenteil war der Fall.

»Commissario, ich bin beeindruckt. Hier ist es ja sauberer als wie bei mir in der Apotheke«, lobte ihn Lieselotte. »Du bist mein richtig guter Hausmann.«

»Und du bist meine Muse«, knurrte er geschmeichelt zurück. »Ohne dich wäre ich nichts.«

Er setzte sich zu ihr auf die Couch. Sie hatte eine Flasche Rotwein geöffnet und Käsehäppchen aufgetischt.

Nicht gerade ein üppiges Mahl für seinen hungrigen Magen, aber immer noch besser als nichts.

Das müsse reichen, entgegnete Lieselotte. Er hätte bei seinem Aufenthalt in der Seestadt genügend gefaulenzt und gevöllt.

Wenn sie seine Ermittlungstätigkeit in ihrem Auftrag als Faulenzerei bezeichne, könne er sie ja unverzüglich beenden, maulte er. Dann könne er ja auch den Ausdruck zerreißen, den er mitgebracht hätte.

»Her damit!«, befahl Lieselotte scherzhaft. »Ich kann zwar nicht lesen, aber ich gucke mir gerne Bilder an.«

»Ist schon gut, wenn du das nicht liest. Da steht nichts Gutes für Weiß drin.« Der Kerl war überreif wie ein Apfel, der schon am Baum Fäulnis aufwies, wenn die Aussage von Petersmann ins Verfahren eingebracht würde.

Lieselotte überflog den Artikel. »Ist zu hoch für mich«, bekannte sie. »Das ist nicht meine Welt. Wie ich das verstehe, konzentrieren sich jetzt alle auf meinen Lebensretter, um ihn fertigzumachen und um sich zu retten.«

»Richtig erkannt«, lobte Böhnke sie.

Lieselotte lachte kurz auf. Sie tippte auf die Fotografie. »Das ist ja unsere Chinesin.«

»Wie bitte?« Diese Bemerkung musste er doch nicht verstehen. Oder?

»Die Frau da neben Petersmann, das ist unsere Chinesin.« Lieselotte reichte ihm den Ausdruck zurück.

Als Chinesin hätte Böhnke die Frau nicht angesehen. Sie sah aus wie eine typische Deutsche Anfang oder Mitte 50. Kleiner als Petersmann neben ihr, mit einem strahlenden Lachen im Gesicht, gut gekleidet, selbstbewusst.

»Wir haben sie ›Chinesin‹ genannt. Ich kenne sie aus dem Studium. Wir haben einige Semester gemeinsam studiert. Sie hieß damals Margarethe Chaiser, Chaiser wie China, aber ausgesprochen wie Kina. Daher war Margarethe unsere Chinesin.«

War das ein Fall für weibliche Logik? Oder war das eine in sich schlüssige Folgerung? Böhnke ersparte sich weitere Gedanken über seine unausgesprochenen Fragen.

»Sieh mal einer an. Da hat sich unsere Chinesin doch tatsächlich einen Arzt geangelt. Ich wusste gar nicht, was aus ihr geworden war. Mit einem Mal war sie verschwunden. Ob sie ihr Studium geschmissen oder den Studienort gewechselt hatte, haben wir nie herausbekommen. Es wurde nur gemunkelt, sie hätte sich zu einer Ausbildung zur Krankenschwester entschlossen.«

»Nicht gerade ein unüblicher Weg, um zur Arztgattin zu werden.«

»Du sagst es, Commissario.« Lieselotte rückte näher an ihn heran und kraulte ihm das kurz geschnittene Haar hinter dem Ohr. »Und dann hat sie sich noch ausgerechnet den Arzt ins Bett gezogen, der dabei war, als mir Weiß unser Leben gerettet hat.«

»Hä?« Böhnke rückte fragend von ihr ab.

Lieselotte griff schmunzelnd zu ihrem Weinglas. »Weißt du denn nicht mehr, dass Petersmann assistierte, als Weiß mich operiert hat?« Das stehe doch in dem Bericht, den sie damals mitbekommen hätten. Sie habe ihn übrigens dabei, sie hätte ihn ihm schon vor Tagen geben wollen. Aber sie hätte es immer vergessen, weil es ihr nicht so wichtig gewesen wäre.

»Woran du dich alles erinnern kannst und was du alles aufbewahrst.« Auch wenn seine Bemerkung ironisch gemeint war, schwang ein wenig Bewunderung darin mit. »Du bist schon klasse.«

»Du hast es doch selbst gesagt: Ich bin deine Muse.« Sie gab ihm einen Kuss. »Ohne mich bist du nichts.«

38. KAPITEL

Sie genossen das ruhige Wochenende zu zweit. Selbst Helma und Selma ließen sich nicht blicken, was dafür sprach, dass sie von ihren Besitzern in Beschlag genommen worden waren. Weder Lieselottes Arbeit noch seine Ermittlungen waren Themen ihrer trauten Beziehung. Das Leben konnte so schön sein ohne Trubel und Aufregung. Auch das Wetter machte mit, hatte sich noch einmal entschlossen, den Winter zu verdrängen. Sie waren dem Idealzustand nahe, den sie sich für ihren gemeinsamen Ruhestand in Huppenbroich vorstellten. Unbehelligte Müßigkeit, vertrauter Trott, Spaziergänge und sogar

Ruhepausen auf dem Friedhof im Sonnenschein auf der Bank, von der sie einen ungestörten Blick auf ihre zukünftige Grabstätte hatten.

Der Ruhe wegen, so hatte er unlängst in einer kriminalistisch-humoristischen Kurzgeschichte mit wachsendem Vergnügen gelesen, waren die Protagonisten in ein gottverlassenes Kaff irgendwo im Selfkant gezogen, und sie hatten gemordet, eben der Ruhe wegen. Der Ruhe wegen, deshalb waren sie so gerne in Huppenbroich, aber auch hier störten Mord und Totschlag die Idylle, wenngleich er, im Gegensatz zu den Protagonisten des Kurzkrimis, nicht auf der Täterseite stand, sondern auf der der Ermittler. Aber er konnte es drehen und wenden, wie er wollte, der Ruhe wegen lebten sie hier in dem kleinen Dorf in der Nordeifel, und das stets lauernde Verbrechen störte diese bisweilen himmlische Ruhe ihrer Idylle.

»Genug der Ruhe. Der Arbeitsalltag hat uns wieder«, bedauerte Lieselotte, bevor sie sich am Montag wieder auf den Weg zu ihrem Hauptwohnsitz machte. »Pass auf dich auf, Commissario. Und wenn dir zu langweilig wird, lass Mord und Totschlag um dich sein.«

Bloß nicht. Er würde den Fall Weiß liebend gern zu den Akten legen. Aber er konnte es nicht. Er konnte es solange nicht, wie noch die Gefahr bestand, dass Schwachköpfe die Drohung gegen ihn in die Tat umsetzten. In Huppenbroich würde er einigermaßen sicher sein. Hier würde jeder Fremde sofort auffallen. Wanderer verliefen sich nur selten. Sie kamen ohnehin meistens in Gruppen, von daher ging von ihnen keine Gefahr aus. Mit dem heranschleichenden Winter würde es leer werden im Ort. Böhnke fühlte sich sicher, und dennoch würde er auf der Hut sein müssen.

Er hatte sich auf den Weg durchs Tiefenbachtal nach Simmerath gemacht. Helma und Selma hatten sich wie selbstverständlich an seine Fersen geheftet. Er brauchte ihnen nicht zu sagen, was sein Ziel war. Montags erledigte er im Hauptort der Eifelgemeinde seine Einkäufe für die Woche. Das gehörte einfach zu seinem Ritual.

Der Blick auf den Zeitungsständer machte das Ritual zunichte. »Es war Mord« titelte das Boulevardblatt mit den großen Buchstaben. Ein riesengroßes Bild zeigte das Wrack, in dem Petersmann gestorben war, eingeklinkt war in dieses Bild ein Porträt des Arztes. Wie nicht anders zu erwarten, lautete der nächste Satz: »Steckt Weiß dahinter?«

In seiner Tageszeitung hatte er weder am Samstag noch am Montag eine Zeile über Petersmanns Ableben gefunden. Auch im Sonntagsblättchen war dessen Tod kein Thema gewesen. Kein Wunder, spielte sich das Geschehen nicht in Aachen, nicht in der Städteregion, nicht im Rheinland und noch nicht einmal in Nordrhein-Westfalen ab. Es war nicht von Interesse für die heimischen Medien.

Böhnke zauderte, ob er nach dem Blatt greifen sollte. Dann unterließ er es. Er wollte sich daran nicht die Finger schmutzig machen. Außerdem, so überlegte er, würde das Nachrichtenmagazin den angeblichen Mord aufgreifen, falls tatsächlich etwas daran war. Das Internet würde ihn wahrscheinlich objektiver informieren, als es diese Zeitung jemals tun würde.

Er ließ sich Zeit bei seinen Einkäufen. Die Informationen liefen ihm nicht davon. Je später er sie las, umso ausführlicher würden sie sein. Schließlich war es der große Vorteil der Internetzeitungen, dass sie ihre Inhalte immer wieder aktualisieren konnten, was ihnen gegenüber den

Printmedien einen enormen Zeitvorsprung gab. Zwangsläufig führte ihn das zu der Frage, ob er das Abo seiner Zeitung nicht kündigen sollte, wo er doch schneller und ausführlicher und jederzeit durch das Internet informiert werden konnte. »Was meint ihr«, fragte er die beiden Hunde, die ihm treu blickend die Antwort schuldig blieben.

Böhnke glaubte nicht an einen Mord. Da wurde wahrscheinlich aus der Maus ein Elefant gemacht, nur weil die Staatsanwaltschaft von Amts wegen das demolierte und ausgebrannte Unfallauto von einem Sachverständigen untersuchen ließ. Zwar gab es das inzwischen abgekühlte Verhältnis zwischen Petersmann und Weiß und Petersmanns Zusammenarbeit mit der Staatsanwaltschaft, aber es schien Böhnke abwegig, daraus zu schließen, Weiß könnte deswegen für Petersmanns Tod verantwortlich gemacht werden. Ein Unfall passierte immer wieder mal im Leben. Über Zeitpunkt, Ursache und Folge konnte niemand etwas wissen. Ein Unfall war und blieb ein unvorhersehbares, plötzliches, nicht beeinflussbares Ereignis. So oder ähnlich hatte er es vor vielen Jahrzehnten einmal in seiner Ausbildung gelernt, und seitdem hatte sich an dieser Definition nichts geändert. Obwohl, und auch das musste sich Böhnke in der Erinnerung an seine Dienstzeit eingestehen, er selbst einige Morde aufgeklärt hatte, bei denen es zunächst den Anschein hatte, es liege ein Unfall vor.

»Was sagt ihr dazu?«, fragte er seine vierbeinigen Begleiter. Doch die interessierten sich für seine Frage überhaupt nicht. Das intensive Schnüffeln an den Bäumen war ihnen wichtiger als das unverständliche Gerede ihres vorübergehenden Herrchens.

Wie fast immer, war während seiner Abwesenheit angerufen worden. Das blinkende Display des Telefons verriet es ihm. Und wie fast immer nahm Böhnke das Blinken zum Anlass, die Liste der unberücksichtigten Anrufe zu löschen. Wenn es dringend war, würde man es wieder versuchen. Das galt für Lieselotte ebenso wie für Grundler, besonders aber für die Anrufer, die ihre Anschlussnummer unterdrückt oder nicht namentlich kenntlich gemacht hatten.

Die Suche nach seinem Handy erwies sich als schwierig. Er wusste nicht, wo er es hatte liegen lassen. In diesen Räumen fand er es jedenfalls nicht. Dann lag es wohl in Billas Haus, sagte er sich. Dort würde er es finden, wenn er sich am Abend dahin aufmachte.

Grundler war schneller als Lieselotte. »Unfall oder Mord?« Er setzte wie selbstverständlich voraus, dass Böhnke im Bilde war.

»Nach meinem aktuellen Wissensstand gehe ich von einem Unfall aus. Und du?«

Grundler nahm den Ball auf. »Sehe ich ebenso. Aber sicher bin ich mir nicht.«

»Warum interessiert es dich überhaupt?«

»Weil es für das Verfahren gegen Weiß von Belang sein könnte. Stell dir vor, da käme noch eine Mordanklage hinzu. Dann fallen die Verbrechen in der Klinik fast vom Tisch. Mir ist schon daran gelegen, dass er wegen Ammery verurteilt wird. Das erleichtert einen Schadensersatzprozess ungemein.«

Böhnke zögerte. Sollte er seinen Freund darüber aufklären, dass Ammery zu den Zweifelsfällen gehörte, die Herbst aussortieren wollte? Er entschied sich dagegen. »Warten wir ab. Ich gehe nicht davon aus, dass das Ableben von Petersmann die Situation von Weiß wirkungsvoll verbessert.«

Er stimme ihm zu, entgegnete Grundler. »Aber jetzt kommen wieder die juristischen Spitzfindigkeiten, inwieweit eine nicht unterschriebene, aber angekündigte und vermeintlich schon schriftlich niedergelegte Aussage Beweiskraft hat, überhaupt berücksichtigt werden darf und ob Erkenntnisse, die jetzt schon daraus gewonnen wurden, ins Verfahren eingebracht werden dürfen.« Das bringe zwar im Endeffekt nichts für die Urteilsfindung, weil die im Prinzip feststehe, das gebe aber den Juristen die Möglichkeit, sich in zeitaufwendiger Haarspalterei zu üben. »Noch mehr Termine, noch mehr Zeitverschwendung.«

»Wird ja eh ein langer Prozess. Da werden wohl noch Heerscharen von Gutachtern und Gegengutachtern auftauchen, denke ich mal.« Böhnke erinnerte sich an das Gespräch mit dem Klinikarzt, dessen Name ihm entfallen war.

»Das kann in der Tat Jahre dauern. Geld genug für Gutachter hat Weiß ja. Und die Schar seiner Strafverteidiger liest sich wie das Who is Who der deutschen Juristenprominenz.« Grundler lachte. »Dann hat der Weiß wenigstens viel Abwechslung in seiner U-Haft.«

»Also Unfall, kein Mord?« Böhnke wollte zum Ende kommen, weil ein anderer Gesprächsteilnehmer anklopfte.

»So ist es, mein Freund.« Aber Grundler wäre nicht Grundler gewesen, wenn er nicht ein Wort hinzugefügt hätte: »Noch.«

Was er die ganze Zeit mache, wollte Lieselotte von ihm wissen. »Entweder gehst du nicht ran oder du führst Dauergespräche. Und wo ist dein Handy?«

»Was willst du, meine Muse?« Böhnke hatte keine Lust auf eine Rechtfertigung.

»Glaubst du auch, dass Weiß ein Mörder ist?«

»Wieso auch?«, fragte er zurück.

»Wie die Zeitung«, antwortete Lieselotte.

Er stöhnte. Typischer Fall von Meinungsbildung durch den Boulevard. Ausführlich schilderte Böhnke ihr seinen Kenntnisstand, was Lieselotte geradezu aufatmend zu der Frage führte: »Also Unfall, kein Mord?«

Böhnke schmunzelte. Er wusste, was er zu sagen hatte: »So ist es, meine Liebste.« Und nach einer kurzen Pause fügte er hinzu: »Noch.«

39. KAPITEL

Die abendliche Kontrolle in Billas Haus würde er mit einem Blick auf die Nachrichtenlage im Fall Weiß verbinden. Mit dieser Absicht machte er sich auf den Weg durch den Ort, bei dem er wieder das Angebot eines Stammtischlers auf eine Einkehr bei Ohler in der Alten Post ausschlug. In gewisser Weise ehrte es ihn schon, dass er so oft gefragt wurde. Das zeigte ihm, dass er in Huppenbroich endgültig angekommen war, dass er nicht mehr ein Zugezogener war, sondern jemand, der voll und ganz zur

Dorfgemeinschaft gehörte. Er war eben ihr Kommissar geworden, ohne Wenn und Aber und ohne den Zusatz »im Ruhestand«.

Aber war er wirklich im Ruhestand? Konnte er seine Situation tatsächlich so bezeichnen? Nach dem Beamtenrecht schon, da war er aus gesundheitlichen Gründen vorzeitig in den Ruhestand versetzt worden. Dienstwaffe, Dienstmarke, Dienstwagen, Dienststelle, das alles gehörte der Vergangenheit an. Insofern war er im Ruhestand. Aber wenn er daran dachte, wie intensiv er in den letzten Jahren trotz seines vermeintlichen Ruhestands ermittelt hatte, da kam er auf eine Bilanz, die nicht anders war als die, die er geführt hatte, als er noch in Aachen Leiter der Abteilung für Tötungsdelikte gewesen war. Er hätte reich werden können in den letzten Jahren, aber ihm genügte die Pension. Das Geld, das ihm als Honorar angeboten worden war, hatte er lieber an die Stiftungen überweisen lassen; es waren Millionen gewesen dank Heinrich von Sybar, seinem neuen Freund, den er leider viel zu selten traf. Das würde sich ändern, nahm er sich vor. Spätestens, wenn das Thema Weiß erledigt war.

Böhnke traute seinen Augen nicht. »Tatsächlich Mord« hatte das Nachrichtenmagazin aus dem Süden der Republik getitelt. Petersmann war Opfer eines perfiden Mordanschlags geworden. Das Ergebnis der technischen Untersuchung war eindeutig. Ein Fachmann musste am Werk gewesen sein, der den Passat präpariert hatte. Die Bremsanlage sei ebenso manipuliert worden wie die Lenkung. Das Platzen eines Reifens könnte bewusst gefördert worden sein. Obendrein sei die Benzinleitung gelockert worden, sodass es zwangsläufig einmal zu einer Entzündung des Treibstoffs kommen musste. Es sei müßig, darüber zu diskutieren, ob der Wagen zuerst gebrannt habe und dann gegen den Baum gefahren sei, oder ob es erst durch den Aufprall und das Schleudern zum Brand gekommen sei. In jedem Fall hätte Petersmann diese Fahrt nicht überleben können.

Noch nicht geklärt sei, wann es die todbringende Manipulation gegeben habe. Der Wagen wäre erst vor wenigen Wochen vom TÜV überprüft worden, auch seien erst vor wenigen Tagen die Winterreifen in einer Fachwerkstatt aufgezogen worden. Da habe es nach Angaben des Werkstattbetreibers keinerlei Hinweise auf die Defekte gegeben.

Das Nachrichtenmagazin hatte sich die Mühe gemacht, den Ablauf der letzten Tage von Petersmann zu rekonstruieren, und kam zu dem Schluss, Petersmann sei nach zweitägigem Aufenthalt auf der Rückfahrt von der St.-Raphael-Klinik zu seinem Wohnort Bonn-Bad Godesberg gewesen. Die Nacht über habe der Wagen auf dem Parkplatz der Klinik gestanden. Nur dort habe die Manipulation vorgenommen werden können. Die Polizei wollte sich zu diesen Behauptungen mit dem Hinweis auf ein schwebendes Verfahren nicht äußern, so das Magazin. Sie bestätigte allenfalls, dass die Staatsanwaltschaft ein Ermittlungsverfahren eröffnen wolle. Das Zitat von Staatsanwalt Herbst dazu: »Kein Kommentar«. Welche Auswirkungen dieser Mord an Petersmann auf den Prozess gegen Weiß haben werde, sei noch nicht absehbar, schrieb das Magazin, und auch dazu gab es von Herbst nur eine knappe Aussage: »Kein Kommentar«.

Die Geschichte wird ja immer verrückter, dachte sich Böhnke. Wer hat denn schon ein Interesse daran, den

Hauptbelastungszeugen gegen Weiß zu ermorden? Wer kam denn da infrage außer Weiß? Aber was hatte Weiß davon? Ob mit oder ohne Aussage von Petersmann, er würde verurteilt werden. Dann könnte ein Motiv nur gekränkte Eitelkeit, nein, nur Rache sein, Rache an Petersmann, der ihn noch näher an den Abgrund gebracht hatte. Wer hatte dann Petersmann ermordet? Es musste jemand sein, der im Auftrag von Weiß gehandelt hatte, wenn er Weiß ein Mitwirken unterstellte. Hatte er einen Handlanger? Und wenn ja, wer war das?

Während er seine Gedanken sortierte, hatte Böhnke die Seite des Hamburger Nachrichtenmagazins aufgerufen. Es kam in seinem Bericht zum gleichen Ergebnis wie die Kollegen aus München: Petersmann war einem Mordanschlag zum Opfer gefallen. Sein Wagen war am Vorabend fachmännisch auf dem Krankenhausparkplatz manipuliert worden. Weitergehend wiesen die Journalisten darauf hin, dass der Parkplatz uneinsehbar, jederzeit zugänglich und nicht videoüberwacht sei. »Die Täter hatten leichtes Spiel«, hieß es.

Wegen möglicher Täter und Tatbeteiligungen sowie etwaiger Motive verwiesen die Journalisten auf einen anderen Artikel mit der Überschrift: »Woher kommt das Handy?«

Böhnke staunte nur noch. Über das Wissen der Journalisten ebenso wie über das Verhalten von Weiß. Die Berichterstatter hatten herausbekommen, dass Weiß aus der U-Haft heraus mit einem nicht verzeichneten Handy Telefonate geführt hatte. Eher zufällig war ihm das Wachpersonal auf die Schliche gekommen, als sie es in seiner Zelle auf dem Tisch liegen sahen. Weiß hatte es nicht mehr geschafft, es bei dem unangemeldeten Kontrollgang zu verstecken. Man hatte das Gerät beschlagnahmt; was damit geschehen würde, sollte die Staatsanwaltschaft entscheiden.

Es handele sich um ein Handy einer bekannten Marke mit einer Prepaidkarte. Wer diese Karte wo gekauft hätte, müsste ermittelt werden. Sämtliche Verzeichnisse ankommender oder abgehender Gespräche seien gelöscht. SMS wären nicht vorhanden. »Weiß hat nach jedem Gebrauch sämtliche Spuren gelöscht«, schrieb das Magazin. Woher es sein Wissen hatte, verschwieg es. Man konnte es also glauben oder auch nicht. Aber Böhnke ging von der Richtigkeit dieser Aussagen aus; Geld machte vieles möglich.

Das letzte Wort hatte auch in diesem Artikel Staatsanwalt Herbst. Gefragt nach den Auswirkungen des Mordes an Petersmann und des Handyfundes bei Weiß auf den Klinik-Prozess kam seine fast schon standardmäßige Antwort: »Kein Kommentar«.

Der einsetzende Radetzkymarsch bestätige Böhnke in seiner Vermutung, sein Handy in Billas Haus liegen gelassen zu haben. Nach kurzer Suche fand er es in der Küche neben dem Kühlschrank, wie auch immer es dorthin gelangt war.

»Ich höre.«

Das helle, fröhliche Lachen aus dem Hörer machte ihn froh. Es gehörte Susanne Brettschneider, der Besitzerin von Helma und Selma. Sie hatte die Hunde von einem Baumschuler aus dem Erkelenzer Osten geschenkt bekommen und bei ihren zukünftigen Schwiegereltern in Huppenbroich untergebracht.

»Susi, was gibt's?« Er freute sich über die Unterbrechung. Für heute war sein Bedarf an Mord und Handys, an Weiß und anderen Übeltätern gedeckt; als Nichtruheständler im Polizeidienst hätte er längst Feierabend.

Sie habe eine Überraschung für ihn, sagte die junge Frau. Wenn er möge, könne er ihren neuen Tesla fahren. Sie habe sich die Limousine zugelegt. Die stünde auf dem Bauernhof von Karl Bauer. »Wenn du willst, kannst du mit Lieselotte jederzeit und überall damit fahren. Karl weiß Bescheid.«

»Warum?«

Ansteckendes Lachen leitete Susannes Antwort ein. »Aus zwei Gründen. Zum einen sind Konrad und ich geschäftlich für zwei Wochen mit dem anderen Tesla unterwegs und zum anderen will ich dir damit ein klein wenig dafür danken, dass du dich immer so fürsorglich um meine beiden Babys kümmerst.«

»Okay.« Böhnke unterdrückte seine Freude. Das war bestimmt nicht einfach, so einen Luxusstromer zu fahren. Vielleicht würde er das Angebot annehmen, vielleicht aber auch nicht.

Er wollte nach Hause. Kaum stand er auf der Straße, da standen Susannes Babys auch schon vor ihm. Helma und Selma begleiteten ihn bis vor seine Haustür, dann trollten sie sich bellend in Richtung Hundehütte.

Der Blick aufs Festnetztelefon zeigte ihm, Grundler und Lieselotte hatten versucht, ihn zu erreichen. »Das hat Zeit bis morgen«, brummte er vor sich hin. Ich bin nicht auf der Flucht. Ich bin Pensionär.

40. KAPITEL

»Ich höre.«

»Herbst.«

»Ja, und?«

»Kann ich Lieselotte Kleinereich sprechen?«

»Warum?« Böhnke sah nicht ein, jemandem Rede und Antwort zu stehen, von dem er nicht wusste, ob er tatsächlich derjenige war, den er vorgab zu sein.

»Sind Sie Ihr Mann?«

»Nein.« Und nach einer langen Pause: »Wer sind Sie denn?«

»Staatsanwalt Herbst. Und Sie müssen Herr Böhnke sein, wenn ich Ihre knurrige Stimme richtig deute. Stimmt's?«

»Erster Kriminalhauptkommissar im Ruhestand Rudolf-Günther Böhnke, um ganz genau zu sein.« Was um alles in der Welt wollte Herbst von Lieselotte?, dachte er beunruhigt. Er ließ die Reste des Frühstücks auf dem Tisch stehen und konzentrierte sich auf das Telefonat.

Herbst lachte in den Hörer. »Dann sind ja die Formalitäten geklärt. Ich grüße Sie, Herr Böhnke.«

»Die Eifel grüßt herzlich zurück. Was kann ich für Sie tun, Herr Staatsanwalt?«

»Um es kurz zu machen: Können Sie mir erklären, warum Weiß diese Telefonnummer angerufen hat, unter der ich Sie erreicht habe?«

Er liege sicherlich nicht falsch, wenn er annehme, diese Rufnummer sei von dem in die U-Haft eingeschmuggelten Handy angewählt worden, entgegnete Böhnke.

»Richtig. Weiß hat sie sich über die Auskunft besorgt. Allerdings frage ich mich jetzt, ob er mit Ihnen oder Frau Kleinereich Kontakt aufnehmen wollte.«

»Gute Frage.« Für Böhnke war die Antwort eindeutig. Weiß hatte mit Lieselotte reden wollen, sie vielleicht auf das damalige Versprechen hinweisen wollen. Woher hätte der Arzt auch wissen sollen, dass er immer noch mit Lieselotte liiert war und er unter ihrer Rufnummer zu erreichen war? Im Abschlussgespräch vor Lieselottes Entlassung aus dem Krankenhaus hatte er sich damals Weiß mit seinem Namen vorgestellt. Dass der sich heutzutage noch daran erinnern würde, war schwer vorstellbar. Andererseits hatte er das anonyme Paket erhalten, das ihn auf sein damaliges Versprechen hinwies.

»Ich kann Ihnen keine Antwort geben«, fuhr Böhnke fort, obwohl er es besser wusste. Er könne ausschließen, dass es Kontakte zwischen seiner Partnerin und Weiß gab. »Ich glaube auch nicht, dass Weiß ein Rezept in ihrer Apotheke eingelöst hat«, scherzte er. Der Wirkungskreis von Lieselotte sei auf die Aachener Region begrenzt, Weiß habe sich immer weit davon entfernt, südlich der Eifel, herumgetrieben und gearbeitet.

»Wenn Sie ausschließen, dass Weiß Frau Kleinereich sprechen wollte, hat er also versucht, zu Ihnen Kontakt aufzunehmen, Herr Böhnke?« Herbst musste diese folgerichtige Frage stellen, auf die Böhnke keine Antwort geben wollte. »Mittlerweile haben sich ja Ihre Ermittlungen wegen der Raphael-Klinik herumgesprochen. Inzwischen weiß wohl jeder, warum sich ein Herr Böhnke aus der Nordeifel in der Seestadt herumgetrieben hat. Dieses Wissen blieb Weiß garantiert nicht verborgen. Aber warum sucht er den direkten Kontakt zu Ihnen und geht nicht den Weg über seinen Anwalt und Ihren Auftraggeber Dr. Grundler?«

»Kann ich Ihnen nicht sagen, Herr Herbst«, antwortete Böhnke, obwohl er es hätte sagen können: Weiß wollte ihn bestimmt an das Versprechen erinnern, wobei es nach wie vor rätselhaft blieb, woher Weiß wusste, dass er ihn unter der Rufnummer von Lieselotte erreichen konnte. »Da müssen Sie Weiß selbst fragen«, schlug er vor.

»Werde ich tun. Aber merkwürdig ist der Anruf bei Ihnen respektive bei Frau Kleinereich schon. Da stimmen Sie mir doch wohl zu. Oder?«

Darauf könne man sich einigen, meinte Böhnke. Er hatte genügend Denkstoff für seine Spaziergänge.

»Wen hat denn Weiß sonst noch über dieses Handy angerufen?«, wollte er wissen.

Herbst lachte nur: »Sie glauben doch nicht, dass ich Sie über die Ermittlungsarbeit der Polizei und der Staatsanwaltschaft informiere.«

Dann werde er sein Glück bei den Medien versuchen, hielt Böhnke dagegen.

Wieder lachte ihn Herbst aus. »Da finden Sie auch nicht mehr. Sie lesen allenfalls, was ich Ihnen selbst sagen kann, dass nämlich die Ermittlungen auf Hochtouren laufen und vermutlich einer seiner Anwälte oder seine Frau das Handy ins Gefängnis geschmuggelt haben. Aber die haben bekanntlich ein Schweigerecht, und Weiß äußert sich ebenfalls nicht dazu.«

Die eingetretene Pause nutzte Böhnke zu einem Themenwechsel. »Und was gibt es Neues zum Mord an Petersmann, das ich in den Medien lesen könnte?«

»Nichts, was uns wirklich vorwärtsbringen würde«, antwortete Herbst schmunzelnd. »Wir haben einige Fakten, dass es nämlich am Fahrzeug Manipulationen gab und dass Weiß mehrfach an den Tagen vor dem fingierten Unfall über seinen Anwalt versucht hat, Petersmann zu erreichen.«

»Nicht über das Handy?« Die Frage lag nach Böhnkes Ansicht auf der Hand.

»Dazu kann und will ich Ihnen nichts sagen«, sagte Herbst langsam. »Sie wissen, die Ermittlungen.«

»Aber Sie können und wollen mir bestimmt sagen, dass Weiß voll geständig ist und zugegeben hat, den Mord an Petersmann in Auftrag gegeben zu haben?«

»Ich kann und will Ihnen sagen, dass das Gegenteil der Fall ist. Weiß bestreitet vehement, an dem Mord in irgendeiner Weise beteiligt gewesen zu sein.«

»Aber man glaubt ihm nicht.«

Herbst antwortete vorsichtig. »Es fällt schwer, ihm zu glauben.«

»Noch eine Frage», bat Böhnke. Wissen Sie, was Petersmann in der Klinik wollte, bevor er sterben musste?«

»Konkretes kann ich Ihnen nicht sagen. Wir haben nur herausfinden können, dass er in seinem Büro an seinem Rechner gearbeitet hat.« Damit beendet der Staatsanwalt das Gespräch endgültig.

Man werde in Kontakt bleiben, hatten sie vereinbart.

Herbst würde, wie ihm Böhnke empfohlen hatte, zur Mittagszeit Lieselotte in der Apotheke anrufen, was Böhnke die Gelegenheit gab, sie vorher zu instruieren. Seiner Bitte, sie möge die OP und das daraus resultierende Versprechen verschweigen, kam sie bedenkenlos nach. »Wenn du meinst, dass es das Beste für uns ist, mache ich es, Commissario.«

Sie hielt diese Marschrichtung tatsächlich ein, als Herbst sie anrief, wie sie Böhnke anschließend berichtete. »Der hat mich gefragt, ob ich Weiß kenne, und ich habe gesagt, dass ich mir seiner privaten oder beruflichen Bekanntschaft nicht bewusst sei.« Herbst habe resignierend geklungen, lustlos, wenig von sich und seiner Arbeit überzeugt, hatte sie hinzugefügt.

Böhnke hatte einen anderen Eindruck von dem Staatsanwalt, der sich selbst als Arbeitstier bezeichnet hatte. Der letzte Satz ihres Telefonats ging ihm nicht aus dem Kopf: »Es fällt schwer, ihm zu glauben.«

Dieser Satz traf nicht nur auf den Mord zu. Er galt auch für die vermeintlichen Straftaten in der Klinik. Es fiel schwer zu glauben, dass Weiß nicht dafür verantwortlich war. Spätestens Petersmann hatte ihm mit der Aussage das Genick gebrochen, und eben dieser Petersmann war ermordet worden. Weiß als gelernter Kfz-Mechaniker und Diplomingenieur, bekanntermaßen Käfer-Freak und Volkswagen-Fan, wie in den Porträts über ihn in den Zeitschriften und Magazinen zu lesen war, kannte zumindest theoretisch alle Möglichkeiten, ein Fahrzeug verkehrsuntauglich zu machen. Was sprach dagegen, dass er einen Handlanger instruierte hatte, der in seinem Auftrag an Petersmanns Passat trickste?

Und dennoch. Es passte nichts zusammen. Vielleicht war er weiter als die Polizei, wusste er mehr als sie. Etwa von den Drohungen, die er erhalten hatte. Wer steckte dahinter? Weiß etwa, für den er gleichzeitig Entlastungsmaterial suchen sollte? Jemand, der Weiß beseitigen wollte und dem er in die Quere kam? Und konnte er sicher sein, dass möglicherweise nur Weiß wusste, dass er unter der Rufnummer von Lieselotte in Huppenbroich erreichbar war?

»Ich glaube, Weiß ist Täter und Opfer zugleich. Was glaubt ihr?«

Seine Frage ließ Helma und Selma unbeeindruckt. Sie waren allenfalls froh, dass dieser Mensch, der so lange schweigend und in sich versunken neben ihnen durch den Buchenwald hergelaufen war, seine Sprache wiedergefunden hatte.

»Ich höre.«

»Herbst.«

»Ja, und?« Nicht schon wieder.

»Haben Sie noch einen Aufnahmeantrag für Ihren Klub, Herr Böhnke?« Die Bitterkeit in der Stimme des Mannes war unüberhörbar.

»Muss ich das verstehen, Herr Staatsanwalt?«

»Staatsanwalt a. D., Herr Erster Kriminalhauptkommissar i. R., jedenfalls bald.«

»Muss ich das verstehen, Herr Staatsanwalt a. D.?« Seine Frage war als Aufforderung zu verstehen, die Herbst gerne annahm.

»Ich fühle mich schlichtweg verarscht, Herr Böhnke. Da bittet mein Chef ohne Rücksprache mit mir das Gericht um eine Verschiebung des Prozesstermins, da wird die Anklage gegen Weiß um einen Mordvorwurf erweitert und da werde ich von dem Verfahren abgezogen mit der Begründung, ich sei aus gesundheitlichen Gründen nicht mehr in der Lage, die umfangreichen Ermittlungen zu führen. Statt meiner leitet jetzt der Oberstaatsanwalt die Ermittlungen gegen Weiß, unterstützt von fünf Kollegen. Mir selbst wurde hingegen die Frühpensionierung angeraten. Die entsprechenden Unterlagen liegen schon ausgefüllt auf meinem Schreibtisch, die Zustimmung gilt als sicher. Ich brauche nur noch zu unterschreiben. Wissen Sie, was das für mich bedeutet?«

Böhnke konnte die Gefühlswelt von Herbst durchaus nachvollziehen. Von jetzt auf gleich von einem spektakulären Fall abgezogen und aus dem Berufsleben gerissen zu werden, das tat weh. Es würde eine Zeit dauern, bis er darüber hinweg sein würde. Schlimmer war noch die Brüskierung. In der Außenwirkung würde es den Anschein haben, als sei Herbst seiner Aufgabe nicht mehr gewachsen gewesen, als sei er unfähig, als läge es an ihm, dass Weiß immer noch nicht verurteilt war und sein unheilvolles Treiben fortsetzen konnte.

»Die haben mich demontiert. Meine Arbeit des letzten Jahres ist für die Katz. Die Strafanklage wird wegen Petersmanns Aussagen umgeschrieben, das heißt erweitert und ergänzt. Und die Ergebnisse wegen der Mordermittlungen kommen noch hinzu.« Herbst musste sich bemühen, seine Erregung im Zaum zu halten. »Wie stehe ich jetzt da? Ein Stümper, ein Versager, ein Staatsanwalt, der nur Müll produziert hat.«

»Sie werden es überleben.« Mehr fiel Böhnke nicht ein.

»Sie Optimist. Das ist bestes Futter für meine Magengeschwüre.«

»Also Krankenschein, Reha, Frühpensionierung. Anders geht es nicht.« Je schneller sich Herbst von seinem Job und dem Ärger befreite, desto früher würde er seinen Ruhestand genießen können, der so unheilvoll begann.

»Es ist ja nicht nur diese Degradierung, weshalb ich mich verarscht fühle. Da gibt es noch einen zweiten Grund, der mir vorgeworfen wird, obwohl ich dafür auch nichts kann.«

»Und der ist?«, fragte Böhnke neugierig. »Was wirft man Ihnen vor?«

»Sie werden es morgen in den Magazinen lesen können. Die uns erst seit heute Morgen vorliegende, endgültige Aussage von Petersmann ist ebenso schon publik geworden wie die Anrufliste vom Handy von Weiß, die ich erst vor ein paar Stunden bekommen habe. Unsere Spezialisten haben die von ihm gewählten Rufnummern herausgefunden. Fragen Sie mich aber nicht, wie. Das sind technische Dinge, mit denen ich mich nicht auskenne. Niemand weiß, wie diese Liste und die Aussage an die Öffentlichkeit gelangt sind. Meine Chefs behaupten schlichtweg, es sei nicht auszuschließen, dass es undichte Stellen in der Staatsanwaltschaft gebe. Ich trage als ermittelnder Staatsanwalt dafür die Verantwortung.«

Er würde also morgen in den Medien erfahren, was Petersmann wortwörtlich hatte aussagen wollen, und er würde die Nummern der von Weiß angewählten Gesprächspartner erhalten. »Da bin ich aber gespannt.«

»Daraus werden Sie nichts erfahren, Herr Böhnke«, entgegnete Herbst. »Mein Oberstaatsanwalt feiert es als ersten geschickten Schachzug, die Medien eingenordet zu haben. Sie werden schweigen, angeblich, weil er sie darum gebeten habe.«

»Nur so?«, entfuhr es Böhnke spontan. Das wäre ja ein ganz neuer Zug bei den Journalisten gewesen. Klappe halten, nur weil ein Staatsanwalt artig darum bat. Das gab es höchstens bei einem Provinzblättchen, aber nicht bei international renommierten Blättern und insbesondere dann nicht, wenn sie über den größten Klinikskandal Deutschlands seit dem Zweiten Weltkrieg berichteten.

»Die werden schreiben, dass sie im Besitz der Dokumente sind. Aber sie werden nichts über den Inhalt bringen, angeblich ›um die Ermittlungen nicht zu gefährden‹, wie sie mit dem Oberstaatsanwalt vereinbart haben. Er will sie wohl später mit Exklusivmaterial füttern und beim Prozess für Interviews zur Verfügung stehen, wann immer sie es wollen.«

Herbst schnaubte in den Hörer. »Ich habe versucht, zügig, in aller Stille und unaufgeregt das Verfahren gegen Weiß voranzutreiben, und das ist nach Ansicht meines Chefs alles falsch gewesen. Jetzt ist Hektik, Tempo und Getöse angesagt.«

»Dann seien Sie doch froh, dass Sie raus sind.«

»Bin ich nicht. Ich hätte die Sache sauber über die Bühne gekriegt. Sauber und wasserdicht. Ich stehe als der Doofe da.« Der gewippte Staatsanwalt hustete laut und anhaltend, ehe er sich wiederholte: »Ich fühle mich verarscht.«

Herbst konnte sich seiner Anteilnahme sicher sein. Seine Bemerkung verstand Böhnke als Aufmunterung für den bedauernswerten Mann: »Willkommen im Klub.«

Im Klub der Frühpensionäre.

41. KAPITEL

Böhnke machte sich keinen Kopf darüber, wer die Informationen weitergegeben hatte. Das konnte durchaus jemand aus der Staatsanwaltschaft gewesen sein, aber ebenso gut ein Verteidiger von Weiß oder er selbst. Vielleicht gab es auch mehrere Informanten, die sich unabhängig voneinander aus unterschiedlichen Gründen als Plaudertaschen betätigten, etwa aus dem Krankenhaus, aus der Anwaltschaft, aus den Ermittlungsbehörden. Entscheidend waren Fakten und Ergebnisse, das hatte ihn seine langjährige Tätigkeit als Ermittler gelehrt. Er sah es nicht als seine Aufgabe an, über gut und schlecht, richtig oder falsch zu urteilen. Er hatte andere Probleme zu bewältigen: Wie konnte er Weiß helfen? Wer drohte ihm mit dem Tod?

Und jetzt kam noch eine weitere Frage hinzu, nachdem er einen Blick in den Briefkasten geworfen hatte. Verdammt noch mal! Wer schickte ihm wieder einen dicken Briefumschlag ohne Absenderangabe?

Die als Drucksache deklarierte Post war nicht in Köln aufgegeben worden, sondern in Bendorf, was Böhnke als bemerkenswert erachtete, auch wenn er mit dieser Ortsangabe nichts anfangen konnte. Wo genau lag Bendorf?

Die Ortsangabe und das Datum von gestern fanden sich auch auf einem Begleitschreiben zu einem Stapel von Ausdrucken. »Warum sollen Sie weniger wissen als andere?«, konnte Böhnke in Druckbuchstaben lesen. Eine Handynummer und ein »Lennet Kann« vervollständigten das Blatt.

Böhnkes Skepsis wich einem Schmunzeln, als er den zusammengehefteten Stapel zur Hand nahm. Herbst hatte seinen Humor offenbar nicht verloren. Wieso der Mann aber auf Lennet Kann kam, würde er ihn bei Gelegenheit einmal fragen.

Der frustrierte Staatsanwalt hatte ihm Petersmanns Aussage zukommen lassen. Der Arzt hatte sich auf die Todesfälle beschränkt, das Mitwirken von Weiß daran aber detailliert beschrieben. Neu waren die Vorwürfe nicht, wie Böhnke nach dem Überfliegen des Textes glaubte. Er griff nach einem der in der Anklageschrift aufgegriffenen Fälle und verglich die Angaben der Staatsanwaltschaft mit der Aussage von Petersmann. Er musste schon konzentriert lesen, um die kleinen Unterschiede festzustellen. Eine Tatbeteiligung, die die Staatsanwaltschaft Mitbeschuldigten zugeschrieben hatte, gingen nach Petersmanns Angaben einzig und allein auf das Konto von Weiß. Die Entlastung der anderen wurde zur gesteigerten Belastung des Einzelnen. Deutlicher als die Staatsanwaltschaft drückte Petersmann es aus. Tempo war angesagt bei den Operationen bei gleichzeitiger Kostenersparnis. Er behauptete sogar, Weiß sei zwischen zwei Operationssälen gependelt, um bei beiden Operationen, die von unerfahrenen Ärzten durchgeführt wurden, die Kontrolle zu haben. Eine Komplikation bei einer Operation hätte ihn daran gehindert, bei der anderen einzugreifen, bei der der Patient wegen eines Fehlers des überforderten Assistenzarztes Schäden erlitt, an denen er Tage später verstarb. In den Protokollbüchern seien die Zeitangaben verändert worden, um zu verschleiern, dass die Operationen zeitgleich stattgefunden hätten.

Wenn er Petersmanns Angaben richtig verstanden hatte, waren die Umstände am St. Raphael und das unselige Wirken von Weiß sogar noch schlimmer gewesen, als es die Staatsanwaltschaft bisher behauptete.

Bestand darin der Mehrwert der Aussage? Böhnke konnte deren mögliche Tragweite für das Verfahren gegen Weiß nicht ermessen. Sie verschlimmerte zwar die Situation für Weiß, aber diese war doch auch schon ohne die Einlassung von Petersmann schlimm genug.

Interessanter fand er eine beigefügte Liste. Herbst hatte ihm das Verzeichnis der Anrufe zukommen lassen, die Weiß von dem beschlagnahmten Handy geführt hatte. Das Verzeichnis war noch lückenhaft. Die beiden Mobilfunknummern waren noch nicht mit Namen versehen. Es gab nur drei Festnetznummern, deren Inhaber genannt wurden. Weiß hatte mehrmals mit seiner Frau gesprochen und versucht, dreimal Petersmann und einmal Lieselotte Kleinereich zu sprechen.

Das musste gefragt werden, bevor er zum eigentlichen Anlass seines Anrufs kam: »Warum Lennet Kann?«

Herbst lachte. »Wegen meiner Aachener Vergangenheit dank meiner Großeltern und ihrer Behauptung, ich sehe dem Typen ähnlich. Stimmt's etwa nicht?«

Böhnke verkniff sich die Antwort. »Und was ist mit Bendorf? Wo liegt das?«

Er wohne in Bendorf, das sei eine Stadt in der Nähe von Koblenz auf der anderen Rheinseite, »mit einem traumhaften Blick auf das AKW Mülheim-Kärlich oder das, was davon nach dem Rückbau übrig bleibt«, antwortete der Staatsanwalt.

Sich für die Unterlagen zu bedanken, sah Böhnke als nicht erforderlich an. Herbst hatte sie ihm bestimmt nicht aus Gefälligkeit zukommen lassen, sondern weil er hoffte, Böhnke könnte damit etwas bewirken, was ihm versagt blieb. »Was ist denn so außerordentlich an Petersmanns Aussage, dass dadurch der Prozess ins Stocken gerät?«, fragte er stattdessen.

»Die Aussage bewirkt, dass die Position der Anklage gestärkt und die Position des Angeschuldigten geschwächt wird. Bei meinem Bemühen, das Verfahren zu beschleunigen und zu konzentrieren, wäre sie mir sehr behilflich gewesen. Nach Petersmanns Tod liefert sie immer noch Ansätze, die Anklage gegen Weiß zu verfeinern und die betroffenen Ärzte auszuklammern.« Er müsse sich vorstellen, welche Wirkung es haben würde, wenn ein ehemaliger Freund und langjähriger Oberarzt gegen Weiß als Zeuge auftritt. »So eine Aussage lässt weniger Zweifel aufkommen als die Aussagen von unerfahrenen Assistenzärzten oder Pflegern. Mit Petersmann im Rücken kann der Anklage nichts passieren.«

»Und jetzt ist die Aussage nichts mehr wert?«

»Aber sicher doch«, antwortete Herbst. »Sie gibt uns die Möglichkeit, an den Schwachstellen der Klageschrift nachzuarbeiten.« Er lachte schrill auf. »Das machen mir meine Kollegen zum Vorwurf. Ich hätte diese Schwachstellen übersehen. Ohne Petersmann hätten sie diese auch nicht ausmerzen können.« Auch nach dem Mord an Petersmann habe seine Aussage deshalb enorme Bedeutung.

»Sie haben keine Zweifel an ihrer Richtigkeit?«

»Warum sollte ich? Petersmann hatte doch mir gegenüber schon erklärt, was er schriftlich fixieren wollte. Er hat mir im Gespräch das gesagt, was er anschließend in der Klinik oder zu Hause aufgeschrieben hat, um es mir dann nach seiner Unterschrift zukommen zu lassen.«

»Okay«, sagte Böhnke gedehnt. Alle Ärzte außer Weiß waren raus aus der Nummer. Das größte Pfand der Staatsanwaltschaft war zwar tot, hinterließ aber Wirkung. »Die Nummer ist durch. Oder?«

»Was die Straftaten in der Klinik betrifft, ist das der Fall. Wir, das heißt, die Kollegen konzentrieren sich auf die Todesfälle und haben damit genügend Stoff, um Weiß einzubuchten.«

»Obwohl er ja ohnehin in den Knast wandert wegen des Mordes an Petersmann.«

»Wenn er deswegen verurteilt wird«, bestätigte Herbst. »Er bestreitet vehement, daran beteiligt zu sein. Er schien geschockt, als er mit dem Vorwurf konfrontiert wurde. Der Tod seines ehemaligen Freundes schien ihm angeblich nahezugehen.«

»Zweifeln Sie etwa an seiner Täterschaft?«

»Nein. Subjektiv betrachtet wirkt er zwar extrem betroffen von Petersmanns Tod, scheint sogar deswegen zu trauern. Aber objektiv spricht alles gegen Weiß. Man rätselt nur noch darüber, wie er es gemacht hat.«

Vielleicht würden ja die Handynummern weiterführen, sagte Böhnke.

»Wir arbeiten dran. Ich gebe Ihnen Bescheid«, versicherte Herbst. »Auch wenn wir nie miteinander geredet haben.« Man werde in Kontakt bleiben. Die Nummer seines neuen Handys habe er ja. »Für alle Fälle.«

»Wenn wir wieder nicht miteinander reden.«

42. KAPITEL

Mit dem kreisrunden See in der Seestadt hatte der Löschteich in Huppenbroich nichts gemein. Der See war einer Laune der Natur entsprungen, um den herum sich eine Stadt entwickelt hatte, der Löschteich war in früheren Zeiten eine Notwendigkeit der wenigen Dorfbewohner gewesen, um bei einem Feuer schnell an Wasser zu gelangen. Wanderer oder zufällige Besucher von Huppenbroich hatten für das kleine, ehedem künstliche Gewässer, das nun in einer kleinen Grünanlage die Dorfmitte zierte, allenfalls ein müdes Lächeln übrig. Der Teich war nichts Besonderes, diente den Kindern als Spielstätte und gelegentlich Helma, Selma und ihren Artgenossen als Tränke. Dennoch würde Böhnke um nichts in der Welt den Löschteich gegen den See tauschen, eben weil er ein unverwechselbarer Bestandteil von Huppenbroich war, so wie die Kapelle, die Dorfschänke, der Kindergarten und die Menschen, die Böhnke ins Herz geschlossen hatte. Hier war seine Welt, die sich nur langsam, fast unmerklich veränderte, wie er mit wachen Augen bei seinen vielen Spaziergängen beobachtete. Der Tod war an diesem Flecken Erde so weit entfernt wie das Leben in einer Sandwüste. Hier ließ es sich gut leben und gut sterben, hier hatte er seine Ruhe. Er stellte sich vor, wie es wäre, wenn ihm übel wurde, und er kopfüber in den Löschteich stürzte und ertrank. Eine grauenhafte Vorstellung, eine grässliche Vorstellung, die er den Kindern gerne ersparen würde. Hatte es jemals einen Toten im Löschteich gegeben? Er wusste es nicht. Er würde die Frage einmal in der Dorfgaststätte stellen, wenn das eine oder andere Glas Els gekippt und das eine oder andere Bier durch die Kehlen der Stammtischler geflossen war.

Böhnke, schwing die Hufe!, mahnte er sich. Er hatte schon zu lange auf der Bank gesessen. Die wenigen Sonnenstrahlen, die ihm ins Gesicht geschienen hatten, waren weitergewandert. Du benimmst dich schon wie die Alten aus dem Dorf, die auf der Bank sitzend die Zeit vertrödeln. Interessiert hatte er den dunklen Wagen mit Koblenzer Kennzeichen beobachtet, der langsam über die Straßen geschlichen war. Bestimmt einer der Verirrten, die trotz oder wegen ihres Navigationssystems in Huppenbroich strandeten. Zwei Männer hatten sich suchend umgeschaut, hatten eine Runde durchs Dorf gedreht, waren dann in Richtung Tiefenbach abgebogen, um umzukehren und über die Kapellenstraße wieder ortsauswärts zu fahren. Dummbacken, dachte sich Böhnke. Dann schluckte er. Oder doch nicht? Vielleicht hatten sie ja ihn gesucht, wollten wissen, wo er war, wie er lebte, wie sie ihn einfach und ungesehen beseitigen konnten. War der Gedanke so abwegig? Mit einem Strick um den Hals, an dem ein Felsbrocken befestigt war, wollte er nicht auf dem Grund des Löschteichs enden. Es würde bis zum Frühjahr dauern, ehe man ihn dort entdecken würde – bei der alljährlichen Grundreinigung.

Aber bestimmt waren die beiden Fremden harmlose Touristen gewesen.

Die beiden tierischen Freunde zu seinen Füßen hatten den Männern ebenfalls keine Aufmerksamkeit geschenkt. Sie warteten darauf, dass sich Böhnke endlich in Gang setzte.

Der Spaziergang, verbunden mit der langen Pause am Löschteich, hatte ihm gutgetan. Böhnke fühlte sich frisch und munter, bereit für die tägliche Hausarbeit und für eine erneute Lektüre der Anklageschrift und der von Herbst zugesandten Unterlagen. »Mülleimer nicht vergessen!«, hatte Lieselotte auf den Wochenkalender geschrieben. Er kam einfach nicht zurecht mit der Systematik des Müllkalenders und dem immer wechselnden Abfuhrrhythmus für Restmülltonne, Papiertonne, der gelben Tonne für den grünen Punkt, der braunen Tonne für den Grünabfall, die sie wegen ihrer Komposthaufen gar nicht nutzten, und des strikt zu trennenden bunten und weißen Glasmülls. Ohne die Anweisung von Lieselotte würde er wohl im Müll ersticken. Diese Woche war der Restmüll dran. Als er die Tonne an den Straßenrand schob, fiel ihm der Wagen erneut auf. Wieder kurvte der dunkle Ford mit dem Koblenzer Kennzeichen durch den Ort.

Kommt näher, sagte er zu sich. Ich will eure Nummer.

Doch taten ihm die Fremden den Gefallen nicht. Sie entfernten sich aus seinem Blickfeld. Der Radetzkymarsch, den er, laut tönend, durch die offen stehende Tür aus dem Haus vernahm, lenkte ihn auf ein neues Geschehen. »Ich komme ja schon«, brummte er vor sich hin.

Jaja, als Frühpensionär sei man halt nicht mehr so schnell auf den Beinen, lästerte Herbst genüsslich. Er nahm die lange Zeitdauer seines Durchläutens gelassen. »Ich grüße Sie, Herr Böhnke.«

»Wenn's sein muss.«

Herbst lachte. »Sie sind aber gut drauf.« Er ließ sich von Böhnkes rüder Erwiderung nicht beirren. »Ich glaube, ich habe einige Informationen, die Sie bestimmt interessieren.«

»Ist Weiß schwanger?«

»Schwanger nicht, aber reif, gewissermaßen ausgezählt und am Ende seiner Tage.«

»Wieso?« Mit einem Mal wuchs Böhnkes Aufmerksamkeit.

»Wir haben herausgefunden, wem die Handynummern zuzuordnen sind, die Weiß angerufen hat.«

»Lassen Sie mich raten. Die eine gehört Petersmann. Oder?«

»Darauf zu kommen, ist nicht abwegig. Es stimmt.«

»Und die andere?«

»Die gehört zu einem Handy, das auf den Krankenpfleger Friedmann zugelassen ist.«

Böhnke ließ sich Zeit mit seiner Erwiderung. »Daraus zu schließen, dass Weiß mit Friedmann in Kontakt stand, ist dann wohl ebenfalls nicht abwegig.«

»Richtig. Aber es kommt noch besser oder schlimmer, wie man will.«

»Warum?«

Herbst räusperte sich. »Friedmann hat eine ähnliche Vergangenheit wie Weiß, er ist gelernter Kfz-Mechaniker. Ehe er zum Krankenpfleger umschulte, hat er Autos repariert. Neben seiner Tätigkeit als Pfleger betreut er noch den Fuhrpark der St.-Raphael-Klinik. Er hat uneingeschränkten Zugang zu allen Fahrzeugen und zur Werkstatt.«

»Moment.« Böhnke unterbrach den Redefluss des Staatsanwaltes. »Welche Kennzeichen haben die Fahrzeuge und welche Fabrikate gibt es?«

»Alle Koblenzer Kennzeichen und allesamt dunkle Fords.« Warum er das wisse wolle, fragte Herbst.

Doch blieb ihm Böhnke eine konkrete Antwort schuldig. »Nur so.« Er lenkte das Gespräch wieder auf Friedmann. »Sie vermuten also, Weiß habe Friedmann angerufen und ihn instruiert, die Manipulationen an Petersmanns Wagen durchzuführen?«

So sei es, bestätigte Herbst. Man ermittle nun gegen Weiß wegen eines Auftragsmordes und gegen Friedmann wegen Mordes.

»Was sagen denn die beiden?«

»Weiß schweigt auf Anraten seiner Anwälte zu den Vorwürfen.«

»Würden Sie ihm etwa glauben, wenn er sagte, er habe sich mit Friedmann über das Wetter, das Wohlergehen und die Entwicklung der Patientenzahlen unterhalten wollen?«

»Natürlich nicht. Es sieht ganz danach aus, als habe er Friedmann instruiert.«

»Und was sagt Friedmann dazu?«

»Keine Ahnung, was Friedmann zu den Telefonaten und den Vorwürfen sagt. Wir haben ihn noch nicht vernommen.«

»Warum nicht?« Böhnke konnte die Antwort erahnen.

»Weil er spurlos verschwunden ist«, antwortete Herbst. »Wie vom Erdboden verschluckt. Oder, wie man hier sagen würde, wie im See versunken.«

43. KAPITEL

Er möge sich am Sonntag nichts vornehmen, sie wolle mit ihm einen Ausflug machen, hatte Lieselotte beim späten Kontrollanruf mitgeteilt.

»Wohin?«

»Alte Bekanntschaften auffrischen.«

Was war das denn für eine Antwort! Böhnke wollte aufbrausen, aber anscheinend kannte ihn seine Partnerin gut genug, um schnell eine sinnvolle, wenn auch ausführliche Erklärung hinterherzuschieben.

»Wir fahren nach Godesberg«, verkündete Lieselotte. Sie habe ein wenig recherchiert und problemlos die Telefonnummer von Petersmanns Witwe herausgefunden. »Ich habe mit ihr telefoniert und wir haben uns stundenlang unterhalten.«

Kein Wunder, dass ich gestern Abend nicht durchgekommen bin, dachte sich Böhnke. Bis nach Mitternacht hatte er es versucht. Dann hatte ihn die Müdigkeit dahingerafft. Beim morgendlichen Anruf in der Apotheke hatte ihm eine Mitarbeiterin zu seiner Erleichterung gesagt, dass die Chefin wohlbehalten in ein Gespräch mit einem Vertreter verwickelt sei.

Margarethe Chaiser-Petersmann würde sich freuen, wenn sie und Böhnke vorbeikämen. »Wir haben uns über alles Mögliche unterhalten, über unser Leben in den letzten Jahrzehnten, über unsere Männer und eben über alles, über das sich Frauen gerne austauschen.«

»Schön«, brummte Böhnke. Dann hatten sie ja alles

gesagt und brauchten sich nicht zu treffen. Außerdem interessierte das doch überhaupt nicht. »Und was sagt sie zu dem Mord an ihrem Mann und zu Weiß?«

»Du ungehobelter Flegel«, tadelte ihn Lieselotte. »Wir betreiben Trauerarbeit und du willst auf Mörderjagd gehen.« Darüber wolle sie mit ihnen unter vier, beziehungsweise sechs Augen sprechen. »Ich glaube, sie kommt über den Tod ihres Mannes gut hinweg. Die beiden haben in zwei Welten gelebt, er wäre mit seinem Beruf verheiratet gewesen, sie mit ihrem Hobby, dem Wandern durch die Wüsten der Welt. Da gab es gar keine Gelegenheit, sich zu streiten. Insofern ist es eine harmonische Ehe gewesen. Jetzt hat sie einen Sahara-Trip gebucht, um sich abzulenken.«

Du lenkst mich von meiner Arbeit ab, stöhnte Böhnke in sich hinein. Er war von dem Telefonat ebenso wenig begeistert wie von der Aussicht, den Sonntag im Auto und bei einer ihm unbekannten Frau verbringen zu müssen. Die Frauen würden vor lauter Tratsch vergessen, dass der Kaffee oder Tee vor ihnen auf dem Tisch stand, er würde gelangweilt danebensitzen.

Er war froh, dass ein weiterer Anrufer anklopfte und er damit einen Grund hatte, Lieselottes Redeschwall unterbrechen zu können.

»Wenn du lieber mit anderen sprichst als wie mit mir, dann kann ich dir nicht helfen. Nur noch so viel.« Und wieder setzte sie zu einem Monolog an, den Böhnke nicht mehr zu unterbrechen brauchte, weil der Anklopfer sein Bemühen eingestellt hatte.

Man könne doch auch einmal eine Kameltour durch die Wüste machen, schlug Lieselotte begeistert vor. »Du und ich.«

Und wer war dabei das Kamel? Wahrscheinlich er. Nein danke, darauf konnte Böhnke verzichten.

»Wenn du nicht willst, mache ich die Tour mit der Chinesin.«

»Und ich?«

»Du suchst derweil den Mörder.« Die Witwe glaube übrigens nicht, dass Weiß der Bösewicht ist, als der er in den Medien und von der Staatsanwaltschaft dargestellt werde. »Sie hat mir wortwörtlich gesagt: ›Das ist ein lieber Kerl.‹ Er und ihr Mann seien beste Freunde gewesen.«

Freunde, die sich gegenseitig abgeschossen haben, kommentierte Böhnke für sich. Weiß hatte sein Versprechen gegenüber Petersmann gebrochen, Petersmann hatte ihn endgültig schachmatt gesetzt. Echte Freunde eben. Freunde, die in der Not ihre Freundschaft beendeten.

»Es sei anders, als es scheint, hat die Chinesin mir gesagt. Aber dazu kann sie dir am Sonntag mehr sagen. Wir haben uns für 14 Uhr verabredet. Die Adresse habe ich. Und jetzt muss ich Schluss machen, bevor du mir vorwirfst, ich führe Dauergespräche. Träum was Süßes von mir, Commissario.«

Er habe schon die Vermutung gehabt, Böhnke könne doch eine Frau sein. »Wegen Ihrer Dauergespräche«, meinte Herbst schmunzelnd zur Begründung. »Ich habe einen letzten Versuch gemacht.« Es sei nämlich schon verdammt spät für tatsächliche und werdende Frühpensionäre, aber nicht für telefonierende Dämlichkeiten. »Wenn Sie jetzt nicht ans Telefon gegangen wären, hätte ich es Ihnen erst morgen gesagt.«

»Was?«

»Die neueste Entwicklung im Fall Friedmann«, antwortete der Staatsanwalt. Er sei zwar nicht mehr mittendrin, aber immer noch dabei, meinte er in Anlehnung an den Werbespruch eines Sportsenders, den Böhnke wegen der schwachsinnigen Gewinnspiele und der dämlichen Werbung längst aus der Favoritenliste seines Fernsehers verbannt hatte. »Einige meiner Herrlichkeiten aus der Staatsanwaltschaft halten mich freundlicherweise auf dem Laufenden.«

»Und worüber?« Böhnke blieb kurz angebunden. Er war müde, wollte ins Bett und kein heiß gelaufenes, fast schon angewachsenes Telefon am Ohr. Hätte er Herbst doch bloß nicht seine Festnetznummer genannt, schalt er sich selbst. Das war wohl ein Fehler gewesen. Hoffentlich war Herbst nicht auch so ein Dampfplauderer wie Lieselotte.

»Friedmann wurde offiziell zur Fahndung ausgeschrieben. Er wird des Mordes an Petersmann verdächtigt.«

»Und er ist immer noch verschwunden.«

»Genau. Friedmann ist am Tag vor Petersmanns Tod nicht zu seinem Nachtdienst erschienen. Er hat sich kurz zuvor telefonisch wegen eines Grippeanfalls krankgemeldet.«

»Moment. Stammt der Anruf denn auch tatsächlich von ihm?«, fragte Böhnke dazwischen.

»Keine Ahnung. Das muss noch ermittelt werden. Jedenfalls hat am Morgen seine Mitbewohnerin in der Klinik nachgefragt, ob Friedmann noch da sei. Er sei nämlich noch nicht nach Hause gekommen.«

Da konnte der fleischgewordene Panzer Brigitte sein Bettchen nicht mit seiner Wärmflasche teilen, lästerte Böhnke ohne Mitgefühl.

»Die Stationsleitung hat daraufhin die Polizei angerufen, weil man das Verschwinden von Friedmann merkwürdig fand. Wir haben dann ermittelt, dass er wie gewohnt am späten Nachmittag seine Wohnung verlassen hat, er oder jemand anders danach seine Krankheit und sein Fernbleiben vom Dienst mitgeteilt hat, und es seitdem kein Lebenszeichen mehr von ihm gab. Niemand hat ihn mehr zu Gesicht bekommen, nachdem er sich von seiner Partnerin verabschiedet hat. Üblicherweise geht er zu Fuß eine knappe Viertelstunde durch die Seestadt zum Krankenhaus. Aber keiner hat ihn dabei beobachtet. Zum einen war es schon dunkel, zum anderen läuft er durch Wohnstraßen mit wenig Verkehr.«

»Und jetzt?«

»Jetzt wird nach ihm gefahndet. Er ist auf der Flucht.«

Oder tot, dachte sich Böhnke.

»Oder tot«, sagte Herbst. »Aber davon gehen wir nicht aus. Für uns ist er auf der Flucht.«

44. KAPITEL

»Auf keinen Fall!« Kategorisch hatte es Böhnke abgelehnt, in Lieselottes Polo nach Godesberg zu fahren. »Solange der Airbag auf der Beifahrerseite nicht ausgetauscht ist, fahre ich nicht mit dir in diesem unsicheren Auto.« Unfallrisiko und eventuell fehlender Versicherungsschutz sprächen dagegen.

»Angsthase.« Dann würde sie halt einen Leihwagen besorgen, der seine Bedingungen erfülle. Ihr Versprechen, die Chinesin zu besuchen, würde sie auf jeden Fall einhalten. Er solle es sich überlegen, ob er lieber das viele Geld für einen Leihwagen bezahlen wolle oder das minimale Risiko eingehe, dass er als besonnener Fahrer in einen Unfall verwickelt werde, bei dem ein Airbag seine Arbeit aufnehmen müsste. »Ich fahre. Und wenn du nicht mitwillst, erfährst du nichts über Weiß und Petersmann. Ich werde dir nichts sagen.«

Warum eigentlich nicht? Als er im Hofladen von Karl Bauer die zwar teureren, aber lieb gewordenen Frühstückseier von frei laufenden, vielleicht sogar glücklichen Hühnern kaufte, hatte er den Landwirt auf das Angebot seiner zukünftigen Schwiegertochter angesprochen. »Kann ich am Sonntag den Stromer haben?«

»Kannst du. Susi hat ihn dir ja versprochen.« Der Tesla stünde fahrbereit auf dem Hof. Er solle klingeln. »Ich mache ihn dann für dich fahrbereit.« Karl grinste ihn an. »Aber bring ihn bloß wieder.«

»Warum sollte ich nicht?«

Der Landwirt blieb in seiner Antwort vage. »Lass dich überraschen.«

Böhnkes Skepsis wich schnell. Bauer hatte ihm ein schwarzes Plastikkärtchen in der Größe einer Scheckkarte in die Hand gedrückt und danach ein Stromkabel an der Beifahrerseite gezogen. Der Stecker verschwand sofort hinter einer Klappe

»Wenn du das Kärtchen gegen den Türgriff hältst, hörst du vielleicht ein leichtes Klicken. Dann kannst du den Tesla öffnen und einsteigen. Ohne die Karte läuft nichts.«

Vorsichtig war Böhnke in die große, anthrazitfarbene Limousine eingestiegen. Er saß bequem in den hellen Ledersitzen. Er fühlte sich mehr in einem Cockpit eines Flugzeugs als in einem Auto, wenn da nicht das gewohnte Lenkrad gewesen wäre. »Am besten nutzt du nur den Blinker und den Scheibenwischer. Alle anderen Funktionen berücksichtigst du besser nicht. Das ist viel zu kompliziert für dich.« Bauer lachte. Er hatte sich auf die Fahrertür gelehnt. »Die Karre hat Möglichkeiten, da staunst du nur.« Aber er hätte nicht die Zeit, sie alle zu erklären. »Du schaltest den Hebel rechts neben dir auf ›D‹ für ›Dauerbetrieb‹ wie bei einer Automatik und trittst aufs Gaspedal oder die Bremse.«

»Mehr nicht?«

»Mehr nicht. Und mach dir keine Gedanken über einen leeren Tank. Du hast Saft genug in den Batterien. 600 Kilometer kommst du dicke damit. Nach Godesberg und zurück – da lacht die Kiste nur drüber.« Er solle auf den Knopf links neben dem großen Display auf dem Armaturenbrett drücken. »Dann gehen alle Lichter an und du kannst losfahren. Viel Spaß.« Bauer schlug die Fahrertür zu.

Böhnke staunte stumm Lieselotte an, die sich zufrieden im bequemen Beifahrersitz räkelte.

»Nur zu«, forderte sie ihn auf. »Du wolltest Tesla fahren, ich nicht. Mir hätte ein Leihwagen gereicht.«

Vorsichtig drückte Böhnke auf den Startknopf. Unverzüglich leuchteten das Display des Bordcomputers in einer Größe von mehr als Din A4 und die Anzeigen vor dem Lenkrad auf. Der Tesla hieß sie willkommen und signalisierte seine Fahrbereitschaft mit vollen Batterien. Ob er das Fahrziel eingeben wolle, las er auf dem Display.

Natürlich, brummte er und forderte Lieselotte auf, sich darum zu kümmern. Er müsse sich auf das Fahren konzentrieren.

Mit wenigen Kommandos hatte sie ihr Ziel eingegeben und schon einige Sekunden später leuchteten die Angaben auf. Drei Vorschläge mit einer Streckenlänge zwischen 90 und 120 Kilometern bot das Navi bis zur Nachtigallenstraße 78 in Godesberg bei einer Fahrzeit von 80 bis 100 Minuten und einem Stromverbrauch von 23 Prozent der Ladung an. Auf einer großen Straßenkarte zeigte ein blinkender, roter Punkt ihren aktuellen Standort an. Sie sollten nach links auf die Straße abbiegen, empfahl ihnen das ausgefeilte Navigationssystem.

»Jetzt musst du nur noch fahren«, sagte Lieselotte nüchtern. »Ich hoffe, du weißt, wie Gas und Bremse funktionieren.«

Ob das gut ging? Böhnke fühlte sich unwohl, zumal er keine Motorgeräusche vernahm. Vorsichtig tippte er aufs Pedal. Lautlos setzte sich der Tesla in Bewegung.

Das Navi würde wohl nie eine Freundschaft mit Böhnke eingehen. Er hielt sich einfach nicht an die Vorschläge und fuhr auf der landschaftlich schönsten, wenn auch autobahnfreien Strecke durch die Eifel über Kall, Mechernich, Euskirchen und Swisttal zum Rhein. Das Navi kam bei den ständigen Abweichungen von seinen Empfehlungen fast nicht mehr nach. 135 Kilometer Fahrstrecke, 28 Prozent Energieverbrauch, die Fahrzeit war mit 118 Minuten länger gewesen. Aber das lag an Böhnke, der immer wieder vom Gas gegangen war, um sich für das sanfte Gleiten des Stromers über die Straßen zu begeistern. Ob er Gas gab, bremste oder den Wagen gleiten ließ, der Motor gab kein Geräusch von sich.

Ohne das Navi hätte er das Haus von Margarethe Chaiser-Petersmann wohl nicht gefunden. Es lag in einem Viertel von Wohnstraßen. Die Häuser ähnelten sich in ihrer zweigeschossigen Bauweise. Frei stehend verbargen sie sich in großen, dicht bewachsenen Gärten hinter Mauern, Zäunen oder Laubhecken. Die Zufahrten zu den Garagen und die Eingänge zu den Haustüren waren meistens durch Tore versperrt. »Das waren früher die Wohnungen von Diplomaten und hochrangigen Mitarbeitern der Botschaften«, mutmaßte Lieselotte. »Hier lässt es sich leben.«

Ein Eldorado für Einbrecher, dachte sich Böhnke hingegen. Er freute sich auf die Parklücke neben ihrem Ziel, die groß genug für ihre Limousine war. »Hier fallen wir gar nicht auf«, sagte er zu Lieselotte angesichts der vielen Luxuswagen am Straßenrand. Einen Ferrari hatte er ebenso entdeckt wie einige hochpreisige Wagen von Daimler, BMW und Audi. »Willkommen in der Welt derjenigen, die sich ums Essen keine Sorgen machen müssen.«

Margarethe Chaiser-Petersmann gehörte zweifelsohne zu dieser Welt. Die eiserne Tür an der Straße öffnete sich schwungvoll, nachdem sie über eine Funkanlage ihr Erscheinen angekündigt hatte. Die schwarz gekleidete Frau stand mit einem freudigen Lächeln im Gesicht im Hauseingang ihrer ockerfarbig gestrichenen Villa, zu der ein breiter, von niedrig geschnittenen Buchsbäumen gesäumter Weg aus Marmorplatten führte.

»Schön, dass ihr da seid«, sagte sie mit klarer Stimme. Sie war kleiner, als Böhnke sie nach der Fotografie aus dem Nachrichtenmagazin in Erinnerung hatte. Ihr schwarzes Haar trug sie halblang. Gekleidet in einen schwarzen Hosenanzug mit einer schwarzen Bluse, machte sie den Eindruck einer trauernden Witwe. Ihr Optimismus ausstrahlendes Lächeln und die flinken, grünen Augen standen im krassen Gegensatz dazu.

»Kommt rein!«, forderte sie Lieselotte und Böhnke auf. »Geradeaus durch bis ins Wohnzimmer. Ich habe für uns eine Kaffeetafel gedeckt.«

Der Marmorboden setzte sich im Haus fort. Die Türen und die Wände im Flur, von dem aus eine geschwungene Treppe ins Obergeschoss führte, waren weiß gestrichen. Bunte Gemälde, die von Strahlern angeleuchtet wurden, gaben dem taghellen Raum Farbtupfer.

Die kleine Frau umarmte die um einem Kopf größere Lieselotte herzlich und reichte dann Böhnke die Hand zu einem festen, langen Druck. Sie hatte seinen musternden Rundumblick, der sich auch im eleganten Wohnzimmer mit den wandhohen Fenstern zum von einer Buchenhecke umgrenzten Garten fortsetzte, bemerkt. »Ist alles ein wenig zu groß für mich. Ich werde mich wohl kleiner setzen. Was will ich denn mit so einem Haus?« Sie lächelte gewinnend. »Aber so schnell gibt man eine Erbschaft, in der man so viele Jahre glücklich gelebt hat, auch nicht auf.«

Ehe Böhnke einschreiten konnte, waren die beiden Frauen in ein intensives Gespräch verwickelt. Es kam, wie er befürchtet hatte. Sie sprachen über ihre Studienzeit, über die Heirat der Chinesin mit Petersmann, über ihre Arbeit in den letzten Jahren und über wer weiß was. Alles Dinge, die Böhnke nicht interessierten. Er schaute gelangweilt hinaus in den Garten hinter der hausbreiten, etliche Meter tiefen Terrasse aus Marmor. Er suchte nach den Überraschungsmomenten, die sich in der scheinbar so systematischen Anordnung von Rasenflächen, Bäumen, Blumeninseln und Buschgruppen verbargen. An einer Stelle lugte eine schwarz-weiße Kuh zwischen Büschen hervor, an einem Baum pochte ein Specht aus Keramik gegen den Stamm. In einer Rabatte hatten sich zwei Katzen zum Schlaf niedergelegt. Überall, wohin er blickte, gab es kleine, tierische Kunstwerke. Auch ein Hund, der unter einem Busch lauerte, durfte nicht fehlen. Das Wohnzimmer hätte er inzwischen blind beschreiben können. Möbel aus Mahagoni, schwarze Ledergarnitur, eine Bücherwand bis unter die Decke, in der wahrscheinlich der Flachbildschirm hinter einer Schiebetür versteckt war, Stehleuchten an verschiedenen Stellen, selbstverständlich ein offener Kamin, der anscheinend nicht genutzt wurde.

Dem Gespräch hatte er längst kein Gehör mehr geschenkt.

»Rudolf-Günther, hörst du überhaupt zu?« Geradezu entrüstet hatte Lieselotte die Frage an ihn gerichtet. »Willst du nicht antworten?«

Er sei kurz geistesabwesend gewesen, entschuldigte er sich. »Worauf sollte ich antworten?«

»Margarethe wollte wissen, ob du etwas erfahren hast?«

»Worüber?«

»Über den Mord an Frank.« Die Frau schluckte. »Findet man den Mörder?«

Man glaube, ihn zu kennen, antwortete Böhnke bedächtig, bevor er es mit einem Frontalangriff versuchte. »Die Polizei geht davon aus, dass Gottfried Weiß hinter dem Mord steckt.«

»Niemals«, entgegnete die Chinesin spontan. »Weiß Gott nicht. Warum sollte Gottfried …?«

»Aus Rache, weil ihn Ihr Mann verpfiffen hat.«

»Das stimmt doch nicht.« Die Frau ereiferte sich regelrecht. Sie sah ihn streng an. »Gottfried und Frank, das waren ein Herz und eine Seele. Die hätten sich nie gegenseitig geschadet.«

»Aber dennoch hat Weiß Ihren Mann im Raphael abserviert. Erst verspricht er ihm eine Chefarztstelle, dann will er nichts mehr davon wissen. Da kann ich mir gut vorstellen, dass Ihr Mann dem die Freundschaft kündigt.«

»So war es doch gar nicht.« Die Frau schüttelte zornig ihren Kopf. »Es war doch alles anders. Aber keiner fragt mich und keiner will es wissen.«

»Was?« Böhnke war stutzig geworden. Jetzt war Lieselotte diejenige, die aus dem Gespräch raus und zur unbeachteten Zuhörerin geworden war.

»Das war doch alles zwischen Gottfried und Frank abgesprochen. Gottfried wollte ihn schützen, ihn nicht noch weiter in den Strudel hineinziehen. Gottfried hat erkannt, dass ihm die Sache über den Kopf wächst und dass sich über ihm etwas zusammenbraut, das er nicht mehr beherrschen kann.«

Böhnke notierte sich innerlich eine Frage, die er später stellen würde. Sein Kopfnicken verstand die Chinesin richtigerweise als Aufforderung, fortzufahren. »Frank sollte aus der Schusslinie kommen, nachdem sie erkannt hatten, dass sie beide keine Zukunft mehr haben würden. Die schrecklichen Fehler bei den Operationen wollte Gottfried alleine auf seine Kappe nehmen, Frank sollte unbehelligt aus dem Strafverfahren herauskommen. Sie haben dann ihre Überlegung als Streit inszeniert, um glaubwürdig zu wirken.« Fast schon wütend blickte sie um sich. »Wer behauptet, Gottfried habe Frank töten lassen, der erzählt Schwachsinn. Das passt allein dem tatsächlichen Mörder in den Kram, weil es von ihm ablenkt.«

Ob sie Beweise habe, wollte Böhnke wissen.

»Fragen Sie Gottfried. Aber ich glaube nicht, dass er Ihnen etwas sagt. Man würde ihm ohnehin nicht glauben.«

Puh, da kam eine vollkommen neue Dynamik in die Geschichte. Böhnke pustete durch. »Können Sie sich denn erklären, warum Ihr Mann dann seine Aussage gegen Weiß konkretisiert hat und sich zum Hauptbelastungszeugen machen wollte?«

»Ich kann mir nur erklären, dass das zwischen den beiden so abgesprochen war.« Die Frau griff mit ruhigen Fingern zu ihrer Teetasse. Sie hatte sich vollkommen unter Kontrolle. »Aber ich weiß es nicht.«

Konnte es anders sein? Lebte sie in dem Irrglauben, ihr Mann und Weiß befänden sich in Freundschaft zueinander? Böhnke unterließ es, sie danach zu fragen. Es würde eh nicht viel ändern. »Dann ist Weiß also nicht Täter, sondern Wohltäter?«

»Ja«, sagte die Chinesin überzeugt. »Er ist Wohltäter. Aber er ist auch Täter. Und er ist Opfer.«

Hm, Böhnke hatte genug. Man würde sich nur noch wiederholen, wenn er nachhaken würde. Er kramte seine Frage aus dem Erinnerungsspeicher.

»Was meinten Sie, als Sie sagten, es würde sich etwas über Weiß zusammenbrauen. Damit war doch wohl nicht das Strafverfahren gemeint?«

Margarethe Chaiser-Petersmann lächelte ihn an. »Sie hören gut zu, Herr Böhnke, Kompliment. In der Tat meine ich etwas anderes. Aber es ist mehr eine Ahnung als eine Gewissheit. Frank hat mir davon erzählt, dass Gottfried der Stadtverwaltung nicht mehr traut. Er hatte wohl das Gefühl, dass die nicht auf seiner Seite stehen.«

»Inwiefern?«

»Ich weiß es nicht. Gottfried war jedenfalls auf den Bürgermeister und den Beigeordneten überhaupt nicht mehr gut zu sprechen. Sie würden ihn behindern statt unterstützen. Sie würden ein falsches Spiel betreiben.«

»Welches Spiel denn?«

»Das kann ich Ihnen nicht sagen. Sprechen Sie mit Gottfried.« Die Chinesin hatte sich erhoben und ging zu einer stabilen Anrichte. Aus einer Schublade holte sie eine Kladde. »Ist vielleicht für Sie interessant. Frank hat alle Berichte von den Operationen gesammelt, an denen er beteiligt war. Das hier sind die aus der Raphael-Klinik. Können Sie gerne mitnehmen.« Die letzten habe er noch am Tag vor seinem Tod vom Krankenhaus aus auf seinen Rechner nach Hause geschickt. »Ich habe sie ausgedruckt.«

Interessiert wollte Böhnke in den Blättern lesen, doch hinderte ihn Lieselotte. »Ich glaube, wir müssen.« Mit Hinweis auf die einbrechende Dunkelheit wollte sie zurück nach Huppenbroich.

»Aber nur, wenn du mir versprichst, mich bald wieder zu besuchen«, sagte die Chinesin, wissend, dass Lieselotte dieses Versprechen gerne geben würde.

»Macht es gut«, sagte sie zum Abschied im Hausflur. Sie hatte Lieselotte umarmt und breitete ihre Arme auch um den überraschten Böhnke. »Es war schön, dich kennengelernt zu haben.«

»Meinerseits«, brummte er abwesend. Er hatte über Margarethes Schulter auf die eingerahmte Urkunde an der Wand geschaut. Es war die Originalbauzeichnung und die Baugenehmigung für diese Villa im Jahre 1928. Da passten Umrissangaben, Konstruktionszeichnung und Statik neben dem Stempel des Bauamtes noch auf ein einziges, großes Blatt. Wenn er daran dachte, dass heutzutage in Huppenbroich für den Bau einer neuen Garage ein Aktenordner voller Unterlagen von der Städteregion Aachen abgezeichnet werden musste, konnte er schon an der Notwendigkeit zweifeln. Die technischen Angaben interessierten ihn allerdings nicht so sehr. Sein Auge war auf den Namen des Bauherrn gefallen. Er lautete Maximilian Oebels.

45. KAPITEL

Oebels. Da war doch was?

Selbstverständlich fiel es ihm ein. Der Absender der Anklageschrift gegen Weiß hatte sich Patrick Oebels genannt. Ob das bloß ein Zufall war?

»Kennst du Patrick Oebels?«

Margarethe schüttelte den Kopf. »Nur vom Namen. Den habe ich nie gesehen. War wohl der Sohn vom Stiefbruder von Maximilian Oebels. Ich habe mal Ahnenforschung betrieben, um einen Familienstammbaum zu erstellen. Frank ist, was nur wenige wissen, ein Waisenkind gewesen. Seine Eltern sind früh bei einem Unfall ums Leben gekommen, die Familie von Maximilian Oebels hat ihn aufgenommen. Die haben ihn wie ihren eigenen Sohn aufgezogen. Er hat dann von Maximilian dieses Haus hier geerbt. Patrick ist wohl leer ausgegangen. Das war irgend so ein merkwürdiger Kauz. Vor ein paar Wochen ist er einsam und allein in Köln gestorben, wie wir später erfahren haben.« Frank sei in das Hospiz gefahren, um sich über den Mann zu informieren, aber er habe nichts herausbekommen. »Was ist mit dem?«

»Eigentlich nichts Besonderes«, antwortete Böhnke ausweichend.

»Eigentlich heißt ja, dass doch etwas Besonderes mit ihm ist«, entgegnete Margarethe.

»Rudolf-Günther hat Post vom toten Patrick Oebels bekommen«, sagte Lieselotte an seiner Stelle, was Böhnke nicht guthieß.

»Ach so.« Margarethe lachte auf. »Jetzt verstehe ich, was Frank gemeint hat, als er sagte, Patrick war nach seinem Tod doch noch für etwas Gutes zunutze.«

»Aber woher kannte dein Mann meine Adresse und wusste, wer ich bin?«

»Das kann ich dir leider nicht sagen. Und er wird es dir leider auch nicht mehr erklären können.« Zum ersten Mal traten Tränen in die Augen der kleinen Frau. »Es ist wohl tatsächlich am besten, wenn ihr mich jetzt alleine lasst.«

»Ich glaube schon, dass zwischen Weiß und Petersmann eine unverbrüchliche Freundschaft herrschte.« Lieselotte sprach den Gedanken aus, den er ebenfalls hegte. »Der Petersmann wollte Weiß helfen und hat dir die Anklage zugeschickt.«

»Warum nicht in seinem Namen?«

»Ich glaube, er wollte nicht, dass Weiß davon erfährt, zugleich wollte er nicht namentlich bekannt werden, konnte das Paket aber auch nicht ohne eine Absenderangabe aufgeben.«

»Warum wollte er sich nicht zu erkennen geben?«

»Damit du unbeeinflusst an die Sache herangehst, mein Liebster.«

Obwohl ihn die Antwort nicht zufriedenstellte, ließ er sie unkommentiert. Sie war ohnehin nicht von Belang.

»Er wusste von mir und daher auch von dir. Du warst ja dabei, als ich damals im Krankenhaus lag und von Weiß operiert wurde. Petersmann hat gewusst, dass ich mit einem Kriminalkommissar liiert bin. Ich hatte es seiner Frau mal vor ewigen Zeiten geschrieben, nachdem sich unsere Wege getrennt hatten. Das hat Margarethe doch eben gesagt. Hast du da nicht zugehört?«

Er hätte sich nicht auf die Suche nach interessanten Dingen im Garten machen sollen, sondern sich besser der Unterhaltung der beiden Frauen gewidmet. Dann wäre es ihm aufgefallen.

So ist das Leben, sagte er sich. Ändern würde es nichts.

Sie standen vor einer Ampel auf der zweispurigen Straße stadtauswärts. Links neben ihnen hatte sich ein weißer Porsche platziert. Der Fahrer grinste ihn spöttisch durch die Seitenscheibe an. Er ließ mehrfach den Motor aufheulen, was wohl ein Zeichen für ein Startduell sein sollte.

Böhnke konzentrierte sich lieber auf die Ampel. Als sie auf Grün sprang, schoss der Porsche mit einem mächtigen Dröhnen davon, während er gemächlich anfuhr. Was sollte dieser Unsinn, dachte er sich. Wenige Hundert Meter weiter stand der Sportwagen bei einer mobilen Polizeikontrolle. Man hatte ihn mit überhöhter Geschwindigkeit geblitzt und aus dem Verkehr gefischt. Jetzt grinste Böhnke. So ist das Leben, sagte er sich zum zweiten Mal in kurzer Zeit.

Den will ich haben, hatte Lieselotte gesagt, als sie den Tesla auf Bauers Hof parkten.

Ich auch, hätte Böhnke beinahe zugestimmt. Er hatte noch nie in einem Auto gesessen, in dem ihm das Fahren so viel Spaß gemacht hatte. Das war kein Fahren, das war ein ruhiges und stilles Dahingleiten gewesen, pures Vergnügen, das allerdings seinen Preis haben würde. Er wollte gar nicht wissen, was dieses Auto kostete. Es würde nicht billig sein und nicht in seine Preisklasse passen. Das war etwas für die Gehaltsstufe der Millionärstochter Susanne Brettschneider, die von den Superkarossen von Audi und

Mercedes umgestiegen war auf die der amerikanischen Nobelmarke.

Karl war herbeigeeilt und stöpselte den Stromer an die Leitung. »Der kriegt jetzt frischen Saft aus der Solaranlage. Billiger geht es nicht.«

Unterwegs gebe es aber keine Solaranlagen für den Tesla, und Windräder hätte er auch nicht auf dem Dach, meinte Böhnke kritisch, während er die beiden Bernhardiner tätschelte. Doch der Ökobauer Bauer, der sämtliche Gebäude mit Solarzellen bestückt hatte, ließ die Kritik nicht gelten. Unterwegs gebe es Ladestationen in Hülle und Fülle, an denen er als Tesla-Fahrer kostenlos Strom tanken könne.

Vergnügt erzählte Böhnke von der Begegnung mit dem verrückten Porschefahrer, während er das Treiben von Bauer beobachtete. »Der wollte unbedingt ein Duell mit mir.«

»Der hätte keine Chance gehabt«, sagte Bauer trocken.

»Häh? Das war ein Porsche.«

»Na und? Du hattest einen Tesla. Du hättest es von Null auf 100 in drei Sekunden geschafft. Da hätte der Fuzzi in dem Porsche gerade den dritten Gang gefunden und nicht einmal mehr dein Nummernschild lesen können.«

»Und ich hätte jetzt das Protokoll am Hals.«

»Du rast ja auch nicht, obwohl du es könntest. Du bist ein vernünftiger, solider Fahrer und damit der richtige für einen Tesla.«

Böhnke beendete das Gespräch. Er wollte endlich in seine eigenen vier Wände. Die Lektüre, die er von Margarethe erhalten hatte, wollte gelesen werden. Und Lieselotte wollte unbedingt den »Tatort« sehen.

46. KAPITEL

Wenn Professor Boerne in einem Einmann-U-Boot im Bodensee herumschipperte, um sein Lieblingsskalpell zu suchen, und Kommissar Thiel krampfhaft versuchte, einen widerspenstigen Schimpansen aus einer Tiefkühltruhe zu zerren, weil der sich dort mit seinem Handy versteckt hatte, da hörte für Böhnke der Spaß endgültig auf. Er schenkte dem unsinnigen Fernsehkrimi keinen Blick mehr und widmete sich Petersmanns Aufzeichnungen.

Die Notizen kamen ihm allesamt bekannt vor. Sie standen genauso in der schriftlichen Aussage, die Petersmann nicht mehr unterschreiben konnte.

Doch er hatte sich geirrt, wie er verblüfft feststellte. Die OP-Berichte stimmten in einigen Details nicht mit der Aussage überein. Was war denn richtig? Warum waren in den Berichten mehr Namen genannt als in der Aussage? Was hatte Petersmann bewogen, etwas anderes zu Protokoll zu geben als das, was in den offiziellen Berichten aus dem Krankenhaus stand? Oder waren die Berichte gefälscht? Musste er davon ausgehen, dass Petersmanns Notizen bewusst falsche Angaben enthielten, vielleicht sogar in Absprache mit Weiß? Böhnke wollte es nicht glauben.

Weiß würde ihm wahrscheinlich helfen können, aber an ihn kam er nicht heran. Da müsste er zunächst den Kontakt zu dessen Anwälten suchen. Ihnen mitzuteilen, dass er aufseiten des Arztes stand, wäre zum einen ein Affront gegenüber Grundler, den er auf jeden Fall vermeiden musste. Zum anderen würden sie ihm wahrscheinlich mit großer Skepsis begegnen, und sie würden versuchen, seine Erkenntnisse zu ihrem Vorteil auszunutzen, ohne auf seine Interessen Rücksicht zu nehmen. Also würde er versuchen, ohne Weiß hinter die Geheimnisse der widersprüchlichen Unterlagen zu kommen.

Nach kurzer Überlegung hatte er einen Weg gefunden, auf dem er möglicherweise neue Fakten finden würde.

»Es fehlt nur noch Lennet Kann, der als Schimanski vom Zehnmeterturm springt«, kommentierte Herbst, als sich Böhnke für die Unterbrechung des vermeintlichen Tatort-Genusses entschuldigte. »Für so einen Schwachsinn zahlen wir auch noch Fernsehgebühren.« Er käme beileibe nicht ungelegen. Ein Gespräch unter Frühpensionären sei ihm allemal lieber als der stumpfsinnige Fernsehfilm. »Was kann ich für Sie tun, Herr Böhnke?«

Er brauche Unterlagen, »quasi von Frühpensionär zu Frühpensionär«.

Seine Schilderung sorgte für nachdenkliche Stille.

»Sind Sie überhaupt noch da?«, fragte Böhnke nach einer Weile verunsichert in die Leitung.

»Natürlich«, antwortete Herbst. »Ich bin nur etwas verwirrt. Wenn ich Sie richtig verstanden habe, verfügen Sie über OP-Berichte von Petersmann, in denen er etwas anderes notiert hat, als das, was er in seiner Aussage als Hauptbelastungszeuge protokolliert hat.«

»Richtig.«

»Und jetzt wollen Sie die OP-Berichte, die wir vorliegen haben und die gewissermaßen für uns die Belege für die Aussage von Petersmann sind?«

»Richtig.«

»Und warum?«

»Um festzustellen, ob die Ihnen vorliegenden Berichte und die mir vorliegenden Berichte von Petersmann im Wortlaut übereinstimmen.«

»Und wenn sie das nicht tun?«

»Dann haben wir ein Problem. Ein weiteres Problem.«

»Wenn's sonst nichts ist.« Herbst lachte in den Hörer. »Üblicherweise würde ich Sie bitten, mir Ihre Unterlagen zu schicken. Aber …«

»… Sie sind ja nur noch dabei, nicht mehr mittendrin.«

»Sie sagen es. Bevor ich meine Kollegen heißmache, will ich auf Nummer sicher gehen. Die glauben nämlich sonst nur, ich wolle keine Ruhe geben.«

»Sie haben ja alles falsch gemacht, wenn ich Sie beziehungsweise Ihren Chef zitieren darf«, sagte Böhnke vorsichtig.

»Und weil ich ja nie etwas richtig und alles falsch mache, entscheide ich jetzt, dass ich Ihnen die uns vorliegenden Berichte zukommen lasse. Reicht morgen?«

»Das reicht. Außerdem haben wir ja schon fast morgen.« Böhnke nannte ihm die E-Mail-Adresse, unter der er die Dateien auf den Rechner in Billas Haus schicken sollte.

»Gibt es sonst noch etwas, was ich wissen sollte?« Herbst machte keine Anzeichen, das Telefonat beenden zu wollen.

Er könne ihm empfehlen, das Gespräch mit Petersmanns Witwe zu suchen, meinte Böhnke. »Da finden Sie eine Meinung, die konträr ist zu der gängigen Auffassung.«

»Nämlich?«

»Nämlich, dass Petersmann und Weiß bis zum Schluss beste Freunde waren und Petersmanns Rausschmiss aus dem Krankenhaus seinem eigenen Schutz dienen sollte.«

»Wer's glaubt, wird selig.«

»Margarethe Chaiser-Petersmann glaubt es jedenfalls.«

»Und Sie, Herr Böhnke?«

Ich bin geneigt, ihr zu glauben, hätte er am liebsten gesagt. Aber er sagte: »Ich weiß es nicht.«

»Die Frau redet sich ihr Schicksal schön«, mutmaßte Herbst. »Ihre heile Welt ist zwar zerbrochen, aber sie will so viel wie möglich davon behalten.«

»Wenn Sie's sagen.« Böhnke ließ seine Unzufriedenheit durchklingen.

»Keine Sorge. Ich gebe den Hinweis weiter«, sagte Herbst versöhnlich.

»Der dann abgebürstet wird als ein weiterer Versuch eines bei den Ermittlungen Gescheiterten.«

»Sie sagen es, Herr Böhnke. Damit ist zu rechnen. Aber glauben Sie bloß nicht, ich sitze tatenlos zu Hause herum. Offiziell bin ich ja noch im Dienst, bekomme aber nichts zu tun. Und krankschreiben lasse ich mich nicht. Niemand kann mich daran hindern, parallel zu ermitteln, solange ich kein Verbot meines Chefs auf dem Schreibtisch liegen habe. Ich bin zwar nicht mittendrin, aber dennoch dabei.«

47. KAPITEL

Herbst hatte seine Zusage eingehalten. Als Böhnke nach seinem Morgenrundgang, selbstverständlich in Begleitung der beiden Bernhardiner, das E-Mail-Verzeichnis auf dem Rechner im Haus der Stiftungen aufrief, fand er an oberster Stelle die Post des Staatsanwaltes.

»Schneller ging es nicht«, hatte Herbst geschrieben und auf den beigefügten Anhang verwiesen. »Sie wissen, was Sie tun. LK.«

Es dauerte eine gefühlte Ewigkeit, bis Böhnke endlich die ausgedruckten Kopien der OP-Berichte nach Hause tragen konnte. Auf dem Küchentisch hatte er bereits die aus Godesberg mitgebrachten Protokolle ausgebreitet.

Beim ersten, wie er sich selbst einräumte, oberflächlichen Lesen der Ausdrucke, fiel ihm nichts auf. Die OP-Berichte waren in sich schlüssig und bildeten die solide Grundlage der Aussage, die Petersmann der Staatsanwaltschaft hatte zukommen lassen wollen. Das hatte Hand und Fuß, da konnten keine Zweifel aufkommen.

Böhnke nahm die Berichte zur Hand, die ihm die Chinesin überlassen hatte. Sie waren ebenfalls in sich schlüssig. Waren sie aber auch identisch mit denen im Besitz der Staatsanwaltschaft? Auf den ersten Blick sah er keine Unterschiede. Stutzig machte ihn allenfalls der oben rechts am Rand in kleinen Buchstaben angegebene Zeitpunkt der letzten Bearbeitung. Die der Anklagebehörde vorliegenden Unterlagen waren jünger als die von Petersmann, wie er feststellte. Das wird wohl daran liegen, dass sie noch einmal ausgedruckt wurden, und der Druck als letzte Bearbeitung der Datei registriert worden war, vermutete er.

Gewissheit verschaffte ihm der Anruf in Grundlers Kanzlei. Bereitwillig bestätigte ihm Sabine seine Überlegung, die er bewusst allgemein gehalten hatte. »Wenn Sie eine Datei aufrufen, diese lesen und Sie dann einen Befehl geben, etwa zum Druck oder zur Untersicherung, dann wird dieser Befehl als letzte Bearbeitung protokolliert.« Das gelte natürlich auch, wenn er Veränderungen vornehme, »und wenn es nur ein nachträglich eingefügtes Komma ist«. Deshalb sei es immer wichtig, ein Bearbeitungsprotokoll vorlegen zu können, am besten sogar mit einem Hinweis darauf, von welchem Rechner die Datei jeweils aufgerufen wurde. »Es ist nichts leichter, als ein nicht gegen Veränderungen gesichertes Dokument im Computer zu verfälschen, Herr Böhnke.«

Er nahm einen von Petersmann archivierten OP-Bericht zur Hand. Es war der von Franz Schuhmachers. Der Mann musste nachoperiert werden, nachdem die erste Operation mehr Schaden als Erfolg angerichtet hatte. Noch auf der Intensivstation war er verstorben, was eine Anklage wegen schwerer Körperverletzung mit Todesfolge verursacht hatte, wie Böhnke in der inzwischen veralteten Anklageschrift lesen konnte. Der der Staatsanwaltschaft vorliegende Bericht war identisch. Dann stimmt doch alles, oder?, sagte Böhnke zu sich, wenngleich das unwohle Gefühl in ihm wuchs. Noch einmal las er die beiden, scheinbar identischen Berichte durch, hakte vergleichend Absatz für Absatz ab und stieß endlich auf eine Ungereimtheit. Im ursprünglichen Bericht von Petersmann war der Name eines an der OP beteiligten Assistenzarztes genannt, der in dem anderen Bericht fehlte. Wenngleich die Tatbeteiligung dieses Arztes von der Staatsanwaltschaft als sehr gering eingeschätzt worden war, immerhin war das Verfahren gegen ihn ja inzwischen eingestellt worden, war er an der OP beteiligt gewesen. Und diese Beteiligung wurde jetzt nicht einmal mehr erwähnt. Das war für Böhnke eine bewusste Täuschung, eine Fälschung, eine absichtliche Veränderung des tatsächlichen Ablaufs.

Er hatte Feuer gefangen. In jedem Fall verglich er Satz für Satz, Absatz für Absatz, Kapitel für Kapitel die beiden Protokolle. Bei jeder Operation wurde er fündig. Immer fehlten einige Tatbeteiligte, es waren immer die jungen Assistenzärzte, die Petersmann in der zweiten Version der OP-Berichte außer Acht gelassen hatte. Auch sein eigens Mitwirken hatte er in einem Fall unterschlagen.

Weiß war der Buhmann, das fehlerhafte Mitwirken anderer Ärzte wurde unterschlagen, lediglich die Namen derjenigen waren genannt, die sich nichts zuschulden hatten kommen lassen, der Narkosearzt etwa, die OP-Schwestern, das Pflegepersonal auf der Intensivstation, die die Patienten nicht mehr retten konnten.

Wie konnte das möglich sein? Warum war die Manipulation, die nachträgliche Veränderung nicht früher aufgefallen? Immerhin hatte die Staatsanwaltschaft doch Materialien aus der Klinik beschlagnahmt. Haufenweise, wie ihm Friedmann in der Cafeteria gesagt hatte. Nachdenklich schaute Böhnke ins Freie. Hinter der Hecke auf der Kapelstraße glaubte er, einen dunklen Ford erkannt zu haben.

Welche Berichte waren die Originale, welche die Fälschungen? Er neigte dazu, den Berichten zu glauben, die ihm Petersmanns Witwe überlassen hatte. Aber was in der Welt hatte Petersmann dazu gebracht, der Staatsanwaltschaft auf der Basis der anderen Berichte seine ausführliche Aussage zukommen zu lassen, die Weiß noch schneller in den Abgrund riss? An eine vermeintliche Absprache zwischen Weiß und Petersmann zu glauben, fiel ihm schwer. Das konnte nicht sein. Ein Freundschaftsdienst sah anders aus.

48. KAPITEL

Das Handelsblatt sprach vom »Verkauf«, die Wirtschaftswoche vom »Schnäppchen des Jahres« und das Lokalblättchen aus der Seestadt gänzlich unbescheiden vom »Sensationsdeal«. Alle drei Printmedien und viele weitere berichteten über den erneuten Inhaberwechsel der Städtischen Krankenhaus GmbH St. Raphael.

»Die leidige Ära Weiß hat Gott sei Dank ein glückliches Ende gefunden. Dank des Verhandlungsgeschicks des Bürgermeisters und seines Beigeordneten ist es gelungen, einen neuen Betreiber der Raphael-Klinik zu finden. Die bundesweit agierende Medikus Gesundheits AG mit Sitz in Köln ist nunmehr Eigentümer. Die Verträge wurden bereits unterzeichnet, nachdem der Stadtrat dem Verkauf zugestimmt hat. Es fehlen zwar noch die notariellen Regularien und die Änderungen im Grundbuch, dennoch hat das Schwergewicht im deutschen Krankenhauswesen bereits die Regie im St. Raphael übernommen.«

Herbst hatte ihn auf den Zeitungsartikel aus der Seestadt hingewiesen. Böhnke hatte daraufhin im Internet danach und nach anderen Berichten geforscht. Die Nachrichtenmagazine hatten den Verkauf ebenso aufgenommen wie die überregionalen Zeitungen. Schnell stellte Böhnke bei seiner Lektüre fest, dass viele Artikel wortgleich waren, entweder war in der Autorenzeile der gleiche Name genannt oder es gab einen Hinweis auf die Deutsche Presseagentur als Quelle.

Von Weiß war in den Berichten nur als gescheitertem Betreiber die Rede. Dass er in U-Haft saß und auf seinen Strafprozess wartete, war den Journalisten des Wirtschaftsressorts nur einen Nebensatz wert. Sie sahen nur An- und Verkäufe, Dividenden und Insolvenzen, Börsencrashs und Elefantenhochzeiten. Die reale Welt mit Leben und Tod, Umwelt und Klimakatastrophen jenseits der virtuellen mit Aktien und Fonds, Leerverkäufen und Spekulationswetten schien sie nicht zu interessieren.

Nach der Lektüre der vielen Berichte glaubte Böhnke, sich ein umfassendes, wenn auch nicht vollständiges Bild machen zu können. Dazu hatte er doch noch einige Fragen, auf die er in den Medien keine Antworten hatte finden können. Nach seinem Wissensstand war demnach die Stadt von dem Kaufvertrag mit Weiß zurückgetreten. Er und seine Anwälte hätten der Rückabwicklung zugestimmt. Auf Einzelheiten gingen die Berichte nicht ein. Es sei Stillschweigen über die Verhandlungen vereinbart worden, hatte Böhnke an zwei Stellen gelesen. Unmittelbar nach der Unterschrift von Weiß unter die

Rückabwicklungsverträge sei die Stadt mit dem neuen Investor in intensive Verhandlungen getreten. Man habe schon länger mit ihm in Verbindung gestanden, wurde der Bürgermeister zitiert. Sein ehemaliges Angebot sei aber schlechter gewesen als das von Weiß, deshalb habe man zum Wohle der Stadt Weiß den Zuschlag gegeben. Vorübergehend hätte der ehemalige kaufmännische Geschäftsführer die Leitung des Krankenhauses übernommen. Es solle weiter als öffentliche Klinik betrieben werden. Seit einigen Tagen habe die AG einen Geschäftsführer aus ihrer eigenen Führungsetage etabliert. Der Beigeordnete gehöre nunmehr einem extra gegründeten Klinikrat an, der die Krankenhaustätigkeit überwachen soll. Der Klinikrat, der wie ein Vorstand arbeiten soll, sei weisungsbefugt und nicht nur bei Personalfragen, sondern auch bei Investitionsfragen gemeinsam mit der AG Entscheidungsträger. Zu diesem »verantwortungsvollen Gremium«, wie Friedmann schrieb, gehörten auch der Bürgermeister, die Vorsitzende des Rechtsausschusses des Landtags, ein Vertreter des Gesundheitsministeriums, die Betriebsratsvorsitzende des Krankenhauses und mehrere Vertreter der Medikus Gesundheits AG.

Damit bloß keiner mosert oder ausschert, dachte sich Böhnke. Jeder bekommt ein Pöstchen und ist zufrieden. Und zur vierteljährlichen Versammlung trifft man sich in Las Vegas, auf den Malediven oder wo es sonst noch lebbar ist in der Welt der Schönen und Reichen. Man hatte Weiß abserviert, alle waren zufrieden. Was scherten die Toten im Raphael? Weiß war der Dumme. Sonst niemand. Alles würde gut werden.

Wirklich? Böhnke traute dem Braten nicht. Er nahm seine Bedrohungen immer noch ernst. Die Todesanzeige und die nachfolgende Einschüchterung tags drauf per anonymer Post waren nicht aus der Welt. Und da war noch der Bürgermeister. Was hatte der ihm noch gesagt im Rathaus?

Böhnke erinnerte sich an die Worte: »Erst muss Weiß weg, dann können wir über den nächsten Schritt nachdenken.«

Der Mann hatte ihn belogen.

49. KAPITEL

Neue Besen kehren gut. Manchmal wischen sie aber nicht nur Schmutz und Unrat weg. Sie konnten Dinge unter den Teppich kehren, die noch gebraucht wurden. Vielleicht gab es noch mehr Dateien auf den Rechnern in der Raphael-Klinik, die verändert worden waren, die Ärzte belasteten, die Aufschluss gaben über ein Fehlverhalten von Personal und der Verwaltung. Wenn es noch Material gab, das für Weiß sprach, so würde es spätestens bei dem eingeleiteten Erneuerungsprogramm verschwinden oder verfälscht werden. Ich muss noch mal dahin, sagte sich Böhnke, im Interesse von Weiß, aber auch im eigenen. Je länger er wartete, umso mehr würde die Erinnerung an das Geschehen verblassen. Vielleicht fand er in der Klinik doch noch Hinweise, die für Weiß sprachen und die ihm selbst halfen, seine Bedrohungen zu beseitigen. Er musste sie im Zusammenhang mit dem Krankenhaus sehen. Er glaubte nicht an Zufall, wenn er wiederholt in Huppenbroich dunkle Fords mit Koblenzer Kennzeichen gesehen hatte.

Der Klinikchef sei nicht zu sprechen, hatte ihm eine Vorzimmerdame barsch und bestimmt zu verstehen gegeben. Dann würde man sich halt vor Gericht wiedersehen, hatte Böhnke lapidar geäußert, wenn der Mann als Zeuge geladen sei. Er sei im Auftrag eines Anwalts tätig, der im Prozess gegen die Klinik einen Patienten vertrete. Aber vielleicht könne man im Vorfeld einiges klären. Der Ruf der Klinik sei schon ramponiert genug. Da wäre es nicht von Vorteil, wenn der neue Leiter vor Gericht erscheinen müsste. »Und der Anwalt ist ein harter Hund.« Böhnke verhielt sich vage, doch reichte seine Äußerung aus, um bei der Frau ein Umschwenken zu bewirken. Sie bat um einen Moment Geduld und meinte einige Augenblicke später, Herr Schück stehe selbstverständlich am nächsten Tag gegen 14 Uhr zu einem Gespräch unter vier Augen zur Verfügung.

Lieselotte hätte ihn liebend gern in die Seestadt begleitet, allein schon wegen seiner Absicht, in Susannes Tesla zu dem Termin zu fahren. Sie habe die Arbeit, er das Vergnügen, das sei die richtige Gewichtung, hatte er ablehnend erwidert. Sie war von seiner Aussage genauso wenig begeistert gewesen wie er von der, die ihm Konrad Bauer verpasst hatte. Ob er genügend Sprit an Bord habe, hatte Böhnke ihn bei der Übergabe des Stromers gefragt, und Bauer hatte nur gemeint, der Tesla würde ihm schon sagen, was er zu tun habe. Er solle seine Sorgen ruhig dem Bordcomputer überlassen.

Auf Nachfrage des Geräts hatte er sich für die landschaftlich reizvollere Strecke durch die Eifel zu seinem Zielort entschieden. Sie war zwar wesentlich länger als die über die Autobahn, aber er hatte ja Zeit, und er wollte es genießen, mit dem Tesla nahezu lautlos über die Straße zu schweben.

Für ihn hätte die Fahrt ruhig noch länger dauern können. So machte ihm Autofahren Spaß. Mit einem Hut auf dem Kopf und einem Wackeldackel auf der Ablage hinter dem Rücksitz hätte er den typischen Senior in einem Mercedes abgegeben. Aber er war ein bedächtig dahingleitender älterer Herr in einem supermodernen Fahrzeug, der sich strikt an die Tempolimits hielt und der auf freier Strecke in einer Hochebene bewusst langsam fuhr, um die Natur der Eifel zu genießen, die in wenigen Kilometern zur Schneeeifel werden würde.

Böhnke ließ sich Zeit. Fast pünktlich auf die Minute erreichte er sein Ziel, den Klinikparkplatz in der Seestadt. Wie selbstverständlich wurde er in der Verwaltung empfangen. Vom frischen Wind und den neuen Besen hatte er nichts bemerkt. Die Luft war immer noch stickig, das Weiß der Wände angegraut, das Mobiliar veraltet. Nur das Rattern einer Maschine und das leichte Vibrieren des Bodens deuteten auf Bauarbeiten hin.

Der frisch installierte Klinikleiter ließ ihn keine Minute warten. Herzlich begrüßte er Böhnke in seinem Büro, das nicht minder altmodisch aussah als die anderen Räume. Der groß gewachsene, stämmige Mann mit einer schlohweißen Haarpracht und einem ebensolchen Schnauzbart, der sich als Alfons Schück vorstellte, strahlte Böhnke gewinnend an. Zumindest versuchte er, gewinnend zu strahlen. Doch verfing diese Gestik bei Böhnke nicht. Er mochte den Mann, den er auf Anfang 40 schätzte, vom ersten Augenblick an nicht. Und dabei würde es bleiben, denn bekanntlich gab es für den ersten Eindruck keine zweite Chance.

Der Aufforderung, auf dem Sessel vor dem Schreibtisch Platz zu nehmen, kam Böhnke nickend nach, das Angebot eines Getränks lehnte er ab.

»Was kann ich für Sie tun?« Mit einer hohen Stimme, die gar nicht zu dem stattlichen Mann passte, hatte ihm Schück die Frage gestellt.

Welche Auswirkungen der Wechsel in der Klinikleitung auf den Prozess gegen Weiß hätte, wolle er wissen, antwortete Böhnke. Immerhin müsste der Anwalt, für den er tätig werde, wissen, ob er Schadensersatzansprüche gegen Weiß oder gegen die Klinik richten müsse.

Ungeniert lachte ihn Schück aus. »Das klären Sie besser mit der Rechtsabteilung der Medikus Gesundheits AG. Ich werde den Teufel tun und Ihnen dazu etwas sagen.« Er schlürfte an seinem Kaffee, ohne Böhnke aus den Augen zu lassen. »Dafür sind Sie den langen Weg aus Aachen gekommen, um mir so eine Frage zu stellen?« Seine Ungläubigkeit war unübersehbar. »Ich denke, Sie wollten mich vor den Kadi zerren. Warum?«

Wegen möglicher Manipulationen an den Krankenhausunterlagen. Das könnte eine Urkundenfälschung sein, antwortete Böhnke langsam. Bevor Schück zu einer Erwiderung ansetzen konnte, schilderte er ihm die Unterschiede zwischen Petersmanns letzter Aussage und den anders formulierten OP-Protokollen.

Davon wisse er nichts, sagte Schück gelassen. Seine

Hand blieb ruhig, als er erneut die Kaffeetasse zum Mund führte. Kein Anzeichen von Anspannung oder Nervosität, der Mann war sauber oder kalt wie eine Hundeschnauze, registrierte Böhnke für sich.

Er werde gerne in der Verwaltung nachforschen. Schück gab sich hilfsbereit. Er lächelte entschuldigend. »Aber Sie haben bestimmt auch schon bemerkt, dass hier verwaltungsmäßig ein mittleres Chaos herrscht. Ich muss nicht nur bei den Möbeln und der Technik aufrüsten, sondern auch personell ausmisten.«

»Dann passen Sie auf, dass Ihnen bei einer Computerumstellung nicht die alten Akten abhandenkommen. Das könnte peinlich werden.« Böhnke sah ihn streng an. »Und einer Trickserei bei den Unterlagen komme ich bestimmt auf die Schliche.«

Schück hielt dem strengen Blick stand. Auch er blickte furchteinflößend. »Ad eins, warum sollte ich tricksen, ad zwei, wie sollten Sie eine etwaige Trickserei herausbekommen?«

Er habe Mittel und Wege, entgegnete Böhnke. Wie sonst hätte er die Abweichungen bei den Protokollen herausgefunden? »Ich kann Ihnen nur in Ihrem eigenen Interesse empfehlen, lassen Sie die Finger von den OP-Protokollen aus der Zeit von Weiß.« Er hob sich schwungvoll aus dem tiefen Sessel. »Ich danke Ihnen sehr, dass Sie mir einen Teil Ihrer kostbaren Zeit geschenkt haben.«

50. KAPITEL

Sein Magen meldete sich und ließ ihn den Weg in die Cafeteria einschlagen. Die Auswahl an der Theke war spärlich. Er entschied sich für eine Frikadelle aus der Verpackung eines Supermarktes mit Kartoffelsalat aus einem Plastikeimer. Gutes und gesundes Essen, wie er es in einem Krankenhaus erwartet hätte, sah anders aus.

»Lassen Sie es sich schmecken«, sprach ihn eine männliche Stimme von hinten an, kaum, dass er an einem Tisch mit Blick in den Park Platz genommen hatte. »Ich hoffe, Sie kommen nicht als Patient in dieses Krankenhaus.«

Böhnke erkannte erst auf den zweiten Blick den Mann in Pullover und Jeans. Es war der Arzt, mit dem er bei seinem ersten Aufenthalt in der Seestadt gesprochen hatte. Nur fiel ihm der Name nicht mehr ein.

»Ohne Kittel sind auch die Götter und Halbgötter in Weiß ganz normale Menschen«, kommentierte der Mann lachend Böhnkes kritische Musterung. Unaufgefordert setzte er sich zu ihm, einen Pappbecher in der Hand. »Die braune Brühe soll angeblich Kaffee sein, hat man mir jedenfalls gesagt.«

»Was machen Sie denn hier, ich denke, Sie hätten gewechselt?«, fragte Böhnke unumwunden. »Oder gefällt es Ihnen hier auf einmal so gut?«

»Um Himmels willen. Hier wird das Chaos von Tag zu Tag größer. Das wird nicht besser, das wird noch schlimmer hier. Sie sehen es ja allein schon am Angebot der Cafeteria.« Er schlürfte an seinem Kaffee und verzog sein

Gesicht zu einer Grimasse. »Schmeckt so, wie die Klinik ist. Wie Scheiße.«

Er sei noch einmal ins Raphael gekommen, um seine Arbeitspapiere und das Zeugnis abzuholen. »Die sind zu dämlich, mir das Zeug zu schicken, und mein neuer Arbeitgeber braucht die Unterlagen dringend.«

Eine Cafeteria sei doch nicht ausschlaggebend für die Qualität eines Krankenhauses, gab Böhnke zu bedenken. Es interessierte ihn schon, was der Mann, dessen Namen ihm immer noch nicht einfiel, mit dem größer werdenden Chaos meinte.

Eine Cafeteria sei die Informationsbörse, hier schlügen die Buschtrommeln am lautesten und seien die Neuigkeiten am frischesten, erwiderte der Mann. Doch sei die neue Leitung auf dem Weg, das Krankenhaus zu einem Schweigekloster zu machen. »Das wird hier zu einer Gesundheitsfabrik. Schneller Umschlag ist die Devise, die Betten müssen belegt und schnell wieder geräumt werden. Mit den Fallpauschalen lässt sich nur Geld verdienen, wenn der Bettenwechsel schnellstmöglich erfolge. Das bringt Geld, das bringt Dividende.«

»Dann schaffen Sie doch am besten Operationsroboter und eine elektronische Verwaltung an, so sparen Sie Personal.« Böhnke ging auf die Kritik gerne ein.

»Tun die doch schon«, behauptete der Arzt. »Die sparen hier am Personal und damit an den Personalkosten. Sie müssen mal darauf achten, Sie finden hier nur noch junge Ärzte, entweder frisch gebackene Fachärzte oder Ärzte, die noch in der Ausbildung sind. Die sind viel billiger als so alte Hasen wie ich. Kennen Sie die Tarifordnungen für Krankenhausärzte?«

Böhnke verneinte.

»Ist auch egal. Denn es gilt hier ein Haustarif.«

»Wieso?«

»Die Medikus Gesundheits AG hat einen eigenen Haustarif, nach dem die Ärzte schlechter bezahlt werden als nach dem ausgehandelten Tarif zwischen den Gewerkschaften und den Krankenhausbetreibern. Wie ich von einem gekündigten Kollegen erfahren habe, gibt es am Raphael nur noch Ärzte, die von anderen Kliniken der AG hierhin gewechselt sind. In den letzten Wochen wurden alle Ärzte ausgetauscht.«

»Und was ist aus den von Weiß angestellten Ärzten geworden?«

»Sie werden es mir wahrscheinlich nicht glauben, aber die arbeiten jetzt überall verstreut in Deutschland an anderen Kliniken der AG.«

Sollte er das glauben? Böhnke zweifelte. Was sollte damit bezweckt werden, wenn ein Arbeitgeber seine Arbeitnehmer innerhalb seiner Arbeitsstätten austauschte?

»Die begründen das damit, dass durch neues, unverbrauchtes Personal neues Vertrauen aufgebaut wird, weil ja die …«, der Arzt deutete mit seinen Händen »Gänsefüßchen« An- und Abführungszeichen an, »… Bösen nicht mehr im Krankenhaus arbeiten.« Er grinste hämisch. »Und mit der richtigen Öffentlichkeitsarbeit, natürlich durch den einzigen Journalisten im Ort, lässt sich ein gutes Image aufbauen.«

»Wenn da nicht Oberschwester Brigitte wäre«, unterbrach Böhnke den Redefluss des Mannes. »Die setzt sich doch vehement für ihr Personal ein. An der beißen sich die neuen Herren bestimmt die Zähne aus.«

»Wieso das denn?« Die Frau sei so was von handzahm geworden, die eigne sich nur noch als Plüschtiger im Kinderbettchen. »Seitdem sie im Krankenhausrat sitzt, geht ihr das Wohlergehen des Personals am Arsch vorbei. Die ist eingekauft und damit ruhiggestellt worden.« Der Mann erhob sich. »Geld ist der einzige moralische Maßstab. Leider.« Winkend verabschiedete er sich.

Nachdenklich blieb Böhnke zurück. Was ging hier ab? Nach Weiß wurde es noch schlimmer. Den Gedanken, der ihm gekommen war, wollte er nicht weiterverfolgen. Aber war er so abwegig? War Weiß nur eine Figur in einem abgekarteten Spiel gewesen, bei dem von Beginn an feststand, dass er es verlieren würde? Durch seine ärztlichen Missgriffe hatte er seinen Gegnern zusätzlich noch in die Karten gespielt.

Vielleicht hatte der Arzt ja recht mit seiner Einschätzung. Köhnler hieß er, wie ihm endlich einfiel.

51. KAPITEL

Der Hinweis auf dem Display des Bordcomputers verblüffte ihn. Er hatte ins Navigationssystem die Kapellenstraße in Huppenbroich als neues Ziel eingegeben, und der Rechner hatte ihm mitgeteilt, er würde dieses Ziel mit der vorhandenen Energie nur dann erreichen, wenn es keine unvorhersehbaren Ereignisse gebe. Der Schriftzug auf dem Display empfahl ihm daher, die Batterien am nächstmöglichen Supercharger aufzuladen, und der befände sich in der Großstadt übern Berg.

Warum nicht?, fragte sich Böhnke. Da gehe ich auf Nummer sicher und verbinde das Angenehme mit dem Nützlichen. Der Regieanweisung des Computers folgend, meldete er sich an der Stromtankstelle an. Prompt wurde ihm der Weg dorthin beschrieben, die Nummer einer Zapfsäule und ein Code, den er vor dem Ladevorgang per SMS an eine Zentrale schicken sollte.

Gesagt, getan. Wenige Minuten später fuhr Böhnke mit dem Tesla an einer Tankstelle vor, die überhaupt nicht an die gewohnten erinnerte. Es gab lediglich zwei Reihen mit sechs futuristisch aussehenden Säulen. Nummer sieben war die seine. Was nun? Wie beauftragt, schickte er den Code ab und erhielt Sekunden später die Mitteilung, er könne mit dem Ladevorgang beginnen. Es dauerte einige Zeit, bis Böhnke verstanden hatte, wie er das im Kofferraum verstaute Kabel richtig mit dem Zugang am Wagen und an der Stromquelle verbunden hatte. Der kostenlose Ladevorgang würde 30 Minuten dauern, er solle sich die Wartezeit bei einem Getränk auf Kosten des Unternehmens in der Restauration vertreiben.

Wie telefonisch vereinbart, wartete Herbst bereits auf ihn. »Ist nicht meine Gehaltsklasse«, kommentierte er trocken Böhnkes Erscheinen. Seine Mundwinkel schienen zwischenzeitlich noch mehr in Richtung Kinnspitze gerutscht zu sein. Er hatte sich in eine uneinsehbare Ecke des Zweckbaus hinter Gummibäumen gesetzt, wo ihn Böhnke erst nach längerer Suche gefunden hatte.

»Meine auch nicht. Das Tanken ist mir zu kompliziert.« Die Bemerkung war zwar nicht zwingend, aber reichte zur Gesprächseröffnung. Es herrschten ja merkwürdige Verhältnisse im Raphael-Krankenhaus meinte er und schilderte seine Begegnung mit Köhnler.

»Das passt ins Bild«, kommentierte der Staatsanwalt. Er habe mit Petersmanns Witwe telefoniert und sie habe ihm Notizen geschickt, die ihr Mann über die Verkaufsverhandlungen zwischen Weiß und der Stadt gemacht habe. »Offenbar war er entweder dabei oder Weiß hat es ihm brühwarm erzählt.«

Oder er hat es sich ausgedacht, brachte Böhnke für sich eine dritte Option ins Spiel, die er allerdings nicht weiterverfolgen würde. Er dankte der Bedienung für den Kaffee; selbstverständlich auf Kosten des Hauses, wie sie lächelnd sagte.

»Ich habe den Eindruck, Weiß war entweder vollkommen naiv oder so sehr von dem Gedanken an eine eigene Klinik besessen, dass er auf alle Forderungen der Stadt einging«, fuhr Herbst fort. »Der Bürgermeister und der Beigeordnete als kaufmännische Leiter haben ihm quasi diktiert, dass er junge Ärzte aus Krankenhäusern der Medikus Gesundheitsdienste AG einzustellen habe, falls er medizinisches Personal entlassen würde.«

»Was Weiß durchaus entgegenkam, denn bekanntlich bezahlt die AG schlechter als andere Krankenhausbetreiber«, unterbrach Böhnke.

Da wisse Böhnke mehr als er selbst, meinte Herbst staunend. »Wie dem auch sei. Die Personalfrage war für die Klinik GmbH ebenso nicht diskutabel wie die von Weiß zu tätigenden Investitionen in Millionenhöhe für ein neues Röntgengerät, einen Computerchromografen oder neue OP-Säle.«

»Und Weiß willigte ein.« Böhnke übernahm das Gespräch. »Wohl, weil er dachte, der Kauf sei immer noch ein Schnäppchen. Für einen Euro ein komplettes Krankenhaus. Und weil er garantiert mit dem Gedanken spielte, nach der Erneuerung eine Privatklinik daraus zu machen.«

»Vielleicht. Es gehörte jedenfalls auch zu den Vertragsbedingungen, dass Weiß sämtliche Investitionen entgeltlos an die GmbH abtreten müsste, wenn er nicht mehr in der Lage sei, das Haus zu betreiben.«

»Und der hat unterschrieben?« Böhnke konnte nur noch staunen.

»Und der hat in der Tat unterschrieben. Er wollte sich einen Traum erfüllen, und er sah sich kurz vor der Erfüllung.«

»Ein Traum, der zum Albtraum wurde.«

»Weil er ärztlich versagt hat.«

»Und weil er geschäftlich versagen sollte.« Böhnke wies auf die Medienberichte hin, wonach die Stadtspitze und die AG immer in Verhandlungen gestanden hatten. »Die haben einen Dummen gesucht, der die Klinik saniert, um sie dann zu übernehmen.«

»Eine gewagte These, Herr Böhnke.«

»Eine Arbeitsgrundlage.«

»Wofür?«

»Etwa um den Mord an Petersmann aufzudecken.« Er glaube doch wohl nicht, dass Petersmann auf das Konto von Weiß gehe, fragte Böhnke. »Ich jedenfalls glaube es nicht. Da steckt jemand anders hinter.«

»Und wer?«

»Ich werde es herausfinden, Herr Herbst.«

52. KAPITEL

Der Tesla war für die Rückfahrt bereit. Man werde in Kontakt bleiben, hatte Böhnke mit Herbst vereinbart, nachdem er den Staatsanwalt an dessen Dienststelle abgesetzt hatte. Er hatte sich für die Autobahn entschieden. Die Strecke war kürzer, er war schneller zu Hause. Er war erst wenige Kilometer auf der Schnellstraße unterwegs, als er die beiden dunklen Fords erkannte, die sich rasch von hinten näherten. Das Koblenzer Kennzeichen des ersten Wagens erkannte er im Rückspiegel ebenso wie das »RK« für »Raphael-Krankenhaus« und die Nummer. Der Wagen scherte aus und setzte sich auf der Überholspur neben ihn, der zweite Wagen rückte in die bedrohliche Nähe seiner hinteren Stoßstange. Er erkannte einen dritten Ford auf der Überholspur. Die Situation erinnerte ihn an einen klassischen Polizeieinsatz. Das zu stoppende Fahrzeug wurde an allen drei Seiten der Straße eingeklemmt und zum Halt gezwungen.

»Nicht mit mir, meine Freunde«, sagte Böhnke laut und entschlossen. Er trat vehement aufs Gaspedal, bevor sein Widersacher vor ihm einscheren konnte, und er erschrak über die Wucht, mit der er in den Fahrersitz gepresst wurde. Der Tesla schoss geradezu nach vorne. Ehe Böhnke sich versah, hatte er eine Geschwindigkeit weit über den 200 Stundenkilometern erreicht. Die Fords wurden mit jedem Blick in den Rückspiegel kleiner und verschwanden gänzlich, nachdem er längere Zeit auf der Überholspur geprescht war. Der Energieverbrauch war durch die Raserei enorm gestiegen, dennoch blieb noch ausreichend Strom, um Huppenbroich zu erreichen, wie Böhnke erleichtert feststellte. Anderenfalls hätte ihm der Bordcomputer sicherlich einen Hinweis auf die nächste Tanke gegeben. »Braves Auto«, lobte Böhnke, und er kam sich noch nicht einmal bescheuert vor, als er das Lenkrad tätschelte.

Woher wussten die Typen von ihm und was wollten sie? Für Böhnke stand außer Frage, dass sie mit seinem Besuch im Raphael in Verbindung zu bringen waren. Hatte Schück sie auf ihn angesetzt? Auszuschließen war es nicht. Er hatte recht gehabt mit seiner ersten Einschätzung, er mochte diesen Kerl nicht, und offenbar wollte der ihn ebenfalls nicht.

Böhnke hing seinen Gedanken nach, auch nachdem er den Tesla zu Bauer zurückgebracht hatte. Er achtete nicht auf den Weg durch Huppenbroich, den er schon so oft gegangen war. Die beiden Hunde an seiner Seite nahm er nicht wahr. Helma und Selma verloren bald die Lust, neben dem schweigsamen Mann herzulaufen. Weiß ging ihm nicht aus dem Sinn. Weiß, der Täter, der wegen seiner Taten verurteilt werden würde. Auch wegen Mordes? Weiß, das Opfer, oder doch eher das vermeintliche Opfer, dem böse mitgespielt worden war, der ein Vermögen für seinen Traum eingesetzt hatte und der zu einem Schiffbruch getrieben worden war. Oder hatte er sich sein kaufmännisches Fehlverhalten ebenso zuzuschreiben wie sein ärztliches Versagen? Die Sache war noch nicht ausgestanden, das sagte ihm sein Gefühl. Einigen kam er wohl zu nahe. Wie sonst sollte er die Bedrohungen und das Manöver auf der Autobahn interpretieren?

Das Spiel mache ich bis zum Ende mit, sagte er sich entschlossen. Er hatte die Kapelle passiert und befand sich auf der Kapellenstraße wenige Meter vor seinem Zuhause. Wie aus dem Nichts trat ihm der Mann entgegen, den er normalerweise unbefangen als Wanderer angesehen hätte, wenn es nicht schon dunkel gewesen wäre. Da war Vorsicht geboten.

»Herr Böhnke?«, sprach ihn der andere an.

»Wer sind Sie?«, entgegnete Böhnke streng. Er spannte sich an. Eine genaue Musterung des Mannes war unmöglich, die Kapuze bedeckte den größten Teil seines Gesichts, dunkel getönte Brillengläser taten ihr Übriges.

»Das geht Sie nichts an«, sagte der Fremde in ruhigem Ton. Er zückte eine Pistole. »In der Ewigkeit sind Namen Schall und Rauch.«

Hupend, mit aufblinkendem Fernlicht und mit schneller Geschwindigkeit näherte sich vom Ortseingang ein Auto. »Scheiße«, hörte Böhnke den Mann sagen, der mit einem Satz zur Seite sprang und in der Dunkelheit verschwand.

»Was machst du denn mitten auf der Straße, Commissario?«, sprach ihn Lieselotte an, die ihren Polo schwungvoll in die Einfahrt gelenkt hatte und vor ihm an der Haustür wartete.

»Schauen, ob du alle Lampen anhast«, brummte Böhnke. Ihm war nicht nach Scherzen zumute. Er wollte seine Ruhe haben.

Es machte wenig Sinn, die Polizei über den Anschlag auf ihn zu informieren, hatte Böhnke zunächst für sich entschlossen. Auch wollte er gegenüber Lieselotte schweigen, der er bei nüchterner Betrachtung sein Leben zu verdanken hatte. Sie war zur rechten Zeit am rechten Ort gewesen, als sie außerplanmäßig nach Huppenbroich gekommen war, um ein vergessenes Kostüm zu holen.

Sie hätte sich mehr Sorgen gemacht als er, sagte sich Böhnke.

Doch dann änderte er seine Meinung. Alle Welt sollte wissen, was beinahe passiert wäre.

Lieselotte verzichtete nach seiner Schilderung auf Fragen. Er müsse Grundler anrufen und seine ehemaligen Kollegen, forderte sie ihn ruhig, aber bestimmt auf.

Sein Freund kommentierte seinen Bericht nur mit vier Worten. »Ich kümmere mich drum.« Damit war alles gesagt.

Böhnke hatte seine innere Unruhe längst überwunden. Ihn ärgerte, dass er selbst in Huppenbroich nicht mehr sicher sein konnte. Sogar in seinem Rückzugsort ließen ihn die Verbrecher nicht mehr in Ruhe. Er glaubte nicht, dass der Unbekannte in Kürze einen weiteren Versuch unternehmen würde. Zum einen war Böhnke gewarnt, zum anderen musste der andere davon ausgehen, dass sich sein Attentatsversuch im Dorf herumsprach und die Polizei nach ihm fahndete. Der Kerl würde auffallen, wenn er sich blicken ließe.

Wer steckte dahinter? Seine Ruhe und seine Sicherheit würde er nur finden, wenn er das Treiben rund um Weiß und das St. Raphael endgültig aufklärte. Denn das war für Böhnke eindeutig. Die Bedrohungen und das Attentat hingen mit seinen Ermittlungen zusammen.

Herbst könnte ihm bei der Suche nach der Lösung helfen, sagte er sich, als er, in seine Gedanken versunken, in Billas Haus am Schreibtisch saß.

Er werde das Nummernschild überprüfen lassen, versicherte ihm der Staatsanwalt. Er sei ziemlich sicher, dass die Fahrzeuge zum Fuhrpark des Krankenhauses gehörten.

»Die Fahrer können aber schlecht diejenigen sein, die Sie in Huppenbroich attackiert haben«, meinte er. Erschrocken hatte er Böhnkes Bericht zur Kenntnis genommen.

»Der Kerl ist aus Köln gekommen«, knurrte Böhnke.

»Warum?«

»Weil dort die komische AG ihren Hauptsitz hat.« Der Mann sei von dort aus in Marsch gesetzt worden, nachdem der Versuch auf der Autobahn gescheitert sei, ihn auszuschalten.

»Dafür haben Sie aber keine Beweise, Herr Böhnke?«

»Nein, keine Beweise, aber die Vermutung.« Er brauche keine Beweise, wenn es um sein Leben ginge.

»Sie leben wenigstens noch.« Herbst wollte zuversichtlich klingen, was ihm aber misslang. »Ein anderer ist definitiv tot.«

»Friedmann?«

»Sie sagen es. Wir haben ihn eben aus dem See in der Seestadt gefischt. Da wollte wohl jemand Karpfen vom Grund angeln und ist dabei auf seine Leiche gestoßen. Mit einem Strick um den Bauch, an dem ein Felsbrocken befestigt ist, lässt es sich unter Wasser nicht überleben.«

»Selbstmord?«

»Wenn jemand es schafft, mit auf dem Rücken gefesselten Händen in die Seemitte zu gelangen, dann gebührt ihm als Selbstmörder fast schon meine Anerkennung.«

»Also Mord.«

»So ist es, Her Böhnke. Wir gehen davon aus, dass Friedmann ermordet wurde.«

»Und wann?«

»Das müssen wir noch klären. Wir hatten vermutet, er sei kurz nach Petersmanns vermeintlichem Unfall selbst ermordet worden. Dagegen spricht, dass wir bei ihm in der Geldbörse die Quittung einer Kölner Buchhandlung gefunden haben, die erst vor ein paar Tagen ausgestellt worden ist.«

»Hinweise auf mögliche Täter?«

»Haben wir noch nicht. Wir vermuten sie im Umfeld der Klinik.«

»Oder im Umfeld von Weiß.«

Herbst stöhnte. »Wollen Sie nicht unsere Aufgabe übernehmen? Sie wissen doch eh alles, was die Staatsanwaltschaft machen wird.«

Er glaube nicht, dass Weiß an der Ermordung beteiligt sei, sagte Böhnke überzeugt wirkend. »An der von Petersmann nicht und auch nicht an der von Friedmann.«

»Sie haben keine Beweise dafür«, sagte Herbst, »aber ich weiß, Sie brauchen ja keine Beweise. Ihnen reichen Vermutungen.«

Wenn Herbst zu seinem Freundeskreis gehören würde, hätte Böhnke ihm ein »Blödmann« ins Ohr gerufen, so beließ er es bei einem stillen Schmunzeln.

»Ich persönlich glaube auch nicht an eine Mittäterschaft von Weiß.« Der Staatsanwalt nahm den Gesprächsfaden wieder auf. »Es deuten so viele Verdachtsmomente auf ihn hin, dass es schon verdächtig viele sind.« Es könne durchaus sein, dass der nicht gerade als mundfaul geltende Friedmann irgendjemandem gesagt hat, dass er Telefonkontakt zu Weiß hat. Und das ist ihm zum Verhängnis geworden.«

Zwei Fliegen mit einer Klappe, fiel Böhnke ein. Friedmann tötet auftragsgemäß Petersmann und wird danach von seinen Auftraggebern getötet.

So könne es durchaus gewesen sein, pflichtete ihm Herbst bei. »Aber finden wir Zeugen dafür?«

»Sie haben Weiß«, gab Böhnke zu bedenken. »Befragen Sie ihn noch einmal zu den Telefonaten mit seinem Freund und dem Pfleger.«

»Keine Chance«, stöhnte Herbst. »Seine Anwälte haben ihn zum Schweigen verdonnert. Der muss die Klappe halten.«

»Gibt es einen plausiblen Grund dafür?«

»Herr Böhnke, lassen Sie es mich mit einem Satz mit aller Vorsicht eines ausgeschalteten Staatsanwaltes sagen, der nicht alles wissen darf, der aber viel mehr weiß, als es für ihn gut ist: Nicht jedes Strafverfahren verläuft so, wie es in der Öffentlichkeit den Anschein hat.«

»Verstehe ich nicht.« Böhnke stellte sich ahnungslos.

»Wenn Sie es tatsächlich nicht verstehen, dann werden Sie es bald verstehen, mein Freund.«

Es gebe noch mehr, dass er nicht verstehen müsse, fuhr Herbst schnell fort. Das Thema behagte ihm nicht. »Ich habe mir die Besetzung des Aufsichtsrates der Medikus Gesundheits AG angesehen. Die Liste hat es in sich. Ein ehemaliger Bundeskanzler, ein ehemaliger Inhaber eines umstrittenen Finanzdienstleisters, eine ehemalige Gesundheitsministerin, zwei Wirtschaftsbosse und, Sie glauben es kaum, der Justizminister unseres schönen Bundeslandes.«

»Der zugleich Ihr oberster Dienstherr und der Ihres Chefs ist, der gerne Staatssekretär im Justizministerium werden will.«

»Das haben Sie gesagt, Herr Böhnke.«

»Das ist doch nicht falsch, oder?«

Er habe zu tun, sagte Herbst schnell. »Mein Chef steht gewissermaßen schon im Türrahmen.«

53. KAPITEL

Er würde die Poststelle in den Hühnerstall nach Huppenbroich verlagern, scherzte der Bote, der ihm ein Päckchen vorbeibrachte. »Sie bekommen ja mehr Post, als alle anderen Dorfbewohner zusammen.«

Böhnkes Vorsicht wich schnell. Margarethe Chaiser-Petersmann war Absender der Postfracht. Sie habe beim Aufräumen von Franks Zimmer weitere OP-Berichte aus dem Raphael gefunden, schrieb sie erklärend. Vielleicht seien sie für ihn interessant. Sie könne nichts damit anfangen.

Böhnke hatte überlegt, ob es überhaupt Sinn machte, sich mit den Papieren zu beschäftigen, ehe er sich dann doch dazu entschloss. Es handelte sich, wenn er sich die Datumsangabe anschaute, um Berichte, die aus den ersten Monaten von Petersmanns Tätigkeit stammten. Sie waren kurz vor der Durchsuchung der Räume und der Beschlagnahmung der ersten Akten computermäßig behandelt worden, wie er beim Vergleich von Petersmanns Papieren und der der Polizei vorliegenden erkannte. Ob sie auch verändert wurden, müsste er in mühsamer Kleinarbeit herausfinden.

Ging das überhaupt, nachträglich im Computer Akten zu verändern? Offenbar schon, wie Böhnke dachte. Einzig konnte ihn verwundern, dass anscheinend jeder auf die Berichte eines anderen Zugriff hatte. Er erinnerte sich an Schücks Worte über die überalterte Technik im Raphael, wahrscheinlich war auch die Computertechnik längst überholt und stellte für jemanden mit entsprechenden Fachkenntnissen kein Problem dar, sie zu überlisten. Die jungen Leute heute wachsen ja schon vom ersten Lebenstag an mit dem Computer auf, sagte sich Böhnke. Die kennen Tricks und Kniffe, über die wir Alten nur fassungslos staunen, dass es so etwas überhaupt gibt.

In der Tat fanden sich in Petersmanns Unterlagen mehr Namen, als in den beschlagnahmten Papieren aufgeführt waren. Nur der Name von Gottfried Weiß tauchte an vorderster Stelle in den der Polizei vorliegenden Unterlagen auf. Bei einer Operation, bei der er nach Petersmanns Aufzeichnungen lediglich assistiert hatte, war er nach den veränderten Papieren federführend gewesen. So gesehen waren Polizei und Staatsanwaltschaft bei ihren Ermittlungen von vornherein an der Nase herumgeführt und gezielt auf die Haupttäterschaft von Weiß geführt worden.

»Das ist ein Ding«, sagte Böhnke laut in das leere Haus hinein. Sein Blick in den Vorgarten erhaschte den Polizeiwagen, der von der Kapellenstraße in seine Zufahrt abbog. Mit derartigem, unangemeldetem Besuch konnte er leben.

Die beiden in der Polizeistation Simmerath stationierten Bezirksbeamten machten ihm in voller Montur und damit offiziell die Aufwartung. Sie setzten sogar die Mütze auf, nachdem sie ihr Dienstfahrzeug verlassen hatten.

»Wir dachten immer, Sie hätten alles unter Kontrolle in Huppenbroich, Herr Böhnke«, versuchte es der jüngere Kollege mit einem Scherz.

Böhnke hatte sie im Türrahmen empfangen. Seitdem der pensionierte Kommissar in dem Ort lebte und gewissermaßen fast tagtäglich bei seinen Spaziergängen Streife lief, hatte es keine Einsätze wegen Einbruchs mehr gegeben. Er nahm ihnen die Arbeit ab.

»Aber das ist ja wohl vorbei«, übernahm der Ältere, der früher im Polizeipräsidium Aachen gearbeitet hatte und sich auf seine alten Tage zum Bezirksdienst nach Simmerath hatte versetzen lassen. Er wollte sein Berufsleben ruhiger ausklingen lassen als in der Hektik der Großstadt. »Was machen Sie bloß für Sachen, Chef?«

Böhnke fühlte sich ein wenig geschmeichelt. Immer noch sprachen ihn die ehemaligen Kollegen aus Aachen, die ihn noch kannten, mit »Chef« an. Es war ihre Art der Hochachtung vor ihm, der immer gewissenhaft, kollegial und hilfsbereit gewesen war und der eine Erfolgsstatistik bei der Aufklärung von Tötungsdelikten aufweisen konnte wie sonst niemand in den Mordkommissionen landauf, landab.

»Ich versuche, das Landleben zu genießen. Aber leider hat manch einer etwas dagegen«, antwortete er.

»Mit einer Pistole im Anschlag.«

Böhnke nickte stumm.

»War der das?« Der jüngere Bezirksbeamte hielt ihm zwei Blätter vors Gesicht. Ein Phantombild und eine Aufnahme einer Überwachungskamera.

Böhnke traute seinen Augen nicht. Das konnte er sein, die Größe, die Jacke mit der Kapuze. »Wie sind Sie auf den gekommen?«

»Einfache Polizeiarbeit, nachdem Ihr Freund Grundler unserem Boss in Aachen die Hölle heißgemacht hat und der uns. Wir sind davon ausgegangen, dass der Typ nicht aus unserer Region stammt und haben uns gefragt, wie er nach Huppenbroich gekommen, beziehungsweise wie er von Huppenbroich wieder weggekommen ist. Da blieben wir zwangsläufig bei Taxifahrern hängen. Wir haben zwei ausfindig gemacht, die einen Fremden befördert haben, von und zum Bahnhof Düren. So eine lange Strecke bleibt länger im Gedächtnis haften als eine Einkaufsfahrt von Imgenbroich nach Hammer. Nach den Angaben des Fahrers konnten wir dieses Phantombild erstellen. Die Videoüberwachung auf den Bahnsteigen gab uns dann die Bestätigung. Dieser Typ«, er wedelte kurz mit der Aufnahme, »war zu der von Ihnen angegebenen Zeit in Huppenbroich. Er ist mit dem Zug aus Richtung Köln gekommen und wieder in Richtung Köln gefahren.« Er lächelte. »Da konnten wir darauf verzichten, die Hotels und Pensionen rund um den Rursee abzufahren. Man muss auch mal Glück haben im Polizeialltag.«

»Jetzt fehlt zu unserem Glück nur noch der Name des Mannes«, ergänzte der Senior. »Den haben Sie nicht zufälligerweise auf der Pfanne, Chef?«

»Zufälligerweise nicht«, sagte Böhnke, »aber ganz bewusst. Ich kenne den Mann. Er heißt Friedmann.«

54. KAPITEL

So konnte es, nein, so musste es gewesen sein! Böhnke fügte Details aus seinem Wissen zusammen: Friedmann hatte Petersmann getötet und war danach untergetaucht, er selbst sollte auf der Rückfahrt nach Huppenbroich auf der Autobahn abgefangen werden. Als das misslungen war, machte sich Friedmann auf den Weg nach Huppenbroich, um ihn zu töten. Auch das misslang, Friedmann flüchtete und wurde heute Morgen ermordet gefunden. Die Morde und die Anschläge konnten zwangsläufig nicht auf die Kappe eines Einzelnen gehen. Es waren mehrere beteiligt, Hintermänner, die vor Mord und Totschlag nicht zurückschreckten.

Weiß könne man getrost aus der Liste der Drahtzieher streichen, meinte Herbst, den Böhnke telefonisch über seine Überlegungen informierte. »Der wird dauerüberwacht. Der kann noch nicht einmal unkontrolliert aufs Scheißhaus.«

Friedmann sei übrigens schon tot gewesen, als er im See versenkt wurde, bemerkte der Staatsanwalt. Das habe die Gerichtsmedizin herausgefunden. Er könne sich durchaus vorstellen, dass er in der Nacht nach Köln gefahren sei, dort von seinem Scheitern berichtet habe und »zur Belohnung« getötet worden sei. »Man konnte ihn nicht mehr gebrauchen«, sagte er zynisch.

»Ihre Unterlagen können Sie im Prinzip auch nicht mehr gebrauchen.« Böhnke schlug einen schrägen Haken zu einem anderen Thema. »Die Staatsanwaltschaft ermittelt auf der Basis getürkter Unterlagen.« Er würde ihm gerne seine Erkenntnisse in Schriftform mailen und die Protokolle einscannen und mitschicken. »Wenn Sie wollen.«

Er wolle schon, bestätigte Herbst, »aber ob meine Kollegen wollen, weiß ich nicht. Die haben sich voll und ganz auf Weiß eingeschossen. Die wollen ihn fertigmachen. Alle anderen sind uninteressant.«

»Warum denn? Der Kerl wird zum Dr. Mabuse aufgebauscht, obwohl er das nicht ist. Er muss für Taten den Kopf hinhalten, die zum Teil von anderen begangen wurden oder bei denen er gar nicht der Haupttäter war.« Das könne Herbst alles den Originalen von Petersmann entnehmen.

»Wer sagt denn, dass die nicht falsch sind?«, hielt Herbst dagegen. »Es kann doch genau so sein, dass Petersmann zuerst falsch protokolliert habe und später das Protokoll berichtigt wurde.«

»Glauben Sie das etwa wirklich?« Böhnke hatte sich diese Möglichkeit auch schon vorgestellt, aber sie verworfen. Es waren zu viele Protokolle gewesen, die nachträglich geändert worden waren. Wenn Petersmann sich einmal oder vielleicht sogar zweimal geirrt hätte, hätte er ihm die Verantwortung für die Korrekturen zugeschrieben, die Menge der Veränderung sprach für eine bewusste Verschleierung, Vertuschung und Verschiebung der Verantwortung.

»Nein«, antwortete Herbst. »Schicken Sie mir das Zeug am besten gleich zu. Wir haben heute Mittag eine Abteilungskonferenz, da werde ich Ihre Überlegungen vortragen.«

»Als die Ihren?«

»Wenn Sie es mir erlauben. Bei allem Respekt Ihnen gegenüber kann ich mir vorstellen, dass man meinen Ausführungen mit noch mehr Skepsis begegnet, wenn ich sie als die eines pensionierten Kriminalkommissars aus Aachen vorstelle.«

Mit der Zusicherung, sich sofort ans Werk zu machen, wollte Böhnke das Telefonat beenden, woraufhin Herbst ihm zusicherte, ihn unverzüglich über das Ergebnis der Konferenz zu informieren.

»Satz mit x, das war wohl nix.« Geradezu Entsetzen klang in der Stimme von Herbst durch, als er am späten Nachmittag Böhnke zurückrief. »Das ist nur noch zum Kotzen.«

»Was?« Böhnke schwante, dass die Konferenz nicht den Verlauf genommen hatte, den er sich gewünscht hatte.

»Die Sache mit Friedmann samt der Vorgeschichte ist auf Interesse gestoßen. Darum werden sich zwei Kollegen kümmern. Als ich aber von den Überlegungen wegen der manipulierten Protokolle anfing, stieß ich nur auf schiere Ablehnung. Mein Chef hat mich abgekanzelt wie einen Schuljungen, der beim Klauen eines Pausenbrotes aus dem Tornister eines Klassenkameraden erwischt wurde. Die Sache sei durch und klar. Ich würde nur Nebelkerzen streuen, die zwar die Sicht verschlechtern, das Ergebnis aber nicht beeinflussen könnten. Er habe Weiß am Kanthaken, der sei der Alleinverantwortliche und ihm würde er den Prozess machen. Die Morde an Petersmann und Friedmann würden in diesem Zusammenhang keine Rolle spielen.« Herbst schnaubte. »Das war für dieses Arschloch definitiv und nicht mehr verhandelbar. Ich sei verbittert und außerdem derjenige, der durch sein zögerliches Verhalten das Verfahren verschleppt habe. Ich solle mich aus den Ermittlungen heraushalten, mein Versagen sei ja offensichtlich.« Herbst holte tief Luft. »Sie hätten mal die feixenden Gesichter meiner Kollegen sehen müssen. Die haben sich vor Vergnügen fast schon einen runtergeholt, als ich von dem Scheißkerl zur Micky Maus gemacht wurde.«

»Was haben Sie denn gemacht?« Böhnke wollte sich nicht vorstellen, dass sich Herbst widerstandslos abkanzeln ließ.

»Ich habe bewusst das getan, was man nicht tun sollte. Aber ich habe die Schnauze voll von dem Saftladen. Ich habe gesagt, ich könnte nicht die Verantwortung dafür übernehmen, wenn meine Unterlagen bei den Medien landen würden. Die Medien würden bekanntermaßen vieles früher wissen als die Staatsanwaltschaft, wie wir im Ermittlungsverfahren gegen Weiß erfahren mussten.« Er lachte. »Das war dann wohl zu viel des Guten.«

»Wieso?«

»Unser Oberpenner hat mich aus der Konferenz rausgeschmissen. Wissen Sie, was ich glaube, Herr Böhnke?«

Nein, er wisse es nicht, antwortete der Kommissar.

»Der will die Sache auf Geheiß des Ministers durchziehen. Weiß wird aus dem Verkehr gezogen, mein Chef klettert auf der Karriereleiter nach oben …«

»… und der Minister freut sich, als Aufsichtsratsmitglied alles zum Wohle der Medikus Gesundheits AG getan zu haben.«

»Sie sagen es, Herr Böhnke.«

»Und Weiß ist im Prinzip tot.«

»Nicht nur er.«

»Hä? Was meinen Sie, Herr Herbst?«

»Ich bin im Prinzip auch tot. Ich wurde eben vom Dienst suspendiert, muss mein Büro verlassen und darf mich nicht mehr zu Angelegenheiten der Staatsanwaltschaft äußern. Bei Zuwiderhandlung drohen mir disziplinarrechtliche Maßnahmen.«

»Sie halten also die Klappe.«

»Ja, ich habe just in diesem Moment meinen Antrag auf Frühpensionierung unterschrieben.«

55. KAPITEL

Es blieb ruhig in Huppenbroich. Entweder hatte die Polizeistreife, die häufig durch den Ort fuhr, abschreckende Wirkung oder man hatte davon abgesehen, ihn nochmals zu attackieren. Böhnke kam es vor, als habe der Alltag ihn wieder. Aber das galt nur für sein Leben in Huppenbroich. Sein Blick in die elektronischen Medien machte ihm deutlich, dass er noch längst nicht im Alltäglichen angekommen war mit Spaziergängen, Hausputz, Einkäufen, seltenen Besuchen der Dorfkneipe oder Arbeiten am Haus oder im Garten.

Das »nahe Ende eines großen Skandals« beherrschte die Berichterstattung der Nachrichtenmagazine und die Titelseiten der überregionalen Tageszeitungen. Weiß hatte gestanden. Für vier Tötungsdelikte, auf die die Staatsanwaltschaft schlussendlich ihre Ermittlungen konzentriert hatte, übernahm er die vollständige strafrechtliche Verantwortung. Der Fall Ammery war nicht darunter, wie Böhnke lesen musste. Es würde schnell zu einem Prozess kommen, der von kurzer Dauer sein könnte, hieß es. Ein »relativ großzügiger Verständigungsvorschlag des Gerichts«, der wohl eine dreieinhalb- bis viereinhalbjährige Freiheitsstrafe und ein Berufsverbot bei einem Geständnis beinhalte, würde mit größter Wahrscheinlichkeit von der Verteidigung und der Staatsanwaltschaft angenommen werden, wenn er im Prozess zur Sprache käme. Davon sei auszugehen, hieß es in den Medien. Anderenfalls drohe ein Prozess, der sich über Jahre hinwegziehen würde, da in jedem Einzelfall nach den medizinischen Gutachtern Gegengutachter der Verteidigung ihre langwierige Arbeit aufnehmen würden. Der Prozess könnte länger dauern und Weiß demnach länger in U-Haft sitzen, als er nach einem Urteil hinter Gittern sitzen müsste.

Grundler war überhaupt nicht begeistert von der Entwicklung. »So wird es kommen. Der Kerl kriegt die U-Haft auf die vier Jahre Knast angerechnet. Bei einer Zweidrittel-Lösung kannst du dir ja ausrechnen, wie viele Monate er ins Gefängnis muss. Das werden vielleicht 20 Monate sein, und die wird er bestimmt im offenen Vollzug verbringen.« Wäre er Strafverteidiger von Weiß, hätte er dem Vorgehen sicherlich zugestimmt. »Mehr war nicht rauszuholen. Aber als Nebenkläger, der auch zivilrechtlich gegen Weiß vorgehen soll, kann ich nicht zufrieden sein. Einfacher wird es für mich nicht in einem Schadensersatzprozess. Da wäre eine Verurteilung wegen des Falles Ammery hilfreich gewesen. Der Kerl setzt sich nach der Haftverbüßung ins Ausland ab, genießt sein Leben, kassiert die Gebühren aus seinen Patenten und bastelt an seinen Autos herum. Von dem spricht in ein paar Jahren niemand mehr.«

»Und die Verwandten bleiben auf ihren Leichen sitzen.« Böhnke konnte sich nicht dazu durchringen, dieses Ergebnis gutzuheißen. Er hatte noch zu viele offene Fragen ohne Antworten. »Was läuft denn jetzt zivilrechtlich?«

»Ich weiß es nicht.« Grundler beeilte sich, zum Schluss ihres Telefonats zu kommen. »Mach's gut, mein Freund.«

Der erwartete Anruf von Herbst ließ nicht lange auf sich warten. Diesen Deal hatte er also gemeint, als er vor einigen Tagen gesagt hatte: »Nicht jedes Strafverfahren verläuft so, wie es in der Öffentlichkeit den Anschein hat«.

»Sehen Sie, ich habe es doch gesagt«, bestätigte der ruhig gestellte Staatsanwalt. »Was Sie zu lesen bekommen haben, ist aber längst nicht alles.« Zu der Vereinbarung gehörten auch die Einstellung des Ermittlungsverfahrens wegen Mordes und ein nicht bekannter Teil, der in einem zweiten Papier fixiert ist, wonach Weiß sich zu Stillschweigen über alle Vorgänge rund um das Raphael-Krankenhaus verpflichtet. Sollte er dieses Stillschweigen brechen, würde der neue Eigentümer von der zivilrechtlichen Regelung zurücktreten, nach der er jedem von Weiß geschädigten Patienten oder deren Familien eine pauschale Summe von 40.000 Euro als Schadensersatz gewährt.

»Schweigegeld.«

»Sie nennen es so, Herr Böhnke. Die AG argumentiert, im Prinzip sei das Krankenhaus schadensersatzverpflichtet und nicht der einzelne Arzt. Sie käme damit der Verantwortung nach, die die Städtische Krankenhaus GmbH nicht habe übernehmen wollen.«

»Die Sache soll also in Vergessenheit geraten. Stimmt's?«

»Ich möchte nicht widersprechen. Und Sie wissen, ich habe nie mit Ihnen geredet.«

56. KAPITEL

Sollte es das tatsächlich gewesen sein? Waren seine Ermittlungen im Sande verlaufen? Hatte er weder Grundler geholfen noch Weiß? Wofür hatte er sich in Gefahr gebracht und wäre er beinahe getötet worden? Böhnke fühlte sich unbehaglich, was nicht an dem peitschenden Regen lag, durch den er über die Feldwege stapfte. Helma und Selma blieben bei diesem Wetter lieber in ihrer Hütte.

Weiß war im Prinzip mit einem blauen Auge davongekommen. Anfangs hatte es ausgesehen, als würde er den Rest seines Lebens im Gefängnis verbringen. Er, der Täter, würde seinen Ruhestand sorgenfrei genießen können. Er, das Opfer, hatte seinen Lebenstraum teuer begraben müssen. Das St.-Raphael-Krankenhaus war von einem Konzern einverleibt worden. Er hatte dafür mit einer horrenden Summe zahlen müssen.

Andere mussten sogar mit ihrem Leben bezahlen: Petersmann und Friedmann.

Warum? Ermittelte die Staatsanwaltschaft? Gegen wen?

Petersmanns Protokolle spielten keine Rolle mehr beim Prozess gegen Weiß. Aber es musste doch einen Grund haben, weshalb es die Veränderungen gab, sagte sich Böhnke. Hatte die Manipulation wirklich nur das Ziel, Weiß zu schaden? Petersmann wurde ermordet, mit größter Wahrscheinlichkeit von Friedmann. Wegen Weiß oder doch wegen der Klinik? Der Mörder Friedmann wurde ermordet, nachdem er versagt hatte. Da war Weiß schon längst in Verhandlungen mit der Staatsanwaltschaft und der AG wegen ihres Deals gewesen. Der Arzt war daher aus dem Rennen. Es konnten nur das Krankenhaus und die AG bleiben. Ging es darum, Mauscheleien zu vertuschen, zu verhindern, dass die Schlammschlacht gegen Weiß bekannt wurde, die nur das Ziel hatte, ihm das Krankenhaus wieder abspenstig zu machen?

Welche Rolle habe ich übernommen?, fragte sich Böhnke. Was wusste er, das andere dazu veranlasste, ihn töten zu wollen? Sicherlich, er hatte eine Vermutung. Es hatte eine unheilige Allianz von Stadt und AG gegen Weiß gegeben. Weiß hat die millionenschwere Sanierung bezahlt, die AG hatte ihn im Prinzip mit einem Brosamen abgespeist, indem sie die Zahlungen an die Opfer von Weiß übernommen und ihn zum Schweigen verdonnert hatte. Aber er konnte seine Vermutung nicht beweisen. Wollte man ihn ausschalten, damit er seine Vermutung nicht untermauerte und sie zur Tatsache machte? Wenn er davon ausging, musste Böhnke damit rechnen, dass für ihn die unangenehme Zeit noch nicht vorbei war.

Der kalte Regen, der ihn bei seinem Spaziergang begleitete, war dabei das kleinere Übel.

57. KAPITEL

Für ihn blieb es ein Phänomen. Wenn das Telefon in seinem Haus klingelte, wusste Böhnke meistens schon nach dem ersten Klingelzeichen, ob es sich um ein angenehmes oder weniger zufriedenstellendes Gespräch handeln würde. Er glaubte, das Telefon klingele fröhlich oder betrübt, je nachdem, obwohl es eigentlich immer nur die gleiche Tonfolge in einer festgelegten Lautstärke von sich gab.

So war ihm schon vor dem Abheben des Hörers aus der Ladeschale klar, dass das Gespräch zu denen der unangenehmen Art gehören würde.

Margarethe Chaiser-Petersmann wollte ihn sprechen, die Chinesin, die im Prinzip auch zu den Verlierern der misslichen Geschichte gehörte. Sie käme gerade von ihrem Notar, sagte sie mit aufgeregter Stimme, und jetzt wolle sie seinen Rat. »Ich weiß nicht, was ich tun soll, Rudolph-Günther.«

Damit war für ihn das erste Problem geklärt. Wenn die Frau ihn duzte, würde er dabei bleiben. Er hätte sie, auch nach dem Ende ihres ersten Zusammentreffens, wieder gesiezt. »Was ist los, Margarethe?«

Ihr Notar habe sie zu einem Termin gebeten und ihr heute einen versiegelten Briefumschlag gegeben, den Frank ihm anvertraut hatte und der im Falle seines überraschenden Ablebens seiner Frau übergeben werden sollte.

»Hört sich spannend an.« Ob der Inhalt auch spannend war? Böhnke dauerte es zu lange, bis die Witwe endlich zur Sache kam. Es fehlte nur noch, dass sie im berichtete, mit welcher U-Bahn sie bis zu welcher Station gefahren war und wie das Büro des Notars aussah. Komm zum Punkt, Mädel!

»Also, der Umschlag enthält eine handschriftliche Notiz meines Mannes über ein Gespräch, dass er mit dem Bürgermeister, dem Beigeordneten und einem Vorstandsmitglied der Medikus Gesundheits AG mit dem Namen Helmut Waschlitt geführt hat. Die haben ihm angeboten, dass er medizinischer Leiter der St.-Raphael-Klinik werden soll. Unter einer Bedingung: Er soll sich eindeutig gegen Gottfried positionieren und dazu beitragen, dass Gottfried – ich zitiere – ›vernichtet‹ werde.«

»Aha.« Böhnkes Gedankengänge liefen auf Hochtouren. Die Information war interessant und brisant.

»Frank ist auf die Bedingungen eingegangen.«

»Wenn ich bedenke, dass es eine nahezu unverbrüchliche Freundschaft zwischen deinem Mann und Gottfried Weiß gegeben hat, würde ich hier von einem Verrat sprechen, um Karriere zu machen.«

Margarethe Chaiser-Petersmann ließ sich von Böhnkes drastischer Bemerkung nicht beeinflussen. »Das glaube ich nicht. Ich kann mir viel mehr vorstellen, dass Frank im Einvernehmen mit Gottfried gehandelt hat, als er seine neue, schwer belastende Aussage machte.«

»Aber dein Mann war doch gar nicht mehr an der Klinik.«

»Ja und? Chefarzt zu werden, ist doch nicht der schlechteste Grund für eine Rückkehr. Oder?«

Darauf konnte Böhnke nichts erwidern. Seine Annahme, die Unterredung habe während der U-Haft von Weiß stattgefunden, bestätigte die Witwe.

»Was soll ich jetzt tun?«, fragte sie.

Mich in Ruhe überlegen lassen, sagte sich Böhnke. Zunächst solle sie sich einige notariell beglaubigte Kopien von Franks Notizen machen lassen, schlug er vor.

Sie verblüffte ihn. »Habe ich schon getan. Direkt beim Notar.«

»Kennt er den Inhalt?«

»Ich glaube nicht. Er tat jedenfalls, als wisse er nicht, was Frank geschrieben hat.«

»Okay. Dann wende dich an einen Anwalt. Der soll dir sagen, ob und was du tun kannst.« Böhnke wusste zwar nicht, was zu erreichen war, aber es konnte nicht schaden, einen Anwalt einzuschalten. »Ich kann dir meinen Freund Tobias Grundler in Aachen empfehlen. Bestelle ihm viele Grüße von mir.« Außerdem solle sie eine Kopie an Staatsanwalt Herbst schicken. »Am besten privat an seine Adresse in Bendorf. Die müsste im Telefonbuch oder im Internet zu finden sein.« Mehr könne er im Moment nicht für sie tun.

»Was bedeutet das alles, Rudolph-Günther?«

»Ich kann es dir noch nicht sagen, Margarethe.« Er hatte eine Vermutung, aber er würde sich hüten, mit ihr darüber zu sprechen. »Wir bleiben in Kontakt.«

58. KAPITEL

Spielte es überhaupt eine Rolle, ob Petersmann mit dem Wissen von Weiß seine Aussage zu dessen Lasten verändert hatte? Er würde es wohl nie erfahren, antwortete sich Böhnke. Der Arzt war tot, Weiß würde für alle Zeiten schweigen. Interessant wäre zu wissen, warum Petersmann seine Aussagen noch nicht unterschrieben hatte. Wollte er nicht und wurde er ermordet, bevor er sie unterschreiben wollte? Im Prinzip war die Antwort ohne Belang. Das Ziel war erreicht worden, Weiß weidwund geschossen.

Im Internet, der Quelle vieler, häufig überflüssiger Informationen, fand Böhnke problemlos die Telefonnummer der Medikus Gesundheits AG. Bis zum Vorzimmer von Waschlitt drang er durch, als er sich als Kriminalhauptkommissar zu erkennen gab, dann war Schluss. Waschlitt sei nicht zu sprechen. Was er wolle, fragte ihn eine Assistentin in einem Tonfall, der verdeutlichen sollte, dass er störe.

Böhnke sah keinen Grund zur Zurückhaltung. Er wolle sich mit Waschlitt wegen eines Gesprächs in der Raphael-Klinik mit Dr. Frank Petersmann unterhalten. Er ermittle gegen den Arzt wegen einer Straftat, behauptete er.

Man würde sich gegebenenfalls bei ihm melden, entgegnete die Tippse schnippisch. Ansonsten könne sie ihm vorschlagen, sich schriftlich an die Medikus Gesundheits AG zu wenden.

Auskunftsfreudiger war der neue kaufmännische Geschäftsführer der St.-Raphael-Klinik. Böhnke wurde sofort bei seinem Anruf im Sekretariat weitergeleitet.

Ob er sich vertrauensvoll in die Hände seiner engagierten Ärzte begeben wolle, flachste Schück. Er habe selten Patienten aus der Region Aachen zu Gast. »Wir behandeln sie genauso gut wie Ihr Unikum, äh, Uniklinikum.«

Zu Scherzen war Böhnke nicht aufgelegt. Ob Schück mit seiner ärztlichen Leitung zufrieden sei, fragte er unvermittelt.

»Selbstverständlich. Ich kann mir keine bessere Frau vorstellen.«

»Wollten Sie ursprünglich nicht einen Mann an die Spitze stellen? Dr. Frank Petersmann?«

Für einige Momente blieb es still. »Ich weiß nicht, was Sie meinen, Herr Böhnke.« Schück hatte sich gesammelt. »Den Mann kenne ich nicht.«

So viel er wisse, sollte Petersmann Nachfolger von Weiß werden, sagte Böhnke, was Schück zu dem Satz verleitete: »Soviel ich weiß, war Petersmann nie ein Kandidat für den Chefsessel. Das würde ich wissen, auch wenn es vor meiner Zeit an dieser Klinik war.«

Böhnke sah keinen Grund, Schücks Aussagen keinen Glauben zu schenken. Wenn er sie zugrunde legte, hatte die AG nicht nur Weiß, sondern auch Petersmann übel mitgespielt. Sie hatte ihn mit dem Chefposten gelockt und war, nachdem er die Bedingung erfüllt hatte, von ihrem Versprechen wieder abgerückt. Dank Petersmann hatten sie ihr Ziel erreicht.

Was hätte ich an Petersmanns Stelle getan? Ich hätte mich nicht mehr an die Vereinbarung gebunden gefühlt und hätte meine Aussage widerrufen. Es schien Böhnke wahrscheinlich, dass dies der Grund war, weshalb Petersmann noch nicht unterschrieben hatte. Da kam der AG der Tod des Arztes gerade recht. Ihr nachzuweisen, dass sie hinter dem Mordanschlag steckte, würde wahrscheinlich unmöglich sein. Für die Ermittlungsbehörden stand der Mörder von Weiß fest: Friedmann. Damit waren sie zufrieden. Warum sollten sie in der AG herumstochern, in der unter anderem der Justizminister saß, der die Karriere des Oberstaatsanwaltes beeinflussen konnte.

Friedmann war tot und hatte keine Spuren hinterlassen. Damit erübrigte sich jede Diskussion um seine möglichen Auftraggeber. Er war in Huppenbroich gewesen, hatte versagt und musste sterben. Seine Mörder würden nicht zu finden sein. Saßen sie in Köln, in der Seestadt oder irgendwo dazwischen? Saßen sie in der AG, in der Klinik oder irgendwo anders? Die Staatsanwaltschaft würde sich keine Beine ausreißen, um den Mörder eines Mörders zu finden, den verbrecherischen Richter eines Verbrechers.

59. KAPITEL

Das Leben konnte so schön und harmonisch sein. Es war Samstag. Das Wetter hatte sich beruhigt. Die Sonne am wolkenlosen Himmel hatte zwar keine wärmende Kraft, aber war immer noch die bessere Alternative zu einem Teppich dicker Regenwolken oder an der Erde klebender Nebelschwaden. Es hatten sich sogar einige mutige Wanderer in den Ort verirrt, einer fragte nach einer Einkehrmöglichkeit. Idylle pur in Huppenbroich, Lieselotte beseitigte die Spuren der ungenauen Hausarbeit von Böhnke, er klaubte auf dem Rasen abgebrochenes Astwerk und in Ecken zusammengewehtes Laub auf. Helma und Selma schauten ihm interessiert zu, vielleicht hofften sie auf einen Spaziergang mit ihm. Ein Tag, wie er in seiner Normalität nicht schöner hätte sein können.

Für die Unterbrechung sorgte Grundler. Der Anwalt parkte hupend den Daimler auf der Zufahrt, fast auf der Stoßstange von Lieselottes Polo. »Für mich Kaffee und ein Mineralwasser«, rief er gut gelaunt. Er nahm die Post entgegen, die der Bote für den Kasten vorgesehen hatte. »Ihr kriegt dafür von mir Werbung und sonstigen überflüssigen Kram.« Er habe etwas in Billas Haus zu erledigen und wolle zuvor nicht versäumen, sie zu besuchen. »Aber nur, wenn ihr mich nicht zum Holzhacken oder Abtrocknen verpflichtet.«

Kaum hatten sie sich am Küchentisch niedergesetzt, wedelte Grundler mit einem Briefumschlag. »Den hab ich wohl dir zu verdanken, Commissario.«

»Wenn der von Frau Chaiser-Petersmann ist, dann muss ich dir zustimmen.«

»Das ist ja hochspannend, auch wenn ich nicht alles auf Anhieb verstehe. Kannst du mir weiterhelfen?«

Böhnke konnte. Haarklein erzählte er von dem Drama um Weiß und Petersmann, von dem schäbigen Spiel, das mit ihnen betrieben wurde, von den Morden und von den Attentatsversuchen auf ihn.«

»Das alles nur, weil ich dich gebeten habe, in Sachen Ammery für mich zu ermitteln.« Grundler schaute Böhnke staunend an. »Jetzt kapiere ich das Schweigegelübde von Weiß. Die 40.000 für meinen Mandanten sind im Prinzip Verarsche.« Er rieb sich vergnügt die Hände. »Das wird ein Spaß, wenn ich den Sauhaufen ausmiste. Bist du dabei? Der kaltgestellte Staatsanwalt macht auch mit.«

Böhnke hielt sich bedeckt. Bisher war Grundler nicht aufgefallen, dass er im Prinzip zu dessen Nachteil agiert hatte, und auch Herbst war davon ausgegangen, dass er gegen und nicht für Weiß ins Rennen eingestiegen war. Da war es angeraten, sich zurückzuziehen, bevor sein doppeltes Spiel aufflog. »Mal sehen«, sagte er bedächtig. Er müsse erst zur Ruhe kommen.

»Und hier ist ja das gute Stück, das dir den Ärger eingebrockt hat.« Grundler griff nach dem Aktenordner, den Lieselotte auf dem Fensterbrett abgelegt hatte.

»Nanu.« Er stutzte. »Das ist doch gar nicht meiner.« Er hatte das Deckblatt gelesen. »Was soll das denn bedeuten?« Er sah Böhnke fragend an. Seine Gehirnzellen arbeiteten erkennbar. »Kann es sein, dass du die Anklageschrift zweimal hast, Rudolf-Günther?« Seine Stimme hatte an Schärfe zugelegt. »Einmal von mir und einmal vom Freundeskreis von Weiß? Für wen hast du eigentlich gearbeitet?« Grundler war aufgesprungen. »Das ist mir aber auch egal. Du hast mir jedenfalls ein wichtiges Faktum verschwiegen. Du hättest nie für mich tätig werden dürfen, wenn du auch für Weiß arbeiten solltest.« Seine Augen funkelten. »Das nenne ich Vertrauensbruch. Und wie stehe ich vor meinen Mandanten da, wenn ich denen erklären soll, dass mein Mitarbeiter gegen sie gearbeitet hat?«

»Ja, aber«, Böhnke versuchte es mit einer Rechtfertigung. »Es hat sich doch alles zum Guten gewendet.«

»Das glauben Sie vielleicht, Herr Böhnke.« Grundler war außer sich. »Sie haben mein Vertrauen missbraucht. Mit so einem Menschen kann ich nicht zusammenarbeiten. Leben Sie wohl.« Wütend schritt er durch die Küche und warf die Haustür hinter sich zu.

»Scheiße«, sagte Böhnke. Er starrte Lieselotte an, die nach der Post gegriffen hatte. Musste eine Freundschaft so enden, nur weil er für das Leben von Lieselotte ein Versprechen gegeben hatte?

60. KAPITEL

»Scheiße«, sagte auch Lieselotte, nachdem sie einen Brief gelesen hatte. Erschrocken reichte sie ihm die beiden Blätter.

Das Schreiben war von Petersmanns Witwe. Sie habe einen OP-Bericht gefunden aus der beruflichen Anfangszeit ihres Mannes, schrieb sie. Er betreffe eine Notoperation von Lieselotte. Vielleicht sei sie daran interessiert.

Was soll das?, fragte sich Böhnke. Sie hat doch selbst den Bericht.

Doch dann erschrak auch er. Der Inhalt dieses Berichts deckte sich nicht mit dem, den seine Liebste als Kopie zu den Entlassungspapieren mitbekommen hatte und der von Weiß und Petersmann unterschrieben war. Dieser Bericht trug nur die Unterschrift von Weiß und schilderte, dass Weiß einen gravierenden Fehler gemacht hatte, der unweigerlich zum Tod der Patientin geführt hätte, wenn nicht Petersmann eingeschritten wäre.

Sprachlos blickte Böhnke auf Lieselotte. Nahezu hilflos drehte er das Protokoll in den Händen. Wenn das stimmte, was in dem Protokoll stand, und er war überzeugt, dass es stimmte, dann war nicht Weiß ihr Lebensretter gewesen, sondern Petersmann. Und er hatte sich durch sein Versprechen einem Mann gegenüber verpflichtet, dem er gar nichts schuldig war. Er wäre Petersmann zur ewigen Dankbarkeit verpflichtet gewesen, nicht diesem Mann, den alle »Weißgott« nannten und der glimpflich aus der Tragödie herauskam.

Lange blieben die beiden stumm. Endlich griff Böhnke zum Telefon.

»Wen rufst du an?«, fragte Lieselotte leise.

Böhnke antwortete nicht. Er fingerte ungeduldig am Telefon. Endlich kam die Verbindung zustande.

»Grüß dich, Margarethe.« Er kam schnell zur Sache, nach Höflichkeitsfloskeln stand ihm nicht der Sinn. Vielleicht konnte die Witwe dazu beitragen, die Freundschaft mit Grundler wiederzubeleben. Es war nur eine winzige Hoffnung, aber er hätte nach jedem Mittel gegriffen, um den Bruch zu kitten. Wenn er Grundler verlor, hatte er seinen Sohn verloren. Ohne Lieselotte und ohne ihn wäre sein Leben nicht mehr lebenswert. Sie waren seine Familie.

»Das Protokoll, das du uns geschickt hast, ist das ein Original?«

»Ja, warum fragst du?«

»Weil es nur von Gottfried Weiß unterschrieben wurde und nicht auch von deinem Mann, obwohl beide an der Operation beteiligt gewesen waren.«

»Jetzt, wo du es sagst. Frank hat diesen Bericht gehütet wie seinen Augapfel. Das sei seine Lebensversicherung, hat er gesagt. Aber er hat mir nie erklärt, was er damit meinte. Er hat dieses Protokoll jedenfalls im Safe aufbewahrt und nicht wie alle anderen in seinem Arbeitszimmer in Aktenordnern.« Sie atmete vernehmbar. »Ist was damit?«

»Nein«, sagte Böhnke. Er beobachtete, wie Lieselotte zur Haustür ging, nachdem die Türglocke angeschlagen hatte. Hoffentlich war Tobias zurückgekommen.

61. KAPITEL

Mit einem schrillen Schrei stolperte Lieselotte zurück in den Raum. Ein grobschlächtiger Mann, gekleidet wie ein Wanderer, hatte sie heftig gestoßen. In seiner Rechten hielt er eine Schusswaffe.

»Ruhe«, brüllte er. »Beide auf die Couch!«

Böhnke erkannte den Mann auf Anhieb. Er hatte ihn in der Cafeteria des Raphael-Krankenhauses gesehen. Bei seinem Gespräch mit Köhnler hatte der Kerl an einem Nebentisch im Kreise mehrerer Pfleger gesessen.

»Was wollen Sie?«, fragte Böhnke, um Besonnenheit bedacht. Er hatte sich neben die zitternde Lieselotte gesetzt und ihre Hand gegriffen.

Helma und Selma sprangen wütend gegen die gläserne Schiebetür. Sie jaulten und kläfften auf der Terrasse, als würden sie durch Stromschläge gepeinigt.

»Was wohl?«, antwortete Friedmanns Kollege. »Das vollenden, was mein Partner verbockt hat.« Verachtung machte sich in seinem Gesicht breit.

»Und dann enden Sie so wie Ihr Kumpel. Der hat seinen Mord am Petersmann auch nicht überlebt. Glauben Sie etwa, dass man Sie leben lässt, wenn Sie nach Köln zurückkommen?« Was hatte er zu verlieren. Vielleicht gelang es ihm, den Mann zu verunsichern oder ihm wenigsten einige Antworten auf seine Fragen zu entlocken.

»Schwachsinn. Friedmann hat Scheiße gebaut. Der hat sich aufgeführt wie ein König, nur weil er Petersmanns Wagen frisiert hat.«

»Und zur Belohnung durfte er untertauchen«, höhnte Böhnke. »Das war doch ein klares Signal, dass man ihn in der Seestadt nicht mehr brauchen konnte. So wird es Ihnen auch ergehen. Wetten?«

Sollte der Kerl verunsichert sein, so ließ er es sich nicht anmerken. »So blöd wie Friedmann kann man sich nicht anstellen. Der hatte ausgeschissen. Lässt der sich doch tatsächlich mit dem Taxi bis fast vor Ihre Haustür fahren und schafft es nicht, Sie zu erwischen. Das erzählt der dann auch noch lang und breit.«

»Wie sind Sie denn nach hier gekommen?«

»Natürlich zu Fuß von Simmerath aus. Ich bin halt ein munterer Wandersmann, der in diesem schönen Ort gar nicht auffällt.« Er würde sich wohl am Mittag ein Holzfällersteak in der Dorfkneipe gönnen, sagte er mit Vorfreude.

»Und weil Friedmann zu faul für eine Wanderung war, haben Sie ihn gekillt.«

Der Mann zuckte mit den Schultern. »Das war die beste Lösung.« Er grinste. »Ihn im See zu versenken, finde ich genial. Meinen Sie nicht? Das war eine gute Ablenkung. Kann ja niemand ahnen, dass wenige Stunden später ein Schwachkopf auf Karpfenfang geht und Friedmann am Haken hat.« Er zuckte lässig mit den Schultern. »Künstlerpech.«

»Das war nicht genial und das war auch kein Künstlerpech. Das war ein großer Fehler«, widersprach Böhnke, um des Widersprechens willen. Wer redet, tötet nicht. »Einen deutlicheren Hinweis auf eine Täterschaft aus dem Krankenhaus konnten Sie gar nicht geben. Steckt da Ihr Auftraggeber? Ist Schück der Boss?« Er beobachtete den Mann intensiv. Der zeigte keine Regung. Kalt wie eine Hundeschnauze und daher gefährlich, registrierte Böhnke für sich.

»Schück ist genauso ein kleines Licht wie ich. Die Bosse sitzen woanders.«

»In Köln?«

»Wenn Sie meinen.«

»Meine ich, schließlich ist Friedmann in Köln gewesen. Haben Sie die anonymen Drohbriefe in Köln abgeschickt und sind Sie heute auch aus Köln nach hier gekommen?« Böhnke wusste nicht, ob das stimmte, was er von sich gab. Aber darauf kam es gar nicht an. Jede Minute, die er lebte, steigerte ihre Chancen, zu überleben. Vielleicht kam ja Grundler zurück, vielleicht wollte ein Nachbar ihn sprechen. Wer lebt, hat Hoffnung.

»Was Sie bloß mit Ihrem Köln haben, Herr Böhnke. Da sitzen ein paar Freunde unserer jungen Ärzte, die gerne für einen Spaß zu haben sind.«

Und da hatte die Medikus Gesundheits AG ihren Hauptsitz, ergänzte Böhnke für sich. Er konnte sich vorstellen, was passieren würde, wenn sich herausstellen sollte, dass die AG die Strippen gezogen hatte bei diesem mörderischen Geschehen. Der Aufsichtsrat wusste von nichts, der Vorstand würde sich distanzieren, auf Abteilungsebene würden ein paar Köpfe rollen und die Aktionäre mit einer satten Dividende beruhigt. Keiner wird es gewesen sein, der die Morde veranlasst hatte und sich im Zusammenspiel mit der Stadt die Klinik unter den Nagel gerissen hatte. Ob das ohne Schmiergeld vonstattengegangen war?

Böhnke schaute zu Lieselotte, die immer noch zitterte. Leicht drückte er ihre Hand als Zeichen, dass nichts verloren sei, auch wenn der Mann drohend mit der Waffe auf sie zielte.

»Weiß ausgeschaltet, Petersmann getötet, das läuft ja gut für Ihre Auftraggeber. Was springt eigentlich für Sie heraus? Ein Posten als Pflegedienstleiter in einer anderen Klinik ist ja wohl das Mindeste, oder?«

»Das lassen Sie mal meine Sorge sein.«

»Da stimme ich Ihnen nicht zu. Sie werden ganz andere Sorgen haben. Sie werden der Dumme sein, wenn die Sache auffliegt. Oder glauben Sie etwa, Ihre Hintermänner kommen aus ihrer Deckung, um Ihnen zu helfen? Die werden Ihnen den Mord an Friedmann als Alleintäter anhängen.«

»Schwachsinn«, schnaubte der Mann.

»Sie werden es erleben. Oder auch nicht, wenn man Sie vorher ausschaltet.«

Wie aus dem Nichts fiepte plötzlich das Telefon als Zeichen einer schwachen Batterie. Es wollte auf die Ladeschale.

»Was ist das?«, fragte der Mann irritiert. Er schaute sich um und entdeckte das Gerät, das Böhnke zwischen den Holzscheiten für den Kachelofen versteckt hatte. »Das ist ja an«, sagte er überrascht. »Hallo!«, sprach er in den Hörer und wenig später: »Aufgelegt.«

»Wer hat denn unsere Plauderei angehört?« Übertrieben höflich wandte er sich an Lieselotte, die schluckend den Kopf schüttelte. Er hantierte an der Tastatur und fand die zuletzt angerufene Nummer. »Bonner Vorwahl. Das ist ja interessant.« Die Waffe auf Lieselotte und Böhnke gerichtet, schritt er suchend durch den Raum. Auf dem Küchentisch wurde er fündig. »Da sieh mal einer an. Post von Frau Petersmann mit einer kompletten Adresse auf dem Kopf des Briefbogens. Sogar mit Telefonnummer. Ich brauche nicht zu wetten, dass die identisch ist mit der, die Sie gewählt haben, Herr Böhnke. Ich gehe wohl nicht fehl in der Annahme, dass die arme Frau Ohrenzeuge wurde.«

Da könne man nichts machen, sagte er lakonisch. Unvermittelt richtete er die Waffe auf Lieselotte und drückte zweimal ab. In Brust und Bauch getroffen, sackte sie zusammen. Fassungslos stierte sie mit weit aufgerissenen Augen Böhnke an, Blut floss ihr aus dem Mundwinkel.

»Sie stirbt«, schrie Böhnke entgeistert.

»Richtig«, kommentierte der Mann ohne jegliche Gefühlsregung, die Waffe drohend auf Böhnke gerichtet. »Und du stirbst auch, wenn du mich nicht sofort nach Godesberg fährst. Wir haben dort eine Verabredung mit Frau Petersmann.« Er deutete mit der Waffe an, Böhnke solle seinem Befehl folgen. »Lass uns endlich fahren. Deiner Frau kannst du nicht mehr helfen.« Er drängte zur Eile, es war unmissverständlich, dass er schießen würde, wenn Böhnke sich nicht an seine Anweisungen halten würde. »Wenn du nicht sofort mitmachst, verpasse ich ihr noch eine Kugel.«

Böhnke warf einen letzten Blick auf Lieselotte, die ihn aus gebrochenen Augen ansah. Sie atmete schwach. Lange würde sie nicht mehr leben, und sie würde allein sein, wenn sie starb.

»Wo ist denn die Kiste, mit der du uns auf der Autobahn verarscht hast?« Suchend sah sich der Mann um.

»War geliehen.« Böhnke deutete auf den Polo. »Das ist meiner.«

»Dann los!«

Wie von Sinnen klemmte sich Böhnke hinters Lenkrad von Lieselottes Wagen.

Der Mann setzte sich mit der gezückten Waffe neben ihn auf den Beifahrersitz. »Fahr endlich los!«, fauchte er. »Du weißt, was du zu tun hast.«

Böhnke nickte stumm, er schluckte schwer, sein Herz

raste. Langsam fuhr er rückwärts auf die Kapellenstraße in der Hoffnung, irgendjemand würde ihnen begegnen. Aber die Straße war leer, selbst die Bernhardiner waren verschwunden. Böhnke lenkte den Wagen in Richtung Kapelle, dann am Löschteich vorbei in Richtung Tiefenbachtal. Wie oft war er hier entlanggegangen, jetzt fuhr er wahrscheinlich zum letzten Mal diese Strecke.

»Mach schneller!« Der Pfleger hatte keine Zeit zu verlieren. »Vielleicht lass ich dich ja laufen, wenn wir mit der Petersmann-Tussi geredet haben.«

Böhnke wollte ihm nicht glauben, aber er kam dem Befehl nach. Kaum hatte er in der Senke die Brücke über den Tiefenbach überquert, trat er das Gaspedal durch. Er beschleunigte, so schnell es möglich war. Die erste Linkskurve schnitt er in der Erwartung, dass ihm auf der für den Verkehr gesperrten Straße niemand entgegenkommen würde. Die Straße führte leicht bergan, nach einem geraden Teil würde es eine leichte Rechtskurve geben. Am Straßenrand ragte ein Betonzahn des ehemaligen Westwalls aus dem Gebüsch, direkt neben der Fahrbahn, aber kein gefährliches Hindernis.

Böhnke steuerte immer noch beschleunigend auf den massigen Block zu. Es musste sein!

»Was soll das?«, schrie der Mann entgeistert.

Eine Antwort würde er nicht mehr erhalten. Mit der Beifahrerseite prallte der leichte Wagen frontal auf den fast mannshohen Betonhöcker. Der Mann wurde durch die Windschutzscheibe ins Freie geschleudert. Er war schon tot, als er kopfüber gegen den Beton prallte und dann auf die Straße fiel.

Böhnke blieb regungslos im Wrack liegen. Sein Airbag hatte zwar funktioniert, der Aufprall war aber heftiger gewesen, als dass ihn der Airbag wirkungsvoll hätte abfedern können. Böhnke spürte die Schmerzen überall im Körper, den leicht metallischen Geschmack des Blutes im Mund, das Reißen in der Lunge. Er konnte nicht mehr atmen. Die Welt drehte sich um ihn, er sah das rotierende, schwarze Loch auf sich zukommen. Er würde davon verschlungen werden. Lieselotte lächelte ihn an und reichte ihm die Hand. Er griff danach und spürte den Hitzeschauer, der seinen Körper durchfloss. Mit einem Mal fühlte er sich wohl und befreit, an der Seite von Lieselotte.

Sie würden beieinander sein – für alle Zeit.

Dann wurde alles schwarz.

Und still.

Totenstill.

Weitere Krimis finden Sie auf den folgenden Seiten und im Internet:

WWW.GMEINER-SPANNUNG.DE

KURT LEHMKUHL
Mörderisches Aachen

978-3-8392-2138-9 (Paperback)
978-3-8392-5517-9 (pdf)
978-3-8392-5516-2 (epub)

TÖDLICHES AACHEN Aachen, westlichste Großstadt der Republik, gegründet von Karl dem Großen, Sitz der RWTH, Heimat der Printen und Schauplatz des weltweit größten Reit-Turniers CHIO. Kann es dort, in dieser Idylle am Nordrand der Eifel, im Dreiländereck mit den Niederlanden und dem Königreich Belgien, tatsächlich Mord und Totschlag geben? Elf Kurzgeschichten, in denen Sehenswürdigkeiten und Attraktionen in und rund um Aachen eine Rolle spielen, geben die Antwort auf die Frage. Oft mitten im Geschehen ist Kriminalhauptkommissar Rudolf-Günther Böhnke.

GMEINER SPANNUNG

WWW.GMEINER-VERLAG.DE
Wir machen's spannend

Das Neueste aus der Gmeiner-Bibliothek

Unser Lesermagazin

Bestellen Sie das kostenlose Krimi-Journal in Ihrer Buchhandlung oder unter www.gmeiner-verlag.de

Informieren Sie sich …

www … auf unserer Homepage: www.gmeiner-verlag.de

@ … über unseren Newsletter: Melden Sie sich für unseren Newsletter an unter www.gmeiner-verlag.de/newsletter

… werden Sie Fan auf Facebook: www.facebook.com/gmeiner.verlag

Mitmachen und gewinnen!

Schicken Sie uns Ihre Meinung zu unseren Büchern per Mail an gewinnspiel@gmeiner-verlag.de und nehmen Sie automatisch an unserem Jahresgewinnspiel mit »mörderisch guten« Preisen teil!

GMEINER SPANNUNG

WWW.GMEINER-VERLAG.DE
Wir machen's spannend